Hermann
Hesse

로스할데

# 로스할데
## Roßhalde

헤르만 헤세 지음 | 윤순식 옮김

현대문학

# 차례

로스할데  7

해설  249
헤르만 헤세 연보  255

# 제1장

　10년 전, 요한 페라구트가 로스할데를 사들여 이사했을 당시 그 오래된 저택은 거의 폐허나 다름없었다. 정원으로 통하는 길에는 잡초가 무성했고 벤치에는 이끼가 껴 있었으며, 계단은 층층마다 부서지고 파손되어 마치 사람이 접근하기 어려운 황폐한 공원 같았다. 당시 8모르겐[*]에 달하는 넓디넓은 대지에 지어진 건물이라고는 마구간이 딸린, 아름답지만 다소 낡아 황폐해진 본채와, 사원 모양으로 정원에 지어진 별채 격의 작은 정자뿐이었다. 정자의 문도 찌그러진 문고리에 옆으로 기울어진 채 매달려 있었고, 한때 푸른 비단으로 장식되었던 사방의 벽들도 지금

---

[*] 두 필의 소가 오전 중에 갈 수 있는 넓이. 약 2에이커 정도 됨.

은 이끼와 곰팡이들만 무성하게 자라고 있었다.

새 주인은 이 집을 사들이자마자 사원 모양의 정자를 곧바로 헐어 버리고, 사랑의 은신처로 적격이었던 이 작은 정자 입구에서 연못가로 뻗어 내려가 있는 낡은 층계 열 개만 남겨 두었다. 당시 정원이 있던 자리에는 페라구트의 아틀리에가 세워졌고, 그는 7년 동안 그곳에서 그림을 그리면서 대부분의 시간을 보냈다. 주거로 쓰는 방은 다른 편 본채에 있었다. 그러나 그간 가족 간의 불화가 심해지자 장남은 집에서 멀리 떨어진 다른 지방의 학교를 다니게 하는 한편, 본채는 부인과 하녀에게 내주고 혼자만의 공간을 찾아 따로 지낼 방 두 개를 짓고서 독신자와 같은 생활을 하고 있었던 것이다. 아름답고 위풍당당했지만 유감스러울 수밖에 없는 저택이었다. 페라구트 부인은 일곱 살 난 피에르와 위층에서만 지냈고, 가끔 손님과 방문객을 접대하긴 했으나 극히 소수의 사람들뿐이었다. 그리하여 많은 방들이 1년 내내 텅 비어 있었다.

어린 피에르는 부모로부터 귀여움을 받았고, 아버지와 어머니를 연결하는 유일한 끈으로서 안채와 아틀리에 사이에 다리 역할을 했을 뿐만 아니라 실제로 로스할데의 유일한 주인이자 소유주이기도 했다. 페라구트 씨는 오로지 자신의 아틀리에와 숲속의 호수와 옛 사냥터에서만 지냈고, 부인은 안채를 다스렸다. 잔디밭, 보리수가 있는 정원 그리고 밤나무가 있는 정원도 그녀가 다스리는 영역이었다. 두 사람이 각기 상대방의 영역에서 말을 나누는 일은 드물었다. 화가인 남편이 주로 안채에서 식사를 했기 때문에, 그때를 제외하면 부인은 언제나 남편을 손님 대하듯 했다. 어린 피에르는 이러한 삶의 균열과, 네 것 내 것이라는 서로 간의 분할된 영역을 인정하지 않는 유일한 사람이었고 또한 그런 부분에 대해 잘 알지도 못했다. 피에르는 옛 건물인 안채나 새 건물인 바깥채를 가리지 않고 마음대로 드나들었다. 아틀리에나 아버지의 서재에서도 그는 건너편 안채의 복도와 화실, 또는 어머니의 방에서와 마찬가지로 편안하게 행동했다. 밤나무 정원의 딸기, 보리수나무 정원의 화초, 호수 속의 물고기, 욕실, 곤돌라에 이르는 그 모든 것들이 그의 것이나 다름없었다. 어머니의 하녀 앞에서도, 아버지의 하인 로베르트 앞에서도 스스로 주인이며 보호자라고 느꼈다. 어머니의 손님들 앞에서는 가정주부의 아들이었고, 가끔 아버지의 아틀리에로 찾아와 프랑스어로 이야기하는 신사들 앞에서는 주인인 화가의 아들이었다. 소년의 사진이나 초상화는 아버지의 침실에도, 밝은 벽지를 바른 어머니의 방에도 걸려 있었다. 피에르는 행복하게 잘 자랐다. 양친의 관계가 원만한 가정의 아이들보다 더 행복할 정도였다. 그의 교육에 대해서는 달리 특별한 계획은 없었지만, 어머니의 영역에 싫증을 느낄 때면 그는 숲 속의 호수 근처를 안전한 피난처로 삼곤 했다.

피에르가 방에 잠을 자러간 지도 꽤 오래되었다. 11시가 지나자 안채의 밝은 창의 마지막 불빛이 꺼졌다. 자정이 한참 지난 후, 요한 페라구트는 혼자 시내에서 걸어서 돌아왔다. 어느 술집에서 지인들과 함께 그날 밤을 보낸 것이었다. 구름 낀 온화한 초여름 밤을 거니는 동안, 술과 담배 연기와 들뜬 웃음과 주고받던 농담으로 무르익었던 분위기는 그에게서 깨끗이 사라졌다. 그는 촉촉하고 포근한 밤공기를 의식적으로 들이마시며 이미 높이 자란 검은 보리밭 사잇길을 조심조심 걸어서 로스할데로 향했다. 로스할데 숲의 덩치 큰 나무들이 창백한 밤하늘에 높고도 고요하게 서 있었다.

페라구트는 안채의 입구에 도착했지만 들어가지는 않고, 잠깐 동안 저택을 향해 시선을 돌려 바라보았다. 안채의 환한 전면은 우거진 나무 사이로 고귀하면서도 유혹하듯 빛나고 있었다. 그는 그 아름다운 광경을 즐거운 기분으로, 동시에 지나가는 나그네처럼 서먹서먹한 기분으로 잠시 동안 바라보았다. 그러고는 높은 울타리를 따라 수백 걸음 걸어갔는데, 이윽고 아틀리에로 통하는 비밀 출입문과 은밀한 숲길로 이어지는 장소가 나왔다. 이 작지만 당찬 사나이는 숲처럼 나무가 우거진 어둑어둑한 정원을 맑은 정신으로 들어섰다. 그의 거처가 있는 곳이었다. 희미한 나무 우듬지가 호수 위에서 갈라지며 흐릿한 잿빛 하늘을 배경으로 호숫가의 나무들이 넓게 원형을 이루는 곳, 그곳에 그의 아틀리에가 불쑥 모습을 드러냈다.

작은 호수는 완벽한 정적 속에 거의 검은빛으로 잠겨 있었다. 다만 한없이 얇은 수막 혹은 미세한 먼지 같은 옅은 빛깔이 물

위에 드리워 있을 뿐이었다. 페라구트는 시계를 보았다. 거의 1시가 다 된 시각이었다. 그는 그 작은 건물의 옆문을 열고 거실 안으로 들어가 촛불 하나를 켠 뒤 얼른 옷을 다 벗고는, 다시 집 밖으로 나가서 넓고 평평한 돌계단을 따라 내려가 천천히 물속으로 들어갔다. 호수는 그의 무릎 앞에서 작고 부드러운 원을 그리며 반짝반짝 빛나고 있었다. 그는 물에 몸을 담그고 호수 한가운데를 향해 헤엄을 쳤다. 그러자 평소와는 조금 다른 밤을 보낸 탓인지 갑자기 피로감이 엄습했다. 그래서 그는 물속에서 되돌아나와 물을 뚝뚝 흘리면서 집 안으로 들어갔다. 그러고 나서 목욕가운을 걸친 뒤 짧게 깎은 머리에 묻은 물기를 털어 내고, 계단 몇 개를 맨발로 밟고서 아틀리에로 올라갔다. 아틀리에에는 놀랄 정도로 컸지만 거의 텅 빈 휑한 방이었다. 그는 재빠른 동작으로 그 널찍한 방의 모든 전등에 불을 밝혔다.

그는 작은 캔버스가 올려 있는 화가畵架로 서둘러 달려갔다. 최근 며칠 동안 그리고 있는 작품이었다. 그는 두 팔을 무릎에 대고 그림 앞에 몸을 구부려 눈을 크게 뜬 채 화면을 응시했다. 신선한 색깔이 강렬한 불빛에 비쳐 나오는 듯했다. 그렇게 2, 3분 동안 말없이 화면을 응시하자 그림의 마지막 붓끝 하나까지 생생히 되살아났다. 몇 년 전부터 작업을 하는 전날에는 다른 아무것도 생각지 않고 오로지 진행 중인 그림만 생각하며 잠자리에 드는 것이 습관이 되어 버렸다. 그는 전등불을 모두 끈 뒤 촛불을 들고 침실로 들어갔다. 침실 문에는 작은 칠판이 하나 걸려 있었다. 그는 거기에 '7시에 깨울 것. 커피는 9시에'라고 로마자로 굵직하게 써놓고 문을 닫은 다음 자리에 누웠다. 하지만 잠들지 않고 눈을 뜬 채 그대로 꼼짝 않고 누워서 머릿속에 작품을 그려 보았다. 그것으로 만족을 느끼자 그는 회색빛의 맑은 눈을 감았고, 나지막하게 한숨을 내쉰 다음 곧 잠에 빠져들었다.

다음 날 아침, 하인 로베르트는 정해진 시간에 그를 깨웠다. 그는 즉시 일어나 작은 옆방으로 건너가 차갑게 흐르는 수돗물에 세수를 했다. 그러고 나서 색이 바래고 거칠고 뻣뻣한 리넨 가운을 걸치고 아틀리에로 들어갔다. 아틀리에의 커다란 블라인드는 로베르트가 이미 말아 올려 두었고, 작은 탁자 위에는 과일이 담긴 접시와 물병 그리고 검은 빵 한 조각이 놓여 있었다. 그는 잠시 생각에 잠긴 채 빵 조각을 손에 들고 먹으며 캔버스 앞에 서서 그림을 찬찬히 들여다보았다. 그는 이리저리 왔다 갔다 하면서 빵을 몇 입 씹고, 유리 접시에서 버찌 몇 개를 집어 들었다. 편지 몇 통과 신문들도 함께 놓여 있었지만 거들떠보지도 않았고, 무엇에 홀린 듯 곧 캔버스 앞 작업 의자에 자리를 잡고 앉았다.

폭이 넓은 캔버스 속의 작은 그림은 몇 주 전 여행 중에 본 아침 풍경을 몇 개 스케치한 것이었다. 그날 화가는 라인 강 상류 지방의 어느 작은 여관에 머물렀다. 친구를 찾아갔는데 만나지 못했고, 짙은 연기가 자욱한 여관의 휴게실에서 비가 추적추적 내리는 울적한 저녁을 보냈고, 석회 칠 냄새가 진동하는 축축한 객실에서 을씨년스러운 밤을 보냈다. 아직 해가 뜨기 전 선잠에서 깨어나니 기분은 엉망이고 괴로웠다. 여관의 현관문이 아직 열려 있지 않아서 그는 휴게실의 창문을 통해 밖으로 나갔다. 그는 강가에 매어 놓은 거룻배를 풀어서 살며시 일렁이는 어두운 강물을 노 저어 나갔다. 그가 막 되돌아오려 할 때, 건너편 강가에서 누군가가 그가 있는 방향으로 노를 저어 오는 광경을 보았다. 우윳빛 비가 촉촉이 내리는 새벽에, 희미하게 밝아 오는 냉랭한 여명이 어둠을 에워싸고 흘렀기 때문에 그 어부의 배는 실제보다 훨씬 커 보였다. 그 정경과 특이한 빛에 갑자기 마음이 사로잡힌 페라구트는 노를 멈추고 그 남자가 가까이 올 때까지 기다렸다. 남자는 그물의 부표 옆에서 배를 멈추더니 차가운 물에서 그물을 걷어 올렸다. 등이 넓적한 은빛 물고기 두 마리가 나타났다. 물고기들은 회색의 강물 위에서 잠시 번쩍이며 버둥거리다가 둔탁한 소리와 함께 어부의 배 위에 떨어졌다. 페라구트는 어부에게 기다려 달라고 부탁하고는, 그림 도구를 후다닥 준비하고서 수채화용 스케치를 했다. 그리고 그날 하루 종일 그곳에 머물면서 그림을 그리고 책을 읽었다. 다음 날은 이른 아침부터 다시 한 번 야외에서 그림을 그린 뒤 그곳을 떠났는데, 그 이후로 머릿속에는 언제나 그 그림에 대한 생각이 가득 차 애가 탔다. 그러다가 마침내 그림의 형태를 잡게 되어 며칠 전부터 작업에 매달려 오다가 이제 거의 완성 단계에 이른 것이다.

태양이 남김없이 비치고 있는 곳 아래서, 혹은 숲이나 공원의 따뜻하고 굴절된 광선 속에서 그림을 그리던 페라구트로서는 이

번 그림에 그 흐르는 은빛 차가움을 표현하기가 쉽지 않았다. 하지만 그것이 그림에 새로운 색조를 띠게 해주었다. 어제서야 그 난관이 완전히 해결되어 이제는 보기 드물게 좋은 그림 앞에 앉아 있다는 기분이 들었다. 이번 그림은 그가 완전히 그 의미를 파악해서 칭찬받을 정도로 묘사해 낸 것이 아니라, 무심하고 수수께끼 같은 자연 존재와 현상으로부터 한순간 유리 같은 표면을 꿰뚫고 거칠게 숨 쉬는 현실을 느끼게 하는 그림이었다.

화가는 주의 깊게 그림을 응시하면서 팔레트에 물감을 섞어 색의 배합을 궁리했다. 보통 때와는 달리 붉은색과 노란색이 거의 없었다. 물과 대기는 완성되었지만, 표면에는 혹독하게 차갑고 불만족스러운 빛이 흐르고 있었다. 호수의 숲과 말뚝들은 축축한 잿빛의 여명 속에서 그림자처럼 헤엄치고 있었고, 거칠게 깎아 만든 거룻배는 실물이 아닌 듯 물속에서 흐릿한 모습을 드러내고 있었다. 어부는 얼굴에 특이한 표정과 언어가 없었고, 침착하게 고기를 향해 뻗은 손만이 가차 없이 확연한 현실감을 그려냈다. 고기 한 마리가 번쩍이며 어부의 뱃전에서 팔딱거리고 있었고, 다른 한 마리는 조용히 모로 누워 있었다. 고기의 벌어진 동그란 입과 놀라 굳어 버린 눈에는 피조물의 고통이 서려 있었다. 전체적인 분위기는 차갑고 거의 소름 끼칠 정도로 슬펐지만, 고요하고 범접하기 어려운 그 무엇이 있었다. 거기에 표현되어 있는 것은 단순한 상징 이외의 그 무엇도 아니었으나, 그 단순한 상징 없이는 어떤 예술 작품도 존재할 수 없는 것이었다. 그것은 온전한 자연의 불가해함을 느끼게 할 뿐만 아니라, 일종의 감미로운 경이를 통해 사랑을 느끼게 하는 것이었다.

화가가 족히 두 시간도 넘게 작업했을 때, 하인 로베르트가 문을 두드렸다. 하인은 주인의 어정쩡한 대구에 익숙한 듯 조반을 가지고 들어와, 커피포트와 찻잔과 접시를 살며시 테이블 위에 올려놓았다. 그는 의자 하나를 밀어서 바로 하고 잠시 동안 아무 말 없이 서 있다가 조심스럽게 주의를 환기했다. "커피를 따라 두었습니다, 페라구트 씨."

"곧 가겠네." 화가는 그렇게 대답하고, 팔딱팔딱 뛰는 고기의 꼬리를 칠하던 붓 자국을 엄지손가락으로 다시 지워 버렸다. "따뜻한 물 좀 있나?"

화가는 손을 씻고 커피를 마시기 위해 자리에 앉았다.

"파이프에 담배 좀 채워 주게, 로베르트." 화가는 쾌활하게 말했다. "뚜껑 없는 작은 파이프로 하게나. 아마 침실에 있을 걸세."

하인은 달려 나갔다. 페라구트는 진한 커피를 기분 좋게 마셨다. 최근 들어 힘든 일을 하고 난 뒤면 엄습하는 현기증과 졸도 증세가 아침 안개처럼 걷히는 듯했다.

그는 하인에게서 파이프를 받아 들어 불을 붙이게 했다. 그런 다음 향기 좋은 담배 연기를 탐욕스럽게 빨아들였다. 그러자 커피의 효과도 더욱 진하고 부드러워졌다. 화가는 그림을 가리키면서 말했다. "로베르트, 자네도 어렸을 때 낚시를 해보지 않았나?"

"물론입니다, 페라구트 씨."

"그러면 저기 있는 물고기를 좀 보게나. 공중으로 뛰어오르는 놈 말고 입을 벌리고 누워 있는 놈 말일세. 주둥이가 제대로 그려진 건가?"

"제대로 그려졌는데요." 로베르트는 신뢰가 가지 않는 대답을 했다. "그거야 주인님께서 더 잘 아실 텐데요." 주인의 물음에 자신을 놀리려는 의도가 담겨 있는 듯싶어 그는 이렇게 비난이 섞인 음성으로 덧붙였다.

"아닐세, 이 친구야. 그렇지 않아. 사람이란 자신에게 일어난 일을 유년 시절처럼 그렇게 예민하고 생생하게 체험하지는 못하는 법일세. 그래서 열서너 살 때까지의 체험을 평생 간직하게 마련이지. 난 어렸을 때 물고기와는 아무런 인연이 없었네. 낚시질을 해본 적이 없단 말이지. 그래서 자네에게 물어보는 걸세. 저 정도면 주둥이는 괜찮겠지?"

"잘 그려졌는데요. 흠 잡을 데가 없습니다." 로베르트는 아첨하듯 듣기 좋은 비평을 해주었다.

페라구트는 이미 다시 일어나 팔레트의 색을 살펴보고 있었고, 로베르트는 주인의 거동을 지켜보고 있었다. 주인이 정신을 집중하기 시작하면 눈이 거의 유리알처럼 빛나며 반짝인다는 사실을 그는 알고 있었다. 그리고 주인이 커피나 조금 전의 짤막한 대화나 그 밖의 모든 것을 깡그리 잊은 상태라는 사실과, 이 순간에 주인을 부르기라도 하면 그는 마치 깊은 잠이 들었던 사람처럼 깨어나리라는 사실 또한 알고 있었다. 하지만 그것은 위험

천만한 일이었다. 로베르트는 늘어놓은 그릇들을 치우기 시작하다가, 개봉되지 않고 그대로 놓여 있는 우편물들을 발견했다.

"주인님!" 로베르트는 나지막하게 불렀다.

화가는 그 소리를 듣고는 귀찮다는 듯 의아한 표정으로 어깨 너머로 얼굴을 돌렸다. 피곤에 지친 사람이, 선잠에 빠져 있는데 왜 깨우느냐는 식이었다.

"여기 편지들이 와 있습니다."

그러고는 로베르트는 방을 나가 버렸다. 페라구트는 하인의 말 때문에 방해를 받은 것 같았다. 그래서 신경질적으로 코발트색 물감 덩어리를 짓이겨 배합하다가, 화가 나서 팔레트를 팽개치고 편지를 집어 들었다.

대수롭지 않은 용건의 편지들이었다. 전람회에 참석해 달라는 초대장, 그의 생년월일을 알려 달라는 어느 신문사 편집부의 요청 그리고 청구서 한 장이었다. 하지만 시선이 낯익은 필체에 닿자, 순간 달콤한 전율 같은 것이 가슴속으로 밀려들었다. 그는 편지를 집어 들고 즐거운 마음으로 자신의 이름과 주소를 읽었다. 자유분방하게 휘갈겨 썼으면서도 쓴 사람의 고집스러운 개성이 잘 드러난 필체를 한 자 한 자 살펴보았다. 그러고서 봉투의 소인을 읽어 보려고 애썼다. 우표는 이탈리아 것으로, 나폴리 아니면 제노바에서 보낸 편지가 틀림없었다. 그렇다면 이 친구는 이미 유럽에, 그것도 아주 가까이에 있고, 며칠만 지나면 이곳에 도착할 수도 있으리라.

그는 설레는 마음으로 편지를 개봉한 뒤, 줄을 친 듯 질서 정연하게 쓴 조그만 글씨를 만족스럽게 살펴보았다. 생각해 보건대 최근 5, 6년 동안 드문드문 외국에서 날아오는 이 친구의 편지야말로, 그림을 그리는 일과 꼬마 피에르와 함께 노는 시간을 제외하면 그에게 있어 유일하고도 순수한 즐거움이었다. 그 편지를 읽을 때면 늘 그랬지만, 그는 이번에도 즐거운 기대감 속에서 한 줄기 막연하면서도 고통스러운 수치심을 느꼈다. 자신의 삶에 존재하는 빈곤과, 애정이 결핍되었다는 인식이 의식 속으로 파고들었기 때문이다. 그는 천천히 편지를 읽어 내려갔다.

　　친애하는 요한!
　　늘 그렇듯 느끼한 마카로니를 곁들인 키안티[+] 와인 한 잔, 그리고 술집 앞에서 떠들어 대는 행상인들의 외침이 내가 다시 찾아온 유럽 문화의 첫 징표라네. 여기 나폴리는 5년 전에 비해 아무것도 변하지 않았다네. 싱가포르나 상하이보다 변화가 없어. 나는 이것을 고향에서도 모든 것이 변함없이 질서 정연하리라는 좋은 징조로 여기고 있네. 모레는 제노바로 갈 예정이네. 나를 마중 나올 조카와 함께 친척들에게 갈 작정이야. 거기에선 이번에는 넘쳐 나는 호의로 나를 반기지는 않을 걸세. 그도 그럴 것이, 최근 4년 동

---

[+] 국제적으로 유명한 이탈리아의 대표적 와인. 이탈리아 토스카나의 키안티 지역에서 생산됨.

안 정직하게 말해서 단 10탈러도 벌지 못했기 때문이지. 처음으로 친척들이 부탁하는 것이니, 대략 4, 5일쯤 머물러야겠네. 그러다가 사업차 네덜란드에 들러 다시 5, 6일 정도 체류해야 하니, 자네에겐 16일쯤에나 찾아갈 수 있을 것 같네. 가기 전에 전보를 치겠네. 최소한 열흘에서 2주 정도 자네 집에 머물고 싶네. 혹시 자네 일에 방해가 되지는 않을지. 자넨 정말 꽤 유명해졌더군. 20년 전쯤 자네가 그렇게 입버릇처럼 말하던 성공과 명성을 만약 절반밖에 이루지 못했다면, 자네는 그동안 분명히 손이 굳었거나 바보가 되었을 걸세. 자네의 그림을 나도 몇 점 사고 싶네. 내 주머니 사정이 넉넉지 못하다고 한탄한 것은 자네의 그림 값을 깎으려 한 술책이라네.

요한, 우리도 늙어 가나 보네. 이번이 홍해를 통과하는 열두 번째 여행이네만, 처음으로 더위 때문에 고생을 했다네. 46도나 되었으니까.

이보게, 친구. 2주 남았어! 모젤 포도주 몇 다스는 마셔야 하지 않겠나. 우리가 마지막으로 본 지 벌써 4년이 넘은 것 같은데 말일세.

9일에서 14일 사이에 편지를 하려면 안트베르펜의 '유럽 호텔'로 보내 주게. 혹시 내가 여행하는 지역 어딘가에서 자네의 전시회가 열린다면 연락 주기 바라네!

> 6월 2일 밤, 나폴리에서
> 자네의 벗 오토로부터

그는 또박또박 정성스럽게 쓴 글씨와 열정에 찬 필치로 이루어진 그 짧은 편지를 즐거운 마음으로 다시 한 번 읽고는, 한구석에 놓인 작은 책상 서랍에서 달력을 꺼내 들여다보며 만족스러운 듯 고개를 끄덕거렸다. 이달 중순까지 그의 그림 스무 점 이상이 브뤼셀에서 전시될 예정이었다. 다행스러운 일이었다. 친구의 예리한 시선이 은근히 두렵기도 하고, 최근 몇 년 동안 흔들려 왔던 그의 생활을 친구에게 숨길 수 없을 것 같아 다소 걱정되기는 하지만, 그 전시회의 그림들로 인해 친구가 적어도 그에 대한 첫인상을 가질 수 있을 것이며 그 또한 그 부분에 대해서는 자부할 수 있었다. 그렇게 생각하니 마음이 한결 가벼워졌다. 제법 이국적인 우아함을 지닌 친구 오토가 브뤼셀의 화랑을 거닐며 자신의 그림들을, 그것도 가려서 뽑은 최상의 그림들을 감상하는 모습을 상상해 보았다. 물론 그 가운데 몇 점 팔리지는 않겠지만, 그 작품들을 그곳에 전시한다는 것이 현재로서는 무척이나 기쁜 일이었다. 그는 즉시 간단한 편지를 안트베르펜으로 보냈다.

'여전히 모든 일을 다 꿰뚫고 있군' 하고 생각하자 그는 오토에게 고마운 생각이 들었다. '맞아. 우리는 지난번에도 거의 모젤 와인만 마셨지. 하룻밤을 꼬박 새우며 고주망태가 되었고.'

그는 그런 생각을 하다가, 자기로서도 좀체 가 본 적이 없는 지하실에 모젤 와인이 한 병도 없다는 사실을 깨달았다. 그래서 그는 그날로 술을 주문해 놓으리라 마음먹었다.

화가는 일을 하려고 다시금 그림 앞에 앉았지만, 마음이 심란하고 불안하여 정신 집중이 되지 않았다. 정신을 집중하기만 하면 좋은 착상이 저절로 떠오를 것 같았는데 말이다. 그래서 그는 결국 붓을 통에 꽂아 놓고, 친구의 편지를 다시 집어 들어 느릿느릿 아틀리에 밖으로 나갔다. 호수가 햇볕에 반사되어 그를 눈부시게 맞이했다. 구름 한 점 없는 여름날이었다. 햇볕이 쏟아지는 정원에는 갖가지 새들이 지저귀고 있었다.

그는 시계를 보았다. 분명 피에르의 아침 공부가 끝났을 무렵이리라. 그는 정처 없이 정원을 어슬렁거렸다. 나무 그림자로 인해 무늬처럼 얼룩진 길 쪽을 멍하니 바라보거나 안채 쪽으로 귀를 기울이기도 하면서, 그네와 모래 더미가 있는 피에르의 놀이터를 지나갔다. 드디어 채소밭 가까이에 이르러 높은 말밤나무의 머리 부분인 수관樹冠을 힐끗 쳐다보았다. 무성하게 그늘진 나뭇잎 위에 밝은색의 마지막 밤꽃들이 촛불처럼 활짝 피어 있었다. 꿀벌들이 윙윙거리며 정원의 울타리에 반쯤 핀 장미꽃 봉오리 주위를 맴돌고, 안채에 있는 작은 탑의 시계 치는 소리가 어두운 수관 사이로 두세 번 즐겁게 울려왔다. 시계는 시간을 제대로 치지 않았다. 페라구트는 다시 피에르를 떠올렸다. 좀 더 자라면 그 낡은 시계를 제대로 작동하도록 하는 것이 그 아이의 가장 큰 소망이자 야심이었기 때문이었다.

그때 울타리 저편에서 사람 목소리와 발걸음 소리가 들려왔다. 그 소리는 햇볕이 비치는 정원에서 꿀벌의 날개 소리, 새들의 지저럼, 패랭이꽃과 강낭콩 꽃의 은은한 향기와 뒤섞여 나지막하고 달콤하게 울려 퍼졌다. 아내와 피에르였다. 그는 걸음을 멈추고 울타리 너머로 가만히 귀를 기울였다.

"그건 아직 익지 않았어. 며칠 더 기다려야 한단다." 아이의 어머니가 말하는 소리가 들렸다.

까르르 웃는 소년의 웃음소리가 대답을 대신했다. 평화가 넘치는 녹색 정원의 세계, 기대감 넘치는 여름의 정적 속에서 부드럽게 울려 퍼지는 아이의 목소리, 그 두 가지는 순간 이 남자의 먼 유년 시절의 정원에서 울려오는 것 같았다. 그는 울타리 옆으로 다가가 넝쿨 사이로 정원 안쪽을 들여다보았다. 아침 가운을 입은 아내가 손에는 꽃가위를 들고 팔에는 가벼운 광주리를 낀 채 햇볕 비추는 길 위에 서 있었다. 아내가 서 있는 곳은 울타리에서 스무 걸음도 되지 않는 곳이었다.

화가는 잠시 동안 그녀를 바라보았다. 진지하면서도 절망 어린 표정을 한 키가 큰 부인은 꽃들 위에 상반신을 구부리고 있었는데, 크고 헐거운 밀짚모자가 얼굴을 완전히 가리고 있었다.

"이 꽃은 이름이 뭐예요?" 피에르가 물었다. 소년의 갈색 머리카락 속에서 햇볕이 일렁거리고 있었다. 드러난 가는 종아리도 햇볕에 그을려서 빛나고 있었다. 소년이 허리를 굽히자 햇볕에 그을린 목덜미 아래 상의가 내려간 틈으로 등짝의 하얀 피부가 드러났다.

"패랭이꽃이란다." 엄마가 말했다.

"네, 그건 저도 알아요." 피에르는 말을 계속했다. "하지만 꿀벌들이 그 꽃들을 뭐라고 부르는지 알아야 해요. 꿀벌들끼리 하는 말 속에서도 이 꽃은 이름이 있을 테니까요."

"물론이지. 하지만 그건 알 수가 없지. 그건 꿀벌들만 알고 있겠지. 어쩌면 꿀꽃이라고 부를지도 몰라."

피에르는 생각에 잠겼다.

"그건 아니에요." 피에르는 단호하게 말했다. "토끼풀에서도 벌들이 똑같이 꿀을 많이 얻잖아요. 미나리아재비 꽃에서도 마찬가지고요. 꿀벌이 모든 꽃에다가 똑같은 이름을 붙였을 리가 없잖아요."

소년은 패랭이꽃 주위를 맴돌고 있는 꿀벌 한 마리를 주의 깊게 살펴보았다. 꿀벌은 날갯짓으로 윙윙 소리를 내며 허공에 떠 있다가, 곧 장미꽃 속으로 탐욕스럽게 돌진해 들어갔다.

"꿀꽃이라니!" 소년은 경멸하는 듯한 어조로 중얼거리다가 입을 다물었다. 아름답고 흥미롭기 그지없는 일들은 알 수도 없고, 설명할 수도 없다는 사실을 어린 피에르는 이미 오래전에 경험으로 알고 있었다.

페라구트는 울타리 뒤에 서서 귀를 기울이며, 조용하고 심각한 아내의 얼굴과 사랑스러운 아들의 예쁘고 올된 부드러운 얼굴을 관찰했다. 큰아들이 꼭 저 정도 나이였던 때의 여름철이 생각나자 마음이 돌처럼 굳어졌다. 그때 그는 그 아들을 잃었고 그 아이의 엄마도 잃었다. 그러나 이 어린 피에르만큼은 잃고 싶지 않았다. 이 녀석만은. 그는 마치 도둑처럼 울타리 뒤에서 피에르의 얘기를 엿들으려 했고, 그 애를 자기 쪽으로 유인해 내고 싶었다. 만약 이 아이가 자기를 거부한다면, 그때는 더 이상 살고 싶지 않을 것이다.

그는 풀로 뒤덮인 샛길을 지나 나무들 사이로 조용히 그곳을 떠났다.

'유유자적 걸어 다니는 것은 내겐 중요치 않아' 하고 생각하자 그는 화가 나서 마음을 가다듬었다. 페라구트는 아틀리에로 돌아왔다. 불쾌한 기분을 씻어 내고, 수년간 길들여 온 수련에 의해 다시 긴장된 창작 의욕이 되살아났다. 그런 창작에의 기분은 소소한 잡념을 물리치고, 지금 완성하고자 하는 작품에 온 힘을 기울일 때만 얻어지는 것이었다.

저쪽 안채에서 점심 식사 준비가 끝났을 시각이었기 때문에 그는 세심하게 옷을 갈아입었다. 면도를 하고 머리를 빗고 푸른색의 여름옷으로 갈아입었더니, 그렇게 젊어 보이지는 않았어도 더러워진 작업복을 입었을 때보다는 훨씬 생기 있고 발랄해 보였다. 그가 밀짚모자를 집어 들고 막 문을 열려는 순간, 밖에서 문이 열리면서 어린 피에르가 들어왔다.

페라구트는 소년의 머리로 몸을 굽히고 이마에 입을 맞추었다.

"어때, 피에르? 가정교사 선생님은 좋아?"

"네, 그런데 좀 지루해요. 선생님이 이야기를 해주실 때도 재미있는 게 아니라, 그냥 책 읽는 것 같았어요. 공부가 끝날 때면 항상 착한 아이는 이러이러하게 행동해야 한다고 하시는 거예요. 아빠, 그럼 그렸어요?"

"응, 그래. 물고기를 그렸단다. 곧 끝나니까 내일이면 너도 볼 수 있을 거야."

화가는 소년의 손을 잡고 함께 밖으로 나갔다. 어른인 그가 아이의 짧은 걸음에 보조를 맞추고 다정하게 내맡긴 조그만 손의 체온을 느끼며 걷고 있노라니, 이 세상에서 그보다 더 기분 좋은 일은 없을 듯싶었다. 가라앉았던 호의의 감정과 아이에게로 향하는 어찌할 길 없는 애정이 가슴속에서 용솟음쳤다.

정원을 지나고 가느다란 백양나무가 늘어선 풀밭을 거닐 때, 아이는 주위를 둘러보면서 물었다. "아빠, 나비들이 아빠를 무서워하는 건가요?"

"왜? 아빠는 그렇게 생각하지 않는데. 좀 전에도 나비 한 마리가 내 손가락에 한참 동안 앉아 있었는걸."

"그런데 지금은 한 마리도 없어요. 혼자서 아빠에게 갈 때면 꼭 이 길을 지나가는데, 그때마다 이 길에는 항상 나비들이 아주 많이 있어요. 그 나비들이 부전나비라는 걸 나는 알아요. 부전나비들은 날 알아보고 날 좋아하나 봐요. 늘 가까이 와서 내 주위를 날아다니거든요. 나비를 기를 수는 없나요?"

"아무렴, 기를 수 있고말고. 우리 다음에 한번 길러 보도록 하자. 손바닥에 꿀을 한 방울 떨어뜨리고 조용히 손을 뻗고 있으면 결국 나비가 날아와서 꿀을 빨아 먹을 거야."

"멋져요, 아빠. 우리 한번 해봐요. 엄마더러 저한테 꿀을 좀 주라고 말해 줘야 해요. 꼭이요! 그렇게 해야 저한테 정말 꿀이 필요하다는 걸 엄마도 알게 될 테니까요."

피에르는 앞장서서 열려 있는 현관문을 통해 넓은 복도로 달려갔다. 서늘하고 어둑한 복도로 들어서자, 바깥의 햇빛 때문에 눈부셨던 아버지는 모자걸이와 식당문을 손으로 더듬어 찾았다. 소년은 벌써 안으로 들어가 엄마에게 응석을 부리고 있었다.

화가는 들어서며 아내와 악수를 나누었다. 아내는 남편보다 약간 키가 크고 탄탄한 몸매에다 아주 건강했지만 젊다고는 할 수 없었다. 그녀는 이제 남편을 사랑하지는 않으나 지금까지도 남편의 애정이 사라진 사실을 너무도 이해할 수 없는 불행, 부당한 불행으로 간주하고 있었다.

"금방 식사할 거예요." 부인은 조용한 목소리로 말했다. "피에르, 가서 손을 씻고 오너라!"

"새로운 소식이 있소." 화가는 부인에게 친구의 편지를 내밀었다. "오토가 곧 방문할 모양이오. 여기에 머무는 동안 잘 지내도록 했으면 좋겠소. 당신도 괜찮겠소?"

"오토 부르크하르트 씨는 아래층 방을 두 개 쓰시면 돼요. 거기라면 방해받지 않고 마음 내키는 대로 출입할 수도 있고요."

"그래, 그게 좋겠군."

그녀는 약간 망설이다가 말했다. "전 그분이 좀 더 나중에 올 거라 생각했어요."

"그 친구는 여행을 일찍 시작한 모양이오. 나도 오늘까지 전혀 몰랐소. 아무튼 일찍 올수록 좋은 거니까, 뭐."

"그렇다면 알베르트와도 만나게 되겠군요."

순간 페라구트의 얼굴에서는 즐거운 기색이 사라져 버렸다. 아들의 이름을 듣자, 그의 음성은 냉랭해졌다.

"알베르트가 어쨌다는 거요?" 그는 신경질적으로 말했다. "그 애는 친구와 함께 티롤 쪽으로 여행한다면서?"

"당신에게 미리 말할 필요가 없다고 생각했어요. 알베르트의 친구가 친척의 초대를 받고 도보 여행을 단념했나 봐요. 방학이 시작되면 알베르트가 이리로 올 거예요."

"그렇다면 방학 내내 여기에 머무를 건가?"

"아마 그럴 것 같아요. 전 그 애와 몇 주 정도 여행을 하고 싶은데, 당신 불편하지 않겠어요?"

"왜 그렇게 생각하지? 피에르를 내가 맡으면 되는 일이오."

페라구트 부인은 어깨를 으쓱했다.

"제발, 그 얘기는 다시 꺼내지 마세요! 당신도 아시잖아요. 제가 피에르를 혼자 여기에 놔둘 수 없다는 걸요."

화가는 분개했다.

"혼자라니!" 그는 날카롭게 외쳤다. "내가 그 애 곁에 있는데, 어떻게 혼자라는 말이오?"

"전 그 애를 여기 놔둘 수 없어요. 그렇게 하지 않을 거예요. 그 문제로 재차 다투어 보았자 아무 소용없어요."

"물론, 당신이야 그러고 싶지 않겠지!"

그는 입을 다물었다. 마침 피에르가 손을 씻고 돌아왔기 때문이었다. 그들은 식탁으로 갔다. 소년은 서먹서먹해진 두 사람 사이에 앉아, 늘 그랬듯이 두 사람의 시중을 받기도 하고 또 이야기 상대가 되기도 했다. 아버지는 될수록 식사 시간을 길게 끌려고 했다. 식사가 끝나면 소년은 엄마 곁에 머물 것이기 때문이었다. 아들이 오늘 다시 아틀리에로 건너올지 어떨지 그 여부는 지극히 불확실했다.

제2장

　　로베르트는 아틀리에 옆에 있는 작은 방에서 팔레트와 한 다발
의 붓을 씻느라 여념이 없었다. 그때 열린 문으로 꼬마 피에르가
나타났다. 꼬마는 멈추어 선 채 그 광경을 물끄러미 지켜보았다.

　　"이건 좀 지저분한 일이네요." 꼬마는 잠시 후 이런 판단을 내
렸다. "그림을 그린다는 건 대체로 정말 멋진 일이지만, 난 화가가
되고 싶지는 않아요."

　　"아닐걸, 어디 다시 한 번 생각해 보렴." 하인 로베르트가 말했
다. "네 아빠는 저렇게 유명한 화가이신데도?"

　　"싫어요." 소년은 단호하게 말했다. "화가가 된다는 게 저한테는
맞지 않아요. 늘 기름투성이에다 물감 냄새는 또 얼마나 지독한
데요. 냄새가 약간 좋을 때도 있긴 하지만요. 예를 들어, 새로 그

린 그림이 방에 걸렸을 때는 물감 냄새가 아주 향기로워요. 하지만 아틀리에 안에서는 정말 참을 수가 없어요. 머리가 지끈지끈 아플 정도거든요."

하인 로베르트는 소년을 유심히 쳐다보았다. 이 응석받이에게 벌써부터 자기 의견을 솔직하게 말해 주고 싶었다. 또한 충고할 것도 많았다. 하지만 피에르의 얼굴을 쳐다보면 그렇게 되지가 않았다. 소년은 너무나 생기 있고 아름답고 진지했다. 마치 소년이 지니고 있는 모든 것이 아주 훌륭하고 최상인 것처럼 말이다. 주인인 척 거드름을 피우거나 아이답지 않게 의젓하게 행동하는 모습조차 소년에게는 이상할 만큼 잘 어울렸다.

"그럼 우리 도련님은 대체 무엇이 되고 싶을까?" 로베르트는 다소 진지하게 물었다.

피에르는 눈을 내리깔고 생각에 잠겼다가 말했다.

"아, 사실은 뭐 특별히 되고 싶은 건 없어요. 그냥 학교만 일단 마쳤으면 좋겠어요. 여름에는 새하얀 옷을 입고, 흰색 구두를 신고 싶어요. 아주 작은 얼룩이라도 있으면 안 되고요."

"그래, 그래" 로베르트는 나무라듯 말했다. "지금은 그렇게 말하겠지. 하지만 지난번 나와 함께 있을 때 도련님 옷은 금방 버찌와 풀로 잔뜩 더러워졌잖아. 모자는 아예 잃어버렸고 말야. 기억 나지?"

피에르는 냉랭해졌다. 소년은 눈을 가늘게 뜨고는 긴 속눈썹 사이로 하인을 쏘아보았다.

"그때 엄마한테 엄청 야단맞았잖아요." 소년은 천천히 말했다. "혹시 엄마한테 부탁을 받고 그때 일을 들춰내서 날 괴롭히려는 것 아닌가요?"

로베르트는 슬쩍 말을 돌렸다.

"그러면 도련님은 늘 흰옷을 입고 싶고, 어떤 일이 있어도 그 옷을 더럽히고 싶지 않다는 거지?"

"그렇긴 하지만, 더럽혀질 때가 많잖아요. 아저씨는 내 말이 무슨 말인지 알아듣지 못하나 봐! 물론 나는 풀밭이나 건초 더미에서 이따금 뒹굴고 싶고, 웅덩이를 뛰어넘거나 나무에도 기어오르고 싶단 말이에요. 그건 분명해요. 하지만 약간 거칠게 굴고 장난을 쳤다고 해서 야단맞고 싶지는 않단 말이에요. 옷이 더러워지면 살짝 방으로 들어가 깨끗한 새 옷으로 갈아입으면 되잖아요? 나쁠 게 뭐 있어요? 아시잖아요, 로베르트 아저씨. 꾸지람은 아무 소용없다는 걸. 나도 정말 그렇게 생각해요."

"도련님에겐 그게 맞겠네, 그렇지 않을까? 그런데 대체 왜 그렇게 생각하지?"

"그건 이렇다고요. 어떤 좋지 못한 일을 했을 때는 곧 자신도 그걸 알고 부끄러워하거든요, 그런데 야단을 맞게 되면 오히려 부끄러운 마음이 더 줄어든다고요. 어떤 때에는 전혀 잘못하지 않았는데도 이따금 야단을 맞는단 말이에요. 단지 누가 불렀는데 얼른 달려가지 않았다든가, 아니면 엄마가 마침 화가 나 있기 때문에 말이에요."

"그건 자기 입장만 생각하니까 그런 게 아닐까? 우리 도련님." 로베르트가 웃었다. "대신에 도련님이 나쁜 짓을 했는데도, 본 사람이 없어 꾸지람을 듣지 않을 때도 있지."

피에르는 대답하지 않았다. 언제나 마찬가지였다. 정말로 중요한 문제에 대해 어른과 의논하다가는 결국은 항상 실망으로 끝나거나 완전히 굴욕을 당하며 끝나게 마련이었다.

"그림을 한 번 더 보고 싶어요." 소년은 하인에게서 떨어지고 싶다는 어투로 불쑥 이렇게 말했다. 그것이 로베르트에게는 주인으로서의 명령이든 아니면 간청이든 마찬가지로 들렸다. "잠시만 들어가게 해주세요."

로베르트는 순순히 응해 주었다. 그는 아틀리에의 문을 열고 피에르를 들여보낸 다음 함께 들어갔다. 어느 누구든 혼자서 그곳에 들여보내는 것은 엄격히 금지되어 있기 때문이었다.

널따란 방 한가운데 햇빛이 잘 비치는 곳에 이젤이 서 있고, 이젤 위에는 황금색 임시 액자에 끼운 페라구트의 새로운 그림이 놓여 있었다. 피에르가 그림 앞에 서자, 로베르트는 그의 뒤에 섰다.

"이 그림 마음에 들어요, 로베르트?"

"물론 마음에 들지. 아니면 내가 바보겠지!"

페에르는 눈을 가늘게 뜨고 그림을 뚫어지게 바라보았다. "난 말이에요," 피에르는 신중하게 말했다. "아무리 많은 그림을 보여 줘도, 그중 아빠의 그림이 한 점만 들어 있어도 가려낼 수 있어요. 그래서 그림이 좋아요. 아빠가 그린 그림이라는 걸 알아볼 수 있으니까 말이에요. 하지만 솔직히 이 그림은 절반 정도만 마음에 들어요."

"그렇게 말하면 안 되지!" 로베르트가 깜짝 놀라서 나무라듯 말하며 소년을 쳐다보았다. 하지만 피에르는 꼼짝도 않고 그림 앞에 서서 눈을 깜빡이고 있었다.

"보세요." 소년은 말했다. "저 안채에 아빠가 예전에 그린 그림이 몇 점 있는데요, 난 그 그림들이 훨씬 좋아요. 그런 그림이라면 나중에라도 갖고 싶어요. 예를 들어, 해질 무렵 산을 그린 그림 있잖아요? 그 그림에서는 모든 게 온통 새빨갛고 황금빛이잖아요. 귀여운 아이들이랑 아름다운 여인들이랑 예쁜 꽃들도 있어요. 그러니까 얼굴 모습도 분명하지 않은 저 늙은 어부와 따분해 보이는 시커먼 배가 그려진 그림보다는 훨씬 더 멋있어요. 그렇지 않아요?"

로베르트는 내심으로는 완전히 같은 의견이었다. 그러나 소년의 솔직함에 감탄하고 기뻐하면서도 그것을 인정하지는 않았다.

"도련님은 아직 몰라." 로베르트는 잘라 말했다. "이제 나오너라. 문을 다시 잠가야 해."

그 순간 갑자기 안채 쪽에서 끼익 하며 자동차 바퀴 구르는 소리가 들렸다.

"와, 자동차다!" 피에르는 신이 나서 밖으로 달려 나갔다. 밤나무 아래를 지나 출입 금지 구역인 잔디밭과 꽃밭 위를 아무렇게

나 가로질러서 뛰어갔다. 헐레벌떡 집 앞 자갈길에 도착하니, 자동차에서 막 아버지와 어떤 낯선 신사가 내리고 있었다.

"오, 피에르, 안녕!" 아빠가 외치면서 그를 팔에 안고 들어 올렸다.

"여기 아저씨가 한 분 오셨어. 누구인지 넌 잘 모를 거야. 악수를 청하고 어디에서 오셨는지 여쭈어 보렴."

소년은 낯선 사람을 똑바로 쳐다보았다. 소년은 아저씨와 악수를 하고서 햇볕에 탄 그의 적갈색 얼굴과 밝고 즐거운 듯한 회색빛 눈을 쳐다보았다.

"아저씨는 어디에서 오셨어요?" 소년은 시키는 대로 물었다.

낯선 신사는 그를 팔에 안았다.

"애야, 벌써 내가 안기에 힘들 정도로 자랐구나." 신사는 엄살 피우듯 유쾌하게 말하면서 소년을 내려놓았다. "내가 어디에서 왔느냐고? 제노바에서 왔지. 그 전에는 수에즈에 있었고, 그 전에는 아덴에 있었고, 또 그 이전에는……"

"아, 인도에서 오셨지요. 나 알아요. 안다니까요! 오토 부르크하르트 아저씨 맞죠? 호랑이를 한 마리 갖고 오셨어요? 아니면 야자열매라도?"

"호랑이는 또 도망쳐 버렸단다. 하지만 야자열매는 줄 수 있어. 조개껍데기랑 중국 그림책도 말야."

그들은 현관으로 들어갔다. 페라구트는 친구를 2층으로 안내했다. 그는 자기보다 훨씬 키가 큰 친구의 어깨 위에 정답게 손을 없었다. 2층 복도에서 안주인이 그들을 맞이했다. 안주인은 침착하면서도 진심을 담아 인사했는데, 그 손님의 명랑하고 건강한 얼굴은 돌아갈 수 없는 지난날의 즐거웠던 시절을 상기시켜 주었다. 손님은 잠시 안주인의 손을 잡은 채 얼굴을 찬찬히 들여다보았다.

"전혀 늙지 않으셨군요, 페라구트 부인." 그는 안주인을 칭찬해 마지 않았다. "요한보다 더 건강해 보이는군요."

"선생님이야말로 전혀 변함없으시네요." 그녀는 정답게 말했다.

손님은 껄껄 웃었다.

"아, 네. 근데 겉모양만 그렇지요. 속은 엉망이랍니다. 춤추는 것도 진작 집어치웠어요. 하긴, 그런 게 다 무슨 소용이랍니까, 저는 여전히 독신인걸요."

"이번에는 부인을 얻고 가셔야죠."

"아닙니다, 부인. 이젠 완전히 포기했습니다. 이렇게 아름다운 유럽을 더럽히고 싶지 않습니다. 부인도 아시다시피 제겐 친척이 있지요. 천천히 유산이나 물려줄 늙은이가 되어 가고 있습니다. 이 나이에 마누라를 데리고 고향에 얼굴을 내밀 처지는 아니죠."

페라구트 부인의 방에는 커피가 준비되어 있었다. 그들은 커피와 리큐어를 마시며 바다 여행이라든지, 고무 재배라든지, 중국 도자기에 대해서 한 시간 정도 잡담을 나누었다. 화가 페라구트는 처음에는 말이 없었고 다소 가라앉은 기분이었다. 몇 달 동안 그가 이 방에 발을 들여놓은 적이 없었기 때문이었다. 하지만 모든 것이 잘되어 있었다. 오토가 출현하면서 그 집에 경쾌하고 즐 겁고 어린애처럼 명랑한 분위기를 옮겨 온 듯했다.

"이제 집사람이 좀 쉬어야 할 것 같네." 마침내 화가가 입을 열었다. "자네가 머물 방을 보여 주겠네, 오토."

그들은 부인과 작별하고 응접실로 갔다. 페라구트는 친구를 위해 두 개의 방을 준비하고 손수 정돈해 두었다. 가구 배치는 물론 벽에 거는 그림에서부터 책장에 넣을 책에 대한 선택에 이르기까지 모든 것을 직접 신경 써서 꾸몄다. 침대의 머리 쪽에는 오래되어 색이 희미하게 바랜 사진 한 장을 걸어 놓았다. 1870년대 학창 시절에 찍은, 약간 우스꽝스러우면서도 감동적인 사진이었다. 그 사진이 눈에 들어오자, 손님은 자세히 보려고 가까이 다가갔다.

"맙소사!" 그는 놀라서 소리쳤다. "이건 우리들이잖아. 아마 열여섯 살 때였지! 이보게, 자넨 정말 감동적인 친구야. 학교를 졸업하고 20년이 지나도록 난 이런 사진을 본 적이 없네."

페라구트는 씨익 웃었다.

"그래, 자네가 재미있어 할 거라 생각했어. 자네가 필요로 하는 것이라면 아마 뭐든 있을 걸세. 그러니 심심하지는 않을 거야. 당장 짐을 풀 텐가?"

부르크하르트는 귀퉁이마다 구리를 박은 커다란 선원용 트렁크에 털썩 주저앉아 만족한 듯 주위를 둘러보았다.

"이 방 참 좋군. 그런데 자네 방은 어딘가? 바로 옆방인가? 아니면 위층인가?"

화가는 가죽 가방의 손잡이를 만지작거리며 대수롭지 않게 말했다.

"아닐세. 지금은 저기 건너편 아틀리에에 기거하고 있네. 새로 증축을 좀 했지."

"나중에 꼭 보여 주게나. 그런데, 잠도 거기서 자나?"

페라구트는 가방을 세워 놓고 몸을 돌렸다.

"응, 잠도 거기서 잔다네."

친구는 입을 다물고 생각에 잠겼다. 그러고는 주머니를 뒤져 두툼한 열쇠 뭉치를 꺼내 들고는 철거덕거리기 시작했다.

"어디, 짐을 좀 풀어 봐야겠군. 자넨 나가서 자네 아들을 데려 오지 않겠나? 그 애가 재미있어 할 걸세."

페라구트는 밖으로 나갔다가 금방 피에르를 데리고 들어왔다.

"와, 멋진 트렁크네요, 오토 아저씨. 전 벌써 다 봤어요. 트렁크에 쪽지가 많이 달려 있네요. 몇 개 읽어 봤어요. 페낭이라고 적혀 있는 것도 있던데, 페낭이 무슨 뜻이에요?"

"그건 도시 이름인데, 인도차이나에 있지. 아저씨가 가끔 가는 곳이란다. 자, 잘 봐라! 이제 네가 열어 봐도 괜찮으니까."

그는 아이에게 톱니 모양의 넓적한 열쇠 하나를 쥐어 주며 트렁크의 자물쇠를 열도록 시켰다. 이어 뚜껑이 열리고, 맨 위쪽에 거꾸로 놓여 있는 널찍하게 생긴 광주리가 눈에 들어왔다. 울긋 불긋한 말레이시아 산 세공품이었다. 그것을 들어내자 안에서 종이와 천 조각으로 싸인 물건이 나왔는데, 너무도 아름답고 환상적인 조개껍데기들이었다. 이국의 항구 도시에서나 살 수 있는 것이었다.

피에르는 조개껍데기를 선물로 받자, 행복한 나머지 말을 제대로 하지 못했다. 조개껍데기 다음으로는 흑단으로 만든 커다란 코끼리가 나왔고 또 기괴하게 생긴 움직이는 목각 인형이 달린 중국산 장난감이, 마지막으로는 번쩍번쩍 빛나는 중국의 두루마리 그림책이 나왔다. 그림책에는 신, 악마, 왕, 전사, 용 등이 가득 그려져 있었다.

페라구트가 이런 물건들로 피에르와 함께 정신을 팔고 있는 동안, 친구 부르크하르트는 가죽 가방을 열고 슬리퍼, 내의, 솔 등을 침실에 하나하나 꺼내 놓았다. 그러고는 페라구트와 피에르가 있는 곳으로 되돌아갔다.

"자, 이제는," 그는 활기차게 말했다. "오늘 일은 이것으로 충분해. 이제 아틀리에로 건너가 봐도 좋겠지?"

피에르는 신기한 물건들에서 눈을 떼고 얼굴을 들었다. 아까 자동차가 도착했을 때처럼 기쁨에 넘쳐 한껏 젊어 보이는 아빠의 얼굴을 신기한 눈으로 바라보았다.

"무척 기분이 좋은가 봐요, 아빠." 피에르는 아빠의 마음을 알아주는 듯 말했다.

"물론이지." 페라구트는 고개를 끄덕였다.

그러자 친구가 물었다. "다른 때에는 아빠가 저렇게 즐거워하지 않았니, 피에르?"

이 물음에 피에르는 당황해서 아빠와 오토 아저씨의 얼굴을 번갈아 쳐다보았다.

"모르겠어요." 피에르는 망설이며 말했다. 그러고서 다시 까르르 웃으면서 단호하게 말했다. "그럼요. 아빠는 저렇게 즐거워한 적이 한 번도 없었어요."

피에르는 조개껍데기가 든 광주리를 들고 달아났다. 오토 부르크하르트는 친구의 팔을 잡고 집 바깥으로 나왔다. 친구는 정원을 지나 결국 아틀리에가 있는 건물로 안내받았다.

"그렇군. 정말 여기다 새로 증축했구먼." 부르크하르트는 금방 확인하듯 말했다. "좌우간 멋지게 보이는군. 언제 공사를 했나?"

"대략 3년쯤 되었나 봐. 아틀리에 자체도 좀 넓어졌어."

부르크하르트는 주위를 둘러보았다.

"저 호수는 언제 봐도 멋있군! 억만금의 값어치가 있어. 우리 저기서 저녁때 헤엄 한번 칠까? 여긴 정말 아름다운 곳이야, 요한. 자, 이제는 아틀리에를 좀 보세나. 새로 그린 그림들이 좀 있나?"

"많지는 않네. 하지만 그저께 끝낸 그림이 하나 있네. 그걸 좀 봐주게. 내 생각으로는 꽤 괜찮긴 하지만 말일세."

페라구트가 문을 열었다. 천장이 높은 아틀리에는 깨끗이 정돈되어 있었다. 바닥도 깨끗하게 닦여 있었고 모든 게 제대로 정리되어 있었다. 방 한가운데에 새로운 그림이 외롭게 서 있었다.

두 사람은 말없이 그림 앞에 멈추어 섰다. 비가 내리는 흐린 새벽의 차갑고 끈적끈적한 풍경이 문을 통해 들어오는 밝은 빛뿐만 아니라 따뜻한 대기와 대조를 이루었다.

두 사람은 오랫동안 그림을 관찰했다.

"자네의 최근 작품인가?"

"그렇다네. 다른 액자에 끼워야 하지. 그 외에는 더 손볼 곳이 없으니까 말일세. 자네 마음에 드나?"

두 친구는 탐색하듯 서로 상대방의 눈을 들여다보았다. 페라구트보다 좀 더 키가 크고 힘이 센 부르크하르트는 건강한 혈색에 따뜻하고 명랑한 눈빛으로, 마치 덩치 큰 어린아이처럼 화가 페라구트 앞에 서 있었다. 화가는 나이에 비해 일찍 세기 시작한 머리카락 때문에 눈빛과 표정이 아주 날카롭고 엄숙해 보였다.

"이 그림은 아마 자네의 최고 걸작품이 될 걸세." 친구가 천천히 말했다. "브뤼셀에서도 자네 그림들을 보았고, 파리에서도 두 점을 보았네. 미처 생각지 못했는데, 자네가 요 몇 년 동안 이렇게 발전하다니 말일세."

"그 말을 들으니까 기쁘군. 나도 그렇게 생각하네. 꽤 부지런히 일했지. 그래서 이따금 예전의 나는 한낱 아마추어에 불과했구나 하는 생각도 했다네. 훨씬 뒤에야 제대로 일하는 것을 배웠지. 하지만 이제는 그러한 경지도 넘어섰다고 생각하네. 아마 앞으로 이 이상 더 발전하지는 못할 걸세. 여기 이 그림보다 더 나은 작품을 만들 수는 없을 것 같네."

"이해하겠네. 그건 그렇다 치고, 자넨 정말 유명해졌더군. 심지어 동아시아로 가는 여객선에서도 사람들이 자네 이야기를 하는 소리를 들었네. 그땐 나도 우쭐해지더군. 그래, 유명해지니까 기분이 어떻던가? 기쁜가?"

"기쁘다고는 말할 수 없네. 그저 제대로 된 것이라 생각하네. 나보다 더 훌륭한 작품을 내놓을 수 있는 화가가 두서너 명쯤은 있다고 보네. 난 결코 나 자신을 위대한 존재로 꼽지는 않네. 평론가들이 이러쿵저러쿵하는 이야기들은 당연히 하찮은 일일세. 내가 요구할 수 있는 것은, 나를 진지하게 평가해 달라는 것일세. 그런데 사람들이 그렇게 해주기 때문에 나는 만족한다네. 다른 모든 것은 신문상의 명성이나 금전상의 문제들에 불과하다네."

"뭐, 그렇지. 그런데 자네가 말하는 위대한 존재란 어떤 것을 염두에 두고 한 말인가?"

"왕이나 군주들을 두고 하는 말일세. 우리 같은 사람은 장군이나 대신은 될 수 있지만 그 이상은 안 되네. 그게 한계일세. 여보게, 우리는 그저 열심히 공부해서 자연을 가능한 한 진지하게 받아들일 수 있는 존재에 불과하다네. 하지만 왕들은 자연의 형제이자 동료일세. 그들은 자연과 더불어 놀고, 또 자연을 스스로 창조할 수도 있지. 우리들은 그저 자연을 모방할 따름일세. 물론 이런 왕들은 아주 희귀한 존재지. 백 년에 한 사람 나올까 말까야."

두 사람은 아틀리에 안을 이리저리 거닐었다. 화가 페라구트는 적당한 말을 찾아내려는 듯 열심히 마룻바닥을 내려다보았고, 친구는 나란히 걸으면서 광대뼈가 튀어나온 요한 페라구트의 가무 잡잡하고 여윈 얼굴을 진지하게 바라보았다.

옆방으로 이어지는 문 앞에서 오토는 걸음을 멈추었다.

"여기 이 문 한번 열어 보게나." 그가 부탁했다. "방을 좀 보고 싶군. 그리고 담배도 하나 주게."

페라구트는 문을 열었다. 두 사람은 그 방을 통과하여 다른 옆 방들도 둘러보았다. 부르크하르트는 담배 한 대를 피워 물고 친구의 조그만 침실로 들어가 친구의 침대를 힐끗 보았고, 여기저 기 널려 있는 화구며 끽연 용구들을 주의 깊게 살펴보았다. 아틀 리에의 전체적인 분위기는 꽤나 궁색해 보였고, 가난하고 부지런 한 독신자의 조그마한 방처럼 일과 금욕의 삶만을 보여 주는 방 이었다.

"그러면 자넨 줄곧 이곳에 틀어박혀 지냈군!" 친구는 무뚝뚝하 게 관심 없는 척 말했지만, 그곳에서 지난 몇 년 동안 무슨 일이 일어났는지 보고 느낄 수 있었다. 친구는 스포츠나 체조나 승마 같은 것을 암시하는 물건들을 보고는 흡족해 했지만, 쾌적함이 나 안온함과 즐거운 여가 등을 표현하는 것들이 없어서 마음이 조금 짠했다.

그리고 두 사람은 다시 그림이 있는 곳으로 되돌아왔다. 그 모 든 전람회장과 화랑의 상석에 걸리거나 고가에 팔리는 그림들은 바로 그곳에서 그려진 것이었다. 그곳에서는 오로지 일과 체념만 이 느껴질 뿐이었고, 화려한 것, 쓸데없는 것, 자질구레하고 하찮은 것, 포도주와 꽃의 향기, 여자에 대한 추억 따위는 전혀 찾아볼 수 없었다.

좁은 침대 위에는 액자에도 넣지 않은 사진 두 장이 압정으로 꽂혀 있었다. 하나는 어린 피에르의 사진이고, 하나는 오토 부르크하르트의 것이었다. 오토는 그 사진을 잘 기억하고 있었다. 서투른 아마추어의 솜씨로, 열대지방 사람들의 헬멧을 쓴 채 인도에 있는 그의 집 베란다를 배경으로 서 있는 모습을 찍은 사진이었다. 가슴 아래쪽은 신비로운 흰 줄이 그어져 있었다. 감광판에 빛이 새 들어갔기 때문이었다.

"아틀리에가 참 멋있군. 아무튼, 자넨 부지런한 친구일세! 악수나 한번 하세. 이보게, 자넬 다시 만나 정말 기쁘다네. 그런데 지금은 내가 좀 피곤하네. 한 시간만 쉬어야겠네. 나중에 수영이나 산책을 하러 와주겠나? 아닐세, 됐어. 한 시간만 지나면 다시 거뜬해질 거야. 그럼 나중에 보세!"

그는 기분 좋게 나무 밑으로 어슬렁거리며 걸어갔다. 페라구트는 친구의 뒷모습을 바라보았다. 친구의 거동이며 걸음걸이 그리고 옷의 주름 하나하나에도 안정감과 삶의 고요한 기쁨이 깃들어 있는 것 같았다.

그사이에 부르크하르트는 안채로 건너왔으나 자기가 쓸 방을 그대로 지나쳐서 2층으로 올라가더니 페라구트 부인의 방문을 두드렸다.

"방해가 되지 않는다면, 잠깐 뵐 수 있을까요?"

부인은 그를 맞아들이며 미소를 지었다. 하지만 건강하고 진지해 보이는 얼굴에 깃든 짧고 어색한 부인의 미소는 오토가 느끼기에는 뭔가 힘이 없고 외로운 듯한 모습이었다.

"여기 로스할데는 정말 좋군요. 정원을 둘러보고 저쪽 호숫가에도 다녀왔습니다. 참, 피에르가 벌써 저렇게 자랐다니! 그렇게 귀여운 아이를 보노라니 제 독신 생활이 정말 싫어지는군요."

"그렇지요? 귀엽게 생겼지요? 그 애가 남편을 꼭 닮았다고 생각하시나요?"

"약간 닮았네요. 네. 아니, 사실은 훨씬 많이 닮았는데요. 제가 피에르만 한 나이의 요한을 알지는 못하지만 열한 살, 열두 살 때의 요한을 잘 알고 있습니다. 그런데 그 친구는 조금 지쳐 보이는군요. 그렇지 않나요? 아, 저는 지금 요한에 대해서 말하고 있는 겁니다. 그 친구 최근에 일을 너무 많이 한 것 아닌가요?"

아델레 부인은 그의 얼굴을 쳐다보았다. 부인은 그가 자신을 탐색하며 무언가 알아내려 한다는 것을 느꼈다.

"저도 그렇게 생각합니다." 그녀는 차분히 말했다. "그이는 일에 관해서는 거의 말을 하지 않아요."

"그 친구 요즈음 대체 무슨 그림을 그리고 있나요? 풍경화인가요?"

"그이는 정원에서 자주 그림을 그려요. 대개는 모델을 쓰지요. 그이의 그림을 보셨나요?"

"네, 브뤼셀에서 보았습니다."

"그이가 브뤼셀에 출품을 했나요?"

"물론입니다. 그것도 많은 그림을 출품했지요. 제가 그 목록을 가져왔습니다. 저도 그중 한 점을 사고 싶습니다. 그리고 그것에 대한 부인의 생각이 어떠신지 듣고 싶습니다."

그는 부인 앞에 목록을 내놓으며 복사된 그림 한 점을 가리켰다. 그녀는 목록을 넘겨 가며 그림을 살펴보다가 그에게 돌려주었다.

"부르크하르트 씨께서 직접 결정하시죠. 전 이 그림을 잘 몰라요. 아마 남편이 지난가을 피레네 산에서 그린 그림인가 봐요. 집에는 가지고 오지도 않았어요."

그녀는 잠시 말을 끊었다가 다시 화제를 돌려 말을 이었다. "피에르한테 선물을 주셔서 고마워요."

"아, 뭐 그리 대단한 것도 아닌걸요. 부인께도 아시아에서 가져온 물건 하나를 기념으로 드릴까 하는데 받아 주시겠지요. 어떻습니까? 옷감을 몇 종 가져왔는데, 보여 드리고 싶습니다. 마음에 드는 것을 한번 골라 보시지요."

부인이 정중히 거절하는 바람에 품격이 있으면서도 가벼운 농담조의 말이 오가야 했고, 이윽고 그는 속을 터놓지 않는 부인을 유쾌하게 만드는 데 성공했다. 그는 보물 상자라고 하는 그의 트렁크에서 한아름의 인도산 직물을 가져왔다. 말레이시아 산 옷감과 손으로 짠 것들을 펼쳐 놓으며, 레이스와 비단들을 의자의 등받이에 걸쳐 놓았다. 그리고 이것은 어디에서 구했으며 저것은 얼마를 깎았는데 거의 헐값으로 샀다느니 하며 여전히 농담을 섞어 떠들어 댔다. 작지만 유쾌한 바자회가 열린 셈이었다. 그는 또 그녀의 평을 청하기도 하고, 옷감의 끝을 그녀의 손 위에 걸쳐 놓고 옷감 짜는 방법을 설명했다. 또 그녀로 하여금 가장 아름다운 천들을 펼치게 하여 세세하게 관찰하고, 만져 보고, 칭찬하게 한 다음 결국 그것을 갖도록 만들었다.

"안 돼요." 부인은 드디어 웃으면서 말했다. "저 때문에 선생님께서 빈털터리가 되겠어요. 염치없이 이걸 다 받을 수는 없어요."

"걱정 마십시오." 그도 웃으며 말했다. "저는 얼마 전에 또 고무나무를 6천 그루 심었답니다. 그야말로 대단한 갑부가 되어 가는 중입니다."

페라구트는 친구를 데리러 왔을 때, 두 사람이 유쾌하게 이야기하는 광경을 보았다. 그러면서 아내가 어쩌면 저렇게 수다스러워졌을까 의아해 했다. 자신도 대화에 끼어들려 했으나 마음대로 되지 않았다. 그래서 약간 어색하게 선물에 대해 놀라는 기색을 하며 화제를 돌렸다.

"놔두게. 이건 여인들의 물건일세." 친구가 그에게 큰 소리로 말했다. "이제 수영이나 하러 가자고!"

친구는 그를 밖으로 끌어냈다.

"자네 부인은 그동안 조금도 늙지 않았네그려. 지난번 보았을 때와 똑같더군." 오토가 걸어 나가며 말했다. "조금 전에도 무척 쾌활했어. 그만하면 자네 집은 만사가 순조롭겠지? 그런데 큰아들이 보이지 않는군. 그 녀석은 뭘 하고 있나?"

화가 페라구트는 어깨를 으쓱하며 양쪽 미간을 찌푸렸다.

"며칠 있으면 그 애가 오네. 그때 볼 수 있을 걸세. 그 일에 대해서는 언젠가 편지에 썼지, 아마."

페라구트는 갑자기 걸음을 멈추었다. 그리고 친구를 향해 몸을 굽히더니 날카롭게 친구의 눈을 응시하면서 조용히 말했다.

"오토, 모든 걸 다 알게 될 걸세. 난 그 일에 대해서 직접 말하고 싶지 않네. 자네가 알게 될 테니까. 이보게, 자네가 있는 동안은 즐겁게 지내도록 하세나. 자, 이제 연못으로 가보자고. 어렸을 때처럼 수영 시합이나 한번 해보세."

"그렇게 하세." 부르크하르트가 고개를 끄덕였지만, 요한의 신경이 날카로워진 것을 눈치채지 못한 것 같았다. "그거야 자네가 이기겠지. 옛날에는 늘 그러진 않았지만 말일세. 슬픈 일이긴 하지. 내 배가 이렇게 불룩 나왔으니까."

저녁이 되었다. 호수는 완전히 그늘 속에 들어가 있었다. 나뭇가지 위로는 산들바람이 스치고, 호수 위로 트여 있는 좁고 푸른 하늘 위에는 엷은 등나무 꽃색의 구름이 흘러가고 있었다. 구름은 모두가 같은 종류와 모양새로 형제처럼 다정하고, 버드나무 잎처럼 얇고 길쭉했다. 두 남자는 숲 속에 숨겨 있는 탈의용 오두막 앞에서 걸음을 멈추었다. 그런데 오두막의 자물쇠가 아무래도 열리지가 않았다.

"그만두세!" 페라구트가 외쳤다. "자물쇠가 녹슬었나 보네. 탈의장에 들어갈 필요 없겠지, 뭐."

그는 옷을 벗기 시작했다. 부르크하르트도 그를 따라서 했다. 두 사람이 수영할 준비를 끝내고 호숫가로 다가서서 시험 삼아 고요하고 어두운 물속에 발가락을 담그는 순간, 아득히 먼 옛날 소년 시절의 감미로운 행복의 입김이 엄습해 왔다. 그들은 잠시 가볍고 즐거운 수영의 기쁨을 예감하면서 그대로 서 있었는데, 그들의 영혼 속에는 소년 시절 그 여름날의 밝고 푸른 계곡이 아련하게 떠올랐다. 그들은 잠자코 있었다. 이 잔잔한 감동에 익숙지 않은 듯 어리둥절하여 물에다 두 발을 담그고, 황록색 수면 위에 반짝반짝 재빠르게 퍼져 가는 물살을 지켜보았다.

그러자 부르크하르트가 빠른 걸음으로 물속으로 걸어 들어갔다.

"아, 좋구나." 그는 기분 좋게 숨을 내쉬었다. "어쨌든 우리 둘 다 아직 몸매가 볼 만하구먼. 내 배가 불룩하게 나온 것만 뺀다면 우리들은 아직 늠름한 청년일세그려."

그는 손바닥으로 노를 젓듯 물을 튀기며 잠수했다.

"자네는 얼마나 행복하게 살고 있는지 모르고 있어!" 부르크하르트는 부러워하는 투로 소리를 질렀다. "내가 경영하는 해외 고무 농장에는 정말이지 너무도 아름다운 강물이 흐르는데 말이야. 그런데 물속에 발을 집어넣기가 무섭게 금세 그 발을 두 번 다시 볼 수 없게 된다네. 빌어먹을 악어 떼 때문이야. 이제 앞으로 나가 보세! 로스할데 호수의 한가운데로 가보자고. 저 아래쪽

충계 있는 곳까지 갔다가 되돌아오기로 하세. 준비됐나? 자, 그럼 하나—둘—셋!"

두 사람은 물장구를 치며 호숫가를 출발했다. 처음엔 웃는 얼굴로 속도를 조절하며 적당하게 나아갔지만 젊은 시절의 기운이 용솟음치자 곧 진지하게 경쟁하는 시합이 되었다. 얼굴은 긴장되었고 두 눈은 빛났다. 물을 가르는 두 팔은 넓게 포물선을 그리며 물 위에서 빛났다. 그들은 동시에 충계에 도착했고, 동시에 그곳을 되돌아서 같은 코스를 열심히 헤엄쳐 돌아왔다. 이때 화가 페라구트가 격렬한 스트로크로 앞으로 나서서 친구보다 조금 먼저 골인 지점에 도착했다.

두 사람은 거칠게 숨을 헐떡이며 물속에 서서 눈을 비비고는, 말없이 서로를 향해 "하하하!" 하며 즐겁게 웃었다. 그제야 비로소 두 사람은 예전의 친구로 돌아온 것 같았다. 그제야 비로소 두 사람 사이에 가로놓였던 낯설고 서먹서먹한 감정이 사라지는 것 같았다.

활기찬 얼굴에 경쾌한 기분이 된 그들은 옷을 입고 호숫가 돌 충계 위에 나란히 앉았다. 그들은 숲에 가린 저편 타원형의 호수를, 이미 짙은 갈색의 황혼 속에 잠기고 있는 어두운 수면 위를 바라보고 있었다. 그리고 하인이 가져다준 갈색 봉투에 든 먹음직스러운 빨간 버찌를 맛있게 집어먹으며, 다가오는 저녁놀을 홀가분한 마음으로 바라보았다. 낮게 가라앉은 태양이 나무들 사이를 수평으로 비쳐 잠자리의 유리 같은 날개에 황금색 불을 비추었다. 그들은 쉬지도 않고 별다른 생각도 없이 거의 한 시간 동안 학창 시절에 대해 떠들어 댔다. 선생님들과 당시 동급생들 그리고 그들이 지금은 무엇이 되었는지에 대한 이야기가 꼬리를 물고 이어졌다.

"아, 그래." 부르크하르트는 활기차고 쾌활한 음성으로 말했다. "정말 오래된 이야기지. 메타 하일레만이 어떻게 되었는지 혹시 알아?"

"그래. 메타 하일레만!" 페라구트는 신이 나서 외쳤다. "그 애는 정말 예뻤지. 내 책받침은 수업 시간에 몰래 압지壓紙에 그린 그 여자애의 초상화로 가득 찼었어. 머리칼이 잘 그려지지 않아서 애를 먹었고 말이야. 자네도 기억나지? 그 애는 머리를 두 갈래로 굵게 땋아 귀 뒤에다 늘어뜨리고 다녔지."

"그래, 그 애에 대해서 들은 게 전혀 없나?"

"전혀 없어. 내가 파리에서 처음 돌아왔을 때, 그 애는 어떤 변호사와 약혼을 했다네. 길거리에서 그 애가 자기 오빠와 함께 가는 걸 본 적이 있는데, 지금도 그때 일을 생각하면 나 스스로에게 화가 난다네. 바로 얼굴이 빨개졌기 때문이지. 또 콧수염도 기르고 파리 풍의 옷차림에 배짱도 좀 있었지만, 순간 바보 같은 코흘리개 학생이 되고 말았기 때문이지. 그 애의 이름이 메타라는 사실! 그 이름만 들어도 참을 수가 없었어."

부르크하르트는 꿈을 꾸듯 동그란 머리를 흔들었다.

"요한, 자넨 그 애를 진짜 사랑한 게 아니었어. 나에게 메타라는 이름은 엄청났지. 나로서는 그 애가 설사 오일랄리아라는 이름이었다 해도 그랬을 거야. 그녀가 나를 슬쩍 봐주기만 했어도 난 불 속에라도 뛰어 들어갔을 거야."

"아니, 나도 무척 사랑했었어. 언젠가 우리가 5시 외출 시간에서 돌아오는 길이었어 — 그때 나는 일부러 늦게 돌아왔지. 나는 혼자였고, 머릿속은 온통 메타 생각으로 가득했었어. 기숙사에 돌아와 벌을 받는 것쯤 내겐 아무렇지도 않게 생각되었으니까 — 바로 그때 그 애가 저편 둥근 성벽이 있는 곳에서 내가 있는 쪽으로 걸어오고 있었네. 그 애는 어떤 여자 친구와 팔짱을 끼고 있었는데, 그때 갑자기 이런 생각이 들더군. '아, 저 바보 같은 계집애 대신 내가 그녀와 팔짱을 끼고 있다면 얼마나 좋을까' 하고 말일세. 그렇게 생각하니 눈앞이 아찔하고 어지러워 걸음을 멈추고 벽에 기댈 수밖에 없었다네. 마침내 기숙사에 돌아와 보니 이미 문이 잠겨 있더군. 어쩔 수 없이 초인종을 눌렀고, 덕분에 무려 한 시간 구금이라는 벌을 받았지."

부르크하르트는 빙그레 미소를 지으며, 두 사람이 대면할 때마다 드물긴 하지만 몇 번이고 메타를 회상했다는 생각이 떠올랐다. 어린 시절에는 서로가 자신의 사랑에 대해 머리를 굴리거나 조심하며 비밀로 했으나, 나이가 들어 어른이 된 뒤에는 가끔 흉금을 털어놓고 서로의 경험담을 주고받는 것이었다. 하지만 그래도 이 부분에 있어서는 여전히 비밀이 존재하고 있었다. 오토 부르크하르트는 그 옛날 메타의 장갑 한 짝을 몇 달 동안 지니고 다니며 매만지던 일을 지금 떠올리지 않을 수 없었다. 사실 그 장갑은 주웠다기보다 훔친 것이나 다름없었는데, 그 일에 대해 친구는 오늘날까지 전혀 모르고 있었다. 이제는 이 이야기를 털어놓을까 하고 망설였으나, 결국 교활한 미소를 지으며 입을 다물어 버렸다. 이 마지막 조그만 추억만은 마음속에 고이 간직하고 있는 편이 좋으리라 생각했던 것이다.

제3장


부르크하르트는 노란색 등나무 의자에 편하게 기대앉아 있었다. 커다란 파나마모자를 머리 뒤쪽에 쓴 채 손에는 잡지 한 권을 든 채였다. 햇빛이 밝게 쏟아져 들어오는 아틀리에 서쪽에 있는 정자에서 담배를 피우며 독서를 하는 중이었다. 그 바로 곁에는 페라구트가 낮은 휴대용 의자에 쭈그리고 앉아 이젤을 앞에 두고 있었다. 페라구트는 독서하는 사람의 모습을 그리고 있었는데, 전체적인 초벌 채색은 끝났고 지금은 얼굴을 그리는 중이었다. 화면 전체는 밝고 가볍고 명랑하며 온화한 색조로 채색되어 있었다. 유화물감과 하바나 산 담배 연기가 풍기고, 새들은 나뭇잎에 몸을 숨긴 채 한낮의 더위에 지친 듯 가냘픈 소리로, 졸리는 듯 꿈을 꾸는 듯 재잘거리고 있었다. 바닥에는 피에르가 커다

란 지도를 펴놓고 앉아서 가느다란 집게손가락으로 지도를 가리
키면서 상상 속의 여행을 하는 중이었다.

"잠들면 안 되지!" 화가가 경고하듯 소리쳤다.

부르크하르트는 미소를 지으며 눈을 깜빡거리고 머리를 흔들
었다.

"너 지금 어디에 가 있지, 피에르?" 그가 피에르에게 물었다.

"기다려 보세요. 우선 읽어 봐야 해요." 피에르는 신이 나서 대
답하고는, 지도 위의 지명을 더듬거리며 읽어 나갔다. "루— 루—
루체— 루체른에요. 호수 아니면 바다가 있어요. 우리 집 호수보
다 더 큰가요, 아저씨?"

"훨씬 크단다! 스무 배도 넘을걸! 한번 가보려무나."

"네, 그럼요. 저한테 자동차가 있다면 빈도 가고 루체른도 가고
북해도 가고, 아저씨 집이 있는 인도에도 가보겠어요. 그때라면
아저씨도 집에 계시겠지요?"

"물론이지, 피에르. 손님이 찾아올 때면 나는 늘 집에 있단다.
네가 오면 나와 함께 우리 원숭이에게 가보자꾸나. 펜데크라는
놈인데 꼬리는 없고, 대신 하얀 볼수염이 있단다. 그다음에는 엽
총을 가지고 강으로 나가서 보트를 타고 악어 사냥을 하는 거
야."

피에르는 신이 나서, 날씬한 상체를 이리저리 흔들었다. 아저씨
는 계속해서 말레이시아의 원시림 속에 개간한 그의 농장에 대
해서 이야기했다. 너무나 재미난 이야기였지만 너무 오래 이어졌

기 때문에, 소년은 결국 지쳐 버려서 더 이상 계속 들을 수가 없었다. 소년은 다시 졸린 눈으로 멍하니 지도만 들여다보고 있었다. 하지만 소년의 아버지는 더 열심히 친구의 말에 귀를 기울였다. 오토 아저씨는 느긋하고 즐거운 마음으로 농장 일과 사냥에 대해 이야기했고, 말이나 배를 타고 떠나는 소풍에 대해, 또 대나무로 지은 원주민들의 아름답고 간편한 집에 대해 이야기했다. 그리고 원숭이, 왜가리, 독수리, 나비 등에 대해서도 이야기했다. 오토가 세속을 벗어난 고요한 밀림의 삶을 너무나 유혹적이고 은밀하게 열어 보여서, 화가 페라구트는 마치 조그만 틈새를 통해서 풍요롭고, 다채롭고, 축복에 가득 찬 낙원을 들여다보는 기분이었다. 화가는 원시림 속의 고요하고 커다란 강들, 나무 높이만큼 크게 자라는 양치식물의 덩굴, 사람 키 높이인 갈대가 바람에 일렁이는 들판의 이야기를 들었다. 화가는 또 산호섬과 푸른 화산을 마주한 해변의 아름다운 저녁놀, 사납게 휘몰아치는 소낙비와 뇌우의 섬광, 뜨거운 여름날 농장주의 널찍하고 그늘진 하얀 집 베란다에서 바라보는 일몰, 떠들썩한 중국인 거리, 이슬람교 사원 앞 석조의 연못가에서 말레이시아인들이 취하는 저녁 휴식 등에 관해서도 들었다.

전에도 그랬던 것처럼 페라구트의 환상은 다시금 친구의 머나먼 고향을 산책하고 있었다. 페라구트의 마음속 유혹과 욕망이 부르크하르트의 숨은 의도와 얼마나 부합되는지 그는 알지 못했다. 그에게 동경심을 불러일으키고 갖가지 영상으로 그의 마음을 사로잡은 것은 열대 바다와 해변의 빛, 풍요로운 숲과 강물, 반쯤 벌거벗은 원주민들의 색채뿐만이 아니었다. 그보다는 고통과 근심, 투쟁과 허무감이 낯설고 퇴색해져 멀리 사라질 게 틀림없는 이역만리 세계의 고요함이기도 했다. 그곳에서는 잡다한 일상의 짐들이 마음속에서 떠나고, 새롭고 아직은 순수하고, 죄에 물들지 않고, 어떤 번민도 없는 분위기가 자신을 맞아 줄 것만 같았다.

오후가 기울어지고 그림자도 자리를 옮겼다. 피에르는 벌써 달아나고 없었다. 부르크하르트는 점점 조용해지더니 마침내 꾸벅꾸벅 졸기 시작했다. 그림은 거의 완성되었다. 화가는 잠시 피곤한 눈을 감고 손을 내려 몇 분 동안 거의 통증을 느낄 정도로 심호흡을 했다. 햇빛 밝은 시간의 깊은 적막감, 친구가 곁에 있다는 느낌, 일을 성공적으로 끝낸 뒤에 맞이하는 기분 좋은 피로감, 나른하게 이완된 신경, 이 모든 것들을 가슴 깊이 들이마신 것이다. 그것은 악착같이 일에 몰두하는 도취 상태와 함께 그에게는 오래전부터 더없이 깊고, 더없이 위안이 되는 기쁨이었다. 즉 자는 듯 깨어 있는 듯 평온하고 식물이 된 듯 몽롱한 상태와 비슷한데, 잠시 동안의 긴장을 풀어 주는 기분 좋은 피로감이었다.

페라구트는 부르크하르트가 깨어나지 않도록 조용히 자리에서 일어나 캔버스를 들고 조심스럽게 아틀리에 안으로 들어갔다. 거기에서 아마포로 된 작업복을 벗어 놓고 손을 씻고, 다소 피곤해진 눈을 차가운 물로 씻었다. 15분쯤 뒤에는 다시 밖으로 나와

서 졸고 있는 친구의 얼굴을 잠시 들여다보다가 휘파람을 불어 그를 깨웠다. 이미 25년 전에 서로 비밀 신호로 주고받던 휘파람 이었다.

"이보게, 그 정도 잤으면 말이지," 그가 격려하듯 요청했다. "저 바깥세상 이야기를 좀 더 들려주게나. 그림을 그리느라 반 정도밖에 듣지 못했네. 사진에 관한 이야기도 했던 것 같은데 말이지. 어디 아직 갖고 있다면 좀 보여 줄 수 있겠나?"

"물론이지. 함께 가세나!"

오토는 바로 이 순간을 며칠 전부터 고대하고 있었다. 수년 전부터 그가 갖고 있던 소망은, 페라구트를 동아시아로 꾀어내어 얼마간 함께 지내는 것이었다. 이번이 그 마지막 기회인 것 같아서 철저한 계획을 세워서 준비하는 중이었다. 두 사람이 부르크하르트의 방에 들어와 앉아 저녁노을을 바라보며 인도에 대해 잡담을 나누는 동안, 부르크하르트는 트렁크에서 계속해서 새로운 사진첩을 꺼냈다. 화가는 사진이 그렇게 많은 데 대해 놀라고 감탄했다. 부르크하르트는 아무 말도 없고 또 그 사진들에 대해 특별한 가치를 두지 않는 듯한 표정을 지었다. 그러면서도 마음속으로는 그 사진들이 끼칠 영향에 대해 잔뜩 긴장하며 기대하고 있었다.

"정말 아름다운 사진들인데!" 페라구트가 감탄하면서 외쳤다. "이 모두를 자네가 직접 찍은 건가?"

"일부는 그렇다네." 부르크하르트는 아무렇지도 않게 대답했다.

"그곳 친구들이 찍은 것도 많아. 내가 살고 있는 곳이 어떤지 자네가 대충 짐작이나 했으면 해서."

그는 대수롭지 않게 사진을 포개어 추스르며 말했다. 이 사진을 만들기 위해 얼마나 신경을 썼는지 페라구트로서는 짐작도 못할 일이었다. 부르크하르트는 싱가포르에서 온 영국인 사진사를 데려왔고, 나중에는 방콕에 사는 일본인 사진사를 데려와 여러 주 동안 바다에서부터 밀림 깊숙이 아름답고 볼 만하다 싶은 모든 것을 찾아내어 카메라로 찍어 두었다. 그리고 마침내 아주 조심스럽게 현상하고 인화해서 사진으로 손에 넣었던 것이다. 그것이 부르크하르트의 미끼인 셈이었다. 이제 그는 페라구트가 그 미끼를 덥석 물었다가 삼키는 광경을 흥분에 가득 차 바라보았다. 그는 페라구트에게 가옥들과 거리, 마을과 사원 그리고 쿠알라룸푸르 근교의 전설적인 바투 동굴과 이포 지방의 자연미 넘치는 석회산과 대리석산의 사진을 보여 주었다. 페라구트가 원주민의 사진은 없냐고 묻자 그는 말레이인, 중국인, 타밀인,[*] 아라비아인, 자바인들의 사진을 꺼내 보였다. 항구에서 일하는 벌거벗은 쿨리,[**] 비쩍 마른 늙은 어부들, 사냥꾼들, 농부들, 직조공들, 장사치들, 금장식을 한 아름다운 여인들, 새까만 벌거숭이 아이들, 그물을 들고 있는 어부들, 귀걸이를 하고 코로 피리를 부는 사카

[*] 분리 독립을 요구하는 스리랑카 북동부 지대에 사는 사람들.
[**] 중노동에 종사하는 중국이나 인도의 하층 노동자. 이들은 19~20세기 초 미국으로 대거 이주했다.

이[*] 사람들, 은장식을 주렁주렁 매단 자바의 무희들 사진도 있었다. 온갖 종류의 야자나무, 커다란 잎에 물기가 많은 바나나나무, 넝쿨이 무성한 원시의 밀림, 신성한 사원이 있는 숲, 거북이가 사는 늪, 축축한 논 한가운데의 물소, 온순하게 일만 하는 코끼리와 물속에서 놀다가 나팔 같은 코를 하늘로 치켜드는 사나운 코끼리의 사진도 보여 주었다.

화가는 사진을 한 장 한 장 손에 들었다. 잠깐 보고 치운 사진들도 많았고, 어떤 사진들은 서로 비교도 해보았다. 형상 하나하나, 얼굴 하나하나를 손바닥 위에 올려놓고 유심히 관찰하기도 했다. 촬영한 시간을 물어본 사진들도 많았다. 그는 음영을 측정하고는 더욱 깊이 골똘한 생각에 잠기기도 했다.

"이 모든 것을 그림으로 그릴 수 있겠는걸." 페라구트는 자기도 모르게 중얼거렸다.

"이만하면 충분히 보았네." 그는 마침내 한숨을 내쉬었다. "좀 더 많은 걸 얘기해 주게나. 자네가 여기 온 것은 참으로 잘한 일이야! 나는 모든 것을 다르게 보게 되었네. 이제 우리 한 시간 정도 산책이나 좀 하세. 자네에게 멋진 걸 보여 주겠네."

페라구트는 흥분하여 피곤도 잊어버리고 부르크하르트를 데리고 들길을 한 마장쯤 걸어 나갔다. 마침 건초를 잔뜩 실은 마차가 마을로 들어오고 있었다. 그는 김이 모락모락 나는 신물 나는

---

[*] 말레이 반도의 중앙 산맥 양쪽에 사는 원주민.

건초 냄새를 기쁘게 호흡했다. 그러자 문득 옛 추억 하나가 떠올랐다.

"자네 기억나나?" 그는 웃으면서 말했다. "내가 미술학교에 갓 들어가서 첫 여름방학 때 시골에서 함께 지냈던 일 말이야? 그때 난 건초를 그렸지. 다른 것은 안 그리고 오로지 건초만 그렸지. 기억나? 목초지에 있는 건초 더미 몇 개를 그리느라고 2주 동안 내내 애를 먹었어. 그런데도 제대로 되질 않았어. 그 색깔이 나오지 않는 거야. 둔탁하면서도 건조한 회색빛 말일세. 겨우 그 색깔을 만들어 냈을 때 ― 뭐 그렇게 대단한 색깔도 아니고, 빨강색과 초록색을 적당히 배합한 것이었는데 ― 너무나 기뻐서 눈에 보이는 것은 온통 건초뿐이었다네. 아, 처음으로 시험하고 탐구하고 발견한다는 것, 그것은 정말 아름다운 일일세!"

"무엇이나 다 알아낼 수는 없는 일일 거야." 오토가 말했다.

"물론 그렇지. 하지만 지금 나를 괴롭히고 있는 것은 소위 기교와는 아무런 상관도 없는 일이네. 이보게, 몇 년 전부터 더 자주 일어나는 일인데 말이지. 무엇인가를 바라볼 때마다 문득 소년 시절이 떠오르곤 한다네. 그때는 모든 것이 다르게 보였어. 그 중 무언가를 그릴 수 있다면 좋겠네. 이따금 몇 분 동안이나마 모든 것이 다시 기이한 빛깔을 갖고 있음을 재발견했지만, 그것만으로는 충분치 못하네. 훌륭한 화가들은 많이 있네. 그들은 섬세하고 민감한 사람들이어서 현명하고 민감하고 겸손한 노인이 세계를 관조하듯 그렇게 세계를 그리지. 하지만 이 세계를 신선하고 야망에 차고 순수한 소년이 보듯 그렇게 그리는 화가는 한 사람도 없어. 그렇게 해보려고 애쓰는 사람들이 있다면 그들은 대부분 형편없는 기능공일 뿐이지."

그는 깊은 생각에 잠겨 길가에 핀 붉은 체꽃 한 송이를 무심코 꺾어 유심히 들여다보았다.

"지루한가?" 화가는 갑자기 정신이 들었는지 의아한 시선으로 친구를 건너다보며 물었다.

오토는 말없이 미소를 지었다.

"이보게." 화가는 말을 계속했다. "내가 아직도 그려 보고 싶은 것 중 하나가 야생화 꽃다발일세. 자네도 알겠지만 우리 어머니께서는 그런 꽃다발을 잘 만드셨지. 난 그보다 더 아름다운 꽃다발을 보지 못했네. 어머니는 그 방면의 천재셨어. 어린애 같으셨지. 거의 언제나 노래를 부르셨어. 발걸음도 사뿐사뿐했고 커다란 갈색 밀짚모자를 쓰고 다니셨어. 꿈속에서 만나는 어머니도 늘 그런 모습이었지. 어머니가 좋아하셨던 그런 야생화 꽃다발을 언젠가 그려 보고 싶네. 체꽃과 톱풀과 장밋빛의 작은 나팔꽃, 그 사이사이에 몇 줄기의 가는 풀잎과 녹색의 보리 이삭을 꽂아 넣은 다발이었어. 나는 그런 꽃다발을 여러 번 만들어 보았지만 제대로 만든 적은 한 번도 없어. 완전한 향기가 배어 있는, 어머니가 손수 만드신 것과 같아야 하는데 말이야. 예를 들어 하얀색의 톱풀은 마음에 들지 않아 했어. 어머니는 언제나 가늘고 보기 드문 엷은 담자색의 톱풀만을 원하셨다네. 풀 한 포기를 고르는

데도 거의 반나절을 소모할 정도로 풀숲을 뒤지시는 거야……
아, 뭐라고 말할 수가 없구먼. 자넨 쉽게 납득이 가지 않을 걸세."

"벌써 이해가 되었네." 부르크하르트가 고개를 끄덕였다.

"그래, 나는 종종 이 야생화 꽃다발을 몇 시간씩 생각하기도
한다네. 그것을 그리면 어떤 그림이 되는지 잘 알고 있다네. 그것
은 훌륭한 관찰자에 의해 관찰되고, 솜씨 좋고 날카로운 화가에
의해 단순화된, 그런 낯익은 자연의 한 조각이어서는 안 되네. 그
것은 재주를 타고난 어린이가 보듯 소박해야 하네. 어떤 양식에
얽매이지 않고 그야말로 단순해야 한다네. 아틀리에에 있는 물고
기와 안개 낀 그림은 그것과는 정반대일세. 하지만 그 양쪽을 다
그릴 수 있어야 하네…… 아, 난 더 많은 그림을 그려 보겠네, 더
많은 그림을!"

그는 좁은 들길로 접어들었다. 굽어지면서 둥글게 솟은 야트막
한 언덕으로 향하는 오르막길이었다.

"이제 조심하게!" 그는 열심히 주의를 환기시키면서 사냥꾼처
럼 앞쪽을 살펴보았다. "우리는 금방 언덕에 올라가게 될 걸세!
올 가을엔 그것을 그릴 작정이라네."

두 사람은 언덕 위에 다다랐다. 저편으로 석양빛을 비스듬히
받고 있는 활엽수의 수풀이 시야에 들어왔다. 밝고 탁 트인 초
원에 익숙해진 눈이 천천히 나무들 사이를 더듬어 들어갔다. 높
은 떡갈나무 아래로 길 하나가 뻗어 있고, 그 나무 밑에 이끼 낀
돌 벤치가 하나 놓여 있었다. 그 길을 따라가니 시야가 훤하게 트

였다. 그리고 벤치를 지나 어두운 수관의 터널을 지나자 저 아래 먼 곳에 신선하고 빛나는 풍경이 펼쳐졌다. 관목과 버드나무로 가득 찬 골짜기였다. 골짜기는 번쩍이는 검푸른 강물이 굽이치고, 저 멀리 아득히 사라져 가는 산봉우리들이 한없이 이어졌다.

페라구트는 아래쪽을 가리켰다.

"떡갈나무가 물들기 시작하면 저곳을 그리려고 하네. 피에르를 나무 그늘의 벤치에 앉혀 놓고, 머리 뒤로 저쪽 골짜기가 내려다보이도록 말일세."

부르크하르트는 입을 다문 채 친구의 이야기에 귀를 기울였다. 마음속으로는 연민의 정을 느끼고 있었다. 어째서 그는 날 속이려 하는 것일까? 그는 은밀히 미소를 지으며 생각했다. 앞으로의 계획과 일에 대해 왜 저렇게 이야기하는 것일까? 전에는 결코 그러지 않았다. 마치 그가 아직도 즐거워하는 일들과, 아직도 삶과 화해하도록 하는 모든 것을 신중하게 헤아려 보는 듯했다. 친구는 화가를 잘 알고 있었기 때문에 맞장구를 치지 않았다. 요한 페라구트가 머지않아 수년간 마음속에 쌓인 것을 내던져 버리고, 견디기 어려운 침묵에서 해방되리라는 사실을 친구는 잘 알고 있었다. 그래서 친구는 때를 기다리면서 겉으로 태연한 척하며 나란히 걸었다. 그러면서도 이토록 뛰어난 인간도 불행에 처하면 어린애처럼 되는구나, 눈을 가리고 손이 묶인 채 가시덤불 속을 방황하게 되는구나 하는 생각에 슬픔을 금할 수가 없었다.

그들이 로스할데로 되돌아와서 피에르는 어디에 있냐고 묻자,

알베르트를 마중하러 어머니와 함께 시내로 나갔다고 하인이 전했다.

제4장

　　알베르트 페라구트는 어머니의 피아노 방에서 이리저리 부산
하게 서성거렸다. 그는 첫눈에 보면 아버지와 비슷한 모습이었다.
눈이 아버지와 닮았기 때문이었다. 하지만 실제로는, 피아노에 기
대어 서서 정다운 눈길로 아들의 행동을 살펴보고 있는 어머니
를 훨씬 더 많이 닮았다. 알베르트가 다시 곁을 지나가자, 어머
니는 아들의 어깨를 감싸 안고 자기 쪽으로 얼굴을 돌리게 했다.
아들의 넓고 창백한 이마 위로 금빛 머리카락이 한 다발 흘러내
렸다. 두 눈은 소년다운 흥분으로 이글거렸고, 아름답고 도톰한
입술은 화가 난 듯 일그러져 있었다.
　　"싫어요, 엄마." 알베르트는 소리를 지르며 엄마의 손을 뿌리쳤
다. "엄마도 아시잖아요, 제가 그에게 갈 수 없다는 것을요. 그건

아무 의미 없는 코미디일 뿐이에요. 제가 미워한다는 걸 그도 알고 있고, 그도 저를 미워한단 말이에요. 엄마가 뭐라고 말씀하시든 간에 그건 사실이에요.”

"미워한다니!” 그녀는 다소 엄한 목소리로 소리쳤다. “그런 말버릇이 어디 있어! 그러면 모든 게 엉망이 되는 거야. 그분은 네 아버지고, 또 너를 무척 사랑했던 시절도 있었단다. 그런 식으로 말하면 나도 참을 수가 없구나.”

알베르트는 멈춰 서서 번뜩이는 눈으로 어머니를 바라보았다.

"물론 어머니는 제가 그런 말을 못하게끔 막을 수는 있겠지요. 하지만 그런다고 무엇이 달라질까요? 그에게 감사라도 해야 한단 말인가요? 그 사람은 어머니의 삶을 망쳐 놓았고 제게서는 고향이라는 것을 앗아 갔어요. 또 우리들의 아름답고 즐겁고 화려했던 로스할데를 불쾌하고 역겨운 곳으로 만들어 놓았지요. 저는 이곳에서 자랐어요, 어머니. 지금도 저는 매일 밤 그 옛날 이곳의 방들과 복도, 정원과 마구간과 비둘기 집에 대해 꿈꿀 때가 있어요. 제가 사랑하고 꿈꾸고 그리워하던 고향은 달리 다른 곳에 있지 않아요. 그런데 지금은 낯선 곳에서 살아야 하고, 방학이 되어도 친구 한 명 데리고 올 수가 없어요. 이곳에서 살아가는 꼴을 보여 주고 싶지 않기 때문이죠! 나를 알거나 내 이름을 듣는 사람은 누구나 그 유명한 아버지에 대한 찬사를 늘어놓지요. 아, 어머니, 차라리 제게 아버지가 없고 로스할데 같은 곳도 없었다면 좋겠어요. 가난하게 산들 어때요? 어머니는 삯바느질을 하거나 시간제로라도 일하시고, 저는 어머니의 벌이를 도우면 되잖아요."

어머니는 아들을 억지로 붙잡아 안락의자에 앉히고, 아들의 무릎 위에 앉아 흐트러진 머리카락을 쓰다듬어 주었다.

"그래, 됐다." 그녀는 조용하고 그윽한 목소리로 말했다. 그 음색은 아들에게 있어서 고향이자 은신처를 의미하는 어조였다. "그래, 이제 너는 모든 걸 얘기했겠지. 때로는 속을 다 털어놓는 것이 아주 좋을 때가 있어. 하지만 참아야 할 때도 있다는 사실을 알아야 한단다. 고통스러운 일을 쓸데없이 다 들출 필요는 없어, 얘야. 너는 이제 나만큼 자랐고 곧 어른이 될 게다. 나는 그게 무척 기쁘단다. 넌 내 아들이고 앞으로도 영원히 그렇게 남아 있기를 바란다. 그런데 난 무척 외롭고 걱정거리도 너무 많단다. 그래서 올바른 남자 친구가 필요해. 네가 그 역할을 대신해 줘야 한단다. 나와 함께 피아노도 치고, 정원에도 함께 나가고, 또 피에르도 돌봐 주어야 해. 우리 휴가를 멋지게 보내도록 하자꾸나. 그러니 소란을 피워서는 안 돼. 네가 소란을 피운다면, 나를 무척 괴롭히는 거란다. 그러면 나는 이렇게 생각할 거야. '너는 아직 다 자라지 않았고, 내가 바라는 현명한 친구가 되려면 아직도 멀었구나' 하고 말이야."

"네, 어머니. 알겠어요. 하지만 우리를 불행하게 만든 일에 대해 언제까지나 침묵해야 한단 말인가요?"

"그게 최선책이란다, 알베르트. 그건 쉬운 일이 아니야. 그래서 아이들에게 그런 것을 요구하면 안 되지. 아무튼 그게 최선책이야. ……자, 이제 한 곡 연주해 볼까?"

"네, 좋아요. 베토벤 교향곡 2번으로 해요. 괜찮으세요?"

두 사람이 막 연주를 시작했을 때, 문이 살며시 열리고 피에르가 미끄러지듯 들어왔다. 그러고는 등받이 없는 의자에 앉아 귀를 기울였다. 피에르는 곰곰 생각하면서 형의 얼굴을 쳐다보았는데, 비단으로 만든 스포츠 칼라와, 음악의 리듬에 따라 움직이는 머리카락과 두 손을 바라보았다. 형의 눈은 보이지 않았지만, 형이 엄마를 많이 닮았다는 생각이 들었다.

"마음에 드니?" 쉬는 동안 알베르트가 물었다. 그러자 피에르는 고개를 끄덕이기만 하고 곧 조용히 밖으로 나가 버렸다. 형의 질문 속에서 피에르는 모종의 어투를 느꼈다. 소년의 경험에 의하면 대부분의 어른들이 아이들에게 쓰는 말투였다. 거짓된 친절과 거만함이 풍기는 말투여서 피에르는 참을 수가 없었던 것이다. 큰형이 온 것은 기쁜 일이었다. 피에르는 큰형을 손꼽아 기다렸고, 저 아래 역에서도 기뻐 어쩔 줄 모르며 인사를 했다. 하지만 이런 말투로 자기를 대할 줄은 전혀 몰랐다.

그러는 동안 페라구트와 부르크하르트는 아틀리에에서 알베르트를 기다리고 있었다. 부르크하르트는 호기심을 억제할 수 없었고, 화가 페라구트는 당혹스러운 나머지 신경이 무척 날카로웠다. 알베르트가 도착했다는 말을 듣는 순간, 일시적인 기쁨도 대화의 즐거움도 페라구트에게서 갑작스럽게 사라지고 말았다.

"그 애가 예고도 없이 온 건가?" 오토가 물었다.

"아니, 그렇지는 않은 것 같네. 수일 내로 온다는 사실은 알고 있었네."

페라구트는 잡동사니 상자에서 꽤 낡은 사진 몇 장을 꺼냈다. 소년의 사진 한 장을 찾아내어 피에르의 사진 옆에 놓고 비교해 보았다.

"알베르트일세. 지금의 피에르와 똑같은 나이 때의 모습이야. 자네도 기억나나?"

"그럼, 기억나고말고. 사진은 자네를 닮았어. 그래도 자네 부인 쪽을 더 닮았는걸."

"피에르보다 더?"

"그래, 훨씬 더. 피에르는 자네 모습도 자네 부인의 모습도 아닐 세. 그건 그렇고, 그가 오고 있군. 알베르트일까? 아니지, 그럴 리 가 없지."

문 앞에서 타일 위를 밟는 한 무리의 가벼운 발걸음 소리가 들 려왔다. 손잡이가 움직이더니 잠깐의 머뭇거림이 있은 뒤 문이 열렸다. 피에르가 들어왔다. 피에르는 자신이 환영을 받을지 어떨 지 재빠르게 살피더니 염탐하는 듯 다정한 시선을 보냈다.

"알베르트는 어디에 있니?" 아버지가 물었다.

"엄마한테요. 엄마와 함께 피아노를 치고 있어요."

"아, 그렇구나. 형이 피아노를 치는구나."

"아빠, 화났어요?"

"아니란다, 피에르. 네가 와서 기쁘다. 우리와 이야기 좀 나누자꾸나!"

소년은 놓여 있는 사진을 보자 잡으려고 손을 뻗쳤다.

"와, 이게 나구나! 여기 이건요? 알베르트 형인가?"

"그래, 알베르트야. 너와 같은 나이에 네 형은 꼭 지금 너처럼 이랬단다."

"그땐 저는 태어나지도 않았어요. 지금은 형도 꽤 자랐네요. 로베르트가 형더러 '알베르트 씨'라고 존대를 하더라고요."

"너도 빨리 자라고 싶니?"

"그럼요. 빨리요. 크면 말을 타고 여행을 할 수 있으니까요. 나도 그렇게 하고 싶어요. 그때는 아무도 나를 보고 '꼬마야' 하고 부르지도 않을 테고 볼을 꼬집지도 않겠지요. 하지만 사실은 자라고 싶지 않아요. 나이 먹은 사람들이 가끔 너무 싫거든요. 알베르트 형도 아주 달라졌어요. 참, 그리고 어른들이 점점 늙어가면 결국은 죽게 되잖아요. 난 차라리 지금처럼 이대로 있고 싶어요. 날 수 있다면 참 좋겠다고 자주 생각해요. 새처럼 저 높은 나무 위로 날기도 하고 구름 사이로도 날아다니고 싶어요. 그러면 어른들을 모두 비웃어 줄 수 있을 텐데."

"이 아빠도 비웃을 거니, 피에르?"

"때로는 아빠도요. 어른들은 모두 가끔 아주 우스워요. 엄마는 그렇지 않아요. 엄마는 이따금 정원의 긴 의자에 누워 풀만 들여다보고 있어요. 팔을 늘어뜨리고 아주 조용하게 있어요. 좀 슬픈가 봐요. 무엇이든 해야만 할 일이 없다면 좋아요."

"넌 대체 무엇이라도 되고 싶지 않으냐? 집 짓는 사람이라든가 정원사라든가, 아니면 화가라든가?"

"아니, 되고 싶지 않아요. 정원사는 이미 있고, 집도 갖고 있는 걸요. 전 아주 다른 일을 하고 싶어요. 울새들이 서로 뭐라고 지껄이는지 그걸 알고 싶어요. 또 나무들이 어떻게 뿌리로 물을 마시고, 저렇게 크게 자라게 되는지도 알고 싶고요. 그런 걸 진짜로 아는 사람은 없는 것 같아요. 선생님은 아는 건 많지만, 너무 지루한 것만 안다니까요."

피에르는 오토 부르크하르트의 무릎 위에 앉아 허리띠 장식을 만지작거렸다.

"사람은 많은 것을 전부 다 알 수는 없단다." 부르크하르트가 다정하게 말했다. "그저 눈으로 볼 수밖에 없는 것도 많아. 그럴 때는 그것이 예쁘다는 것으로 만족해야 한단다. 네가 언제 한번 아저씨가 있는 인도에 오게 되면, 며칠 동안 커다란 배를 타고 돌아다닐 수 있을 거야. 배 앞에는 정말 작은 물고기들이 뛰어오르는데, 유리 같은 날개를 달고 날아오를 수도 있단다. 종종 새들도 날아오는데, 너무도 먼 곳에서부터 왔기 때문에 완전히 피로에 지치지. 그래서 배 위에 앉아서는 너무도 많은 사람들이 바다 위에서 몰려다니는 광경을 보고 놀라워하는 거란다. 새들은 우리들의 말을 알아듣고 싶어 하고, 우리가 어디에서 왔는지 우리들의 이름이 무엇인지 묻고 싶지만 그렇게는 안 된단다. 그래서 서로 마주 보면서 머리를 끄덕일 뿐이지. 새들은 충분히 쉬고 나면 몸을 흔들고는 다시 바다 저편으로 날아가 버린단다."

"그 새의 이름이 무엇인지 전혀 모르나요?"

"아니, 알기는 알지. 하지만 그건 사람들이 붙여 준 이름일 뿐이야. 새들이 서로 뭐라고 지껄이는지 그건 우리들로서는 알 수가 없단다."

"부르크하르트 아저씨는 이야기를 참 잘하세요, 아빠. 나도 친구가 있었으면 좋겠어요. 알베르트 형은 너무 커요. 대부분의 사람들은 우리가 무엇을 말하고 무엇을 하고 싶어 하는지 제대로 이해하지 못하지만, 부르크하르트 아저씨는 내 얘길 금방 이해해 주시거든요."

그때 하녀가 꼬마를 데리러 왔다. 곧 저녁 식사 시간이 되었고, 어른들은 안채로 들어갔다. 페라구트는 말이 없었고 기분이 언짢았다. 식당에 들어서니 그의 아들이 다가오며 손을 내밀었다.

"안녕하세요, 아빠."

"잘 있었니, 알베르트. 여행 잘했니?"

"네, 좋았어요. 아, 안녕하세요 부르크하르트 아저씨!"

젊은이는 몹시 냉정하고 정확했다. 그는 어머니를 식탁으로 안내했다. 식사가 시작되었고, 대화는 주로 부르크하르트와 안주인 사이에서만 이루어졌다. 화제가 음악으로 옮아갔다.

"한번 물어보지." 부르크하르트가 알베르트에게로 얼굴을 돌렸다. "자넨 특히 어떤 종류의 음악을 좋아하나? 물론 나는 이미 시대에 뒤떨어져서 현대 음악가들에 대해서는 이름도 기억 못하는 형편이라서 말이야."

젊은이는 공손하게 얼굴을 들고 설명했다.

"아주 최근의 음악에 대해서는 저 역시 풍문으로 알 뿐입니다. 저는 어떤 유파에도 속하지 않고 좋은 음악이라면 무슨 음악이든 다 좋아합니다. 그중에서도 바흐, 글루크, 베토벤이 특히 좋습니다."

"오, 고전주의자들 얘기로군! 우리들 세대에는 그중에서도 베토벤 정도만 겨우 알려졌을 뿐이지. 글루크에 대해서는 전혀 모르지. 알겠지만 우리들은 모두 바그너에 심취했었다네. 요한, 자네도 알겠지? 우리들이 처음으로 〈트리스탄〉을 들었을 때가 생각나지? 그거야말로 도취였어!"

페라구트는 마지못해 미소를 지었다.

"낡은 유파지!" 그는 약간 딱딱하게 말했다. "바그너도 이제 한물갔어. 안 그러니, 알베르트?"

"아, 아닙니다. 그 반대입니다. 그의 작품은 모든 극장에서 공연 중입니다. 하지만 전 그 부분에 대해서는 평가를 내리지 못하겠습니다."

"자네는 바그너를 좋아하지 않나?"

"바그너에 대해서는 잘 모릅니다, 부르크하르트 아저씨. 전 극장에 거의 가지 않습니다. 제가 관심을 두고 있는 분야는 오페라가 아니라 순수 음악입니다."

"하지만 바그너의 〈뉘른베르크의 명가수〉 서곡은 다르지! 자네도 틀림없이 알고 있겠지만, 그것도 마음에 안 드나?"

알베르트는 입술을 깨물고, 잠시 생각을 하다가 대답했다.

"저는 사실 그것에 대해서는 평가를 내릴 수가 없습니다. 그것
은 ― 뭐라고 말씀드려야 할지 ― 낭만적인 음악이지요. 저는 그
런 종류의 음악에는 관심이 없습니다."

페라구트는 얼굴을 찡그렸다.

"자네, 이 지방 포도주나 한 잔 들겠나?" 그는 부르크하르트에
게로 화제를 바꿔서 물었다.

"그거 좋지. 고맙네."

"너는? 알베르트. 붉은 포도주 한 잔 하겠니?"

"고맙습니다만, 아빠. 사양하겠어요."

"금주가라도 되었니?"

"아뇨, 절대 그런 건 아니에요. 하지만 포도주는 제게 맞지 않
아요. 아예 마시지 않는 게 좋겠어요."

"그렇다면, 좋아. 자 오토, 우리끼리 건배하지. 건강을 위하여!"

페라구트는 단숨에 잔을 반쯤 비웠다.

알베르트는 줄곧 잘 교육 받은 젊은이로서의 역할을 해나갔
다. 다시 말해 확고한 견해를 품고 있지만, 무언가를 배우기 위해
서가 아니라 침착성을 잃지 않기 위해서 자신의 견해는 마음속
에 겸허히 간직하고 어른들의 말에 귀를 기울이는 역할인 것이
다. 하지만 그러한 역할이 성격에 맞지 않아서 자기 자신조차 금
방 극도로 불쾌감을 느꼈다. 그는 될 수 있는 한 아버지를 무시

하는 데 익숙했기 때문에, 아버지와의 의견 충돌이 일어날 단초를 제공하지 않았다.

부르크하르트는 말없이 관찰했다. 그래서 차갑게 중단되어 버린 식탁의 대화를 호의를 가지고 다시 이끌어 갈 사람이 아무도 없었다. 모두가 서둘러 식사를 마쳤다. 서로 정중하게 격식을 차렸으며, 민망한 듯 디저트 스푼을 만지작거렸다. 그러면서 맥 빠진 기분으로 어서 자리에서 일어나 뿔뿔이 흩어질 순간만을 기다리고 있었다. 그제야 비로소 오토 부르크하르트는 친구의 결혼 생활과 삶을 메마르게 하고 위축시킨 외로움과 절망적인 냉기를 속속들이 느낄 수 있었다. 그는 언뜻 화가를 곁눈질했다. 화가는 거의 손을 대지 않은 음식을 귀찮아 하는 얼굴로 내려다보고 있었다. 서로 눈이 마주친 순간, 그의 눈에는 이러한 상황을 보이고야 만 데 대해 한없이 부끄러워하는 표정이 역력했다.

그것은 슬픈 광경이었다. 애정 없는 침묵, 어색한 냉담 그리고 웃음기 없는 강제성이 감도는 식사 시간이 불현듯 페라구트의 체면을 여지없이 깎아내리는 것 같았다. 순간 오토는 자기가 이 집에 하루라도 더 오래 머물수록 괴로운 방관자 노릇을 연장하게 될 것이고, 친구에게는 고통이 될 뿐이라는 생각이 들었다. 친구는 역겨워하면서도 체면치레를 하느라 내색하지 않았을 뿐, 자신의 비참한 꼴을 방관자 앞에서 감출 기분도 아니었고 그럴 만한 힘도 없었던 것이다. 이 정도면 빨리 떠나는 게 상책이었다.

페라구트 부인이 일어서자마자 남편도 의자를 뒤로 뺐다.

"오토, 난 너무 피곤하군. 먼저 실례하겠네. 천천히들 일어나게 나!"

페라구트는 밖으로 나갔다. 하지만 문 닫는 것조차 잊어버렸다. 오토는 친구가 무거운 발걸음으로 천천히 복도를 지나 삐걱대는 계단을 내려가는 소리를 들었다.

오토 부르크하르트는 문을 닫고, 부인을 따라 응접실로 들어갔다. 그랜드피아노가 뚜껑이 열린 채로 놓여 있고, 펼쳐진 악보가 저녁 바람에 펄럭이고 있었다.

"한 곡조 들려 달라고 청하고 싶지만," 오토는 어색하게 말을 꺼냈다. "부군께서 몸이 좋지 않은 것 같습니다. 오후 내내 햇볕을 받으며 일했던 탓 같군요. 괜찮으시다면 한 시간쯤 제가 그와 함께 있겠습니다."

페라구트 부인은 진지하게 고개를 끄덕였고, 오토를 붙잡으려 하지 않았다. 오토는 인사를 하고 방을 나왔다. 알베르트가 그를 층계까지 배웅했다.

# 제5장

　오토 부르크하르트가 불이 환하게 켜진 현관을 나와 알베르트와 작별을 고했을 때는 이미 어둠이 깔리고 있었다. 그는 밤나무 밑에서 걸음을 멈추고 나뭇잎 냄새가 나는 약간 차가워진 저녁 공기를 목이 마른 듯 빨아들이며 이마에 맺힌 커다란 땀방울을 닦았다. 친구를 조금이라도 도울 수 있다면, 바로 지금이 호기인 것 같았다.

　아틀리에에는 불이 켜 있지 않았다. 친구는 작업실에도, 그 옆방에도 모습을 보이지 않았다. 부르크하르트는 호수 쪽으로 향한 문을 열고 발소리를 죽이며 집 주위를 살펴보았다. 그는 친구가 오늘 낮에 그림을 그리던 등나무 의자에 앉아 있는 것을 보았다. 팔꿈치를 괴고 얼굴을 두 손으로 감싼 채 마치 잠을 자는 것처럼 꼼짝도 않고 있었다.

"요한!" 부르크하르트는 친구를 나지막하게 불렀다. 그러고는 친구에게 다가가 그의 구부린 머리 위에 한 손을 얹었다.

아무 대답이 없었다. 그는 그대로 서서 아무 말도 하지 않고 기다리면서, 피로와 고뇌에 지쳐 있는 친구의 짧고 거친 머리카락을 쓰다듬었다. 나무숲에는 바람이 일렁일 뿐, 다른 곳은 조용한 가운데 황혼의 평온이 깃들어 있었다. 몇 분이 흘렀다. 그때 별안간 안채 쪽에서 폭넓은 음향이 물결쳐 왔다. 음량이 풍부하고 길게 끄는 화음이었다. 잠시 후 두 번째 음이 재차 들려왔다. 피아노 소나타의 제1소절이었다.

그러자 화가는 머리를 들고는, 친구의 손을 살며시 밀쳐 내고 자리에서 일어섰다. 그는 피로하고 메마른 시선으로 부르크하르트를 조용히 바라보며 애써 미소를 지으려다 그만두었다. 그의 굳은 표정이 좀처럼 풀리지 않았다.

"안으로 들어가세." 화가는 마치 저편에서 들려오는 음악 소리를 떨쳐 버리려는 듯한 몸짓으로 말했다. 그는 앞서서 걷다가 아틀리에의 문 앞에서 걸음을 멈추고 말했다.

"아무래도 자네를 오랫동안 여기 머무르게 할 수는 없을 것 같네."

친구는 모든 것을 느끼고 있구나! 하고 부르크하르트는 생각했다. 그는 가라앉은 음성으로 말했다. "하루쯤 더 있는 것은 괜찮겠지? 모레쯤 떠날까 하네."

페라구트는 스위치를 더듬었다. 맑은 금속성의 소리가 들리며 작업실의 모든 불이 환하게 켜졌다.

"그럼 우리 맛 좋은 포도주나 한 잔 더 하세."

그는 벨을 눌러 로베르트를 불러 지시를 내렸다. 아틀리에의 한가운데에는 거의 완성 단계인 부르크하르트의 초상화가 떡하니 세워져 있었다. 두 사람은 그 앞에 서서 그림을 응시했다. 그 동안 로베르트가 탁자와 의자를 정리하고, 얼음과 포도주를 날라 오고, 담배와 재떨이도 올려놓았다.

"이제 됐네. 로베르트. 그만 나가도 되네. 내일은 깨우지 말게! 어서 나가 보게!"

그들은 자리에 앉아 서로 잔을 들었다. 화가는 의자에 앉아서도 안절부절못했다. 결국 다시 일어나 전등불을 반쯤 꺼버렸다. 그러고는 의자에 털썩 주저앉았다.

"자네 초상화가 아직 완전히 끝나지 않았어." 그는 말문을 열었다. "자, 담배 한 대 태우게. 그림은 나쁘지는 않았어. 하지만 뭐 크게 문제될 것은 없네. 다시 만날 수 있으니까 말일세."

그는 자신도 담배 하나를 끄집어내어 조심스레 그 끝을 질근 한 번 깨물고는, 손가락 사이에 끼고 신경질적으로 돌리다가 다시 내려놓았다.

"이번에는 여기에 와서 별로 유쾌한 시간이 없었지, 오토. 미안하네."

그의 목소리의 톤이 갑자기 꺾였다. 그는 몸을 앞으로 굽히더니 부르크하르트의 손을 끌어다 자기 손에 꼭 감아쥐었다.

"자넨 이제 모든 걸 다 알았을 걸세." 그는 신음하듯 말했다. 눈물 몇 방울이 오토의 손 위에 떨어졌다. 하지만 페라구트는 마음을 가다듬었다. 그는 다시 몸을 꼿꼿하게 세우고, 억지로 목소리를 가라앉히며 약간 어색하게 말했다. "미안하네! 자, 한잔하세나! 담배는 피우지 않을 텐가?"

부르크하르트는 담배를 집었다.

"가엾은 친구 같으니라고!"

그들은 평화스러운 침묵 속에서 술을 마시고 담배를 피웠다. 그들은 전등 불빛이 영롱한 유리잔에 투영되어 황금색 포도주를 더 따뜻하게 비추는 것을 보았고, 푸른 담배 연기가 넓은 공간 위를 떠돌다가 흩어진 실타래처럼 엉키는 광경도 보았다. 둘은 이따금 격의 없는 눈초리로 서로를 쳐다보았다. 말을 할 필요는 없었다. 마치 모든 이야기를 다 해버린 것 같았다.

밤나방 한 마리가 푸드덕거리며 작업실 안을 날아다니더니 서너 번 둔탁한 소리를 내며 벽에 부딪혔다. 그러고서 나방은 결국 회색빛 천장의 삼각형 모퉁이에 달라붙고 말았다.

"가을에 나와 함께 인도에 가겠나?" 부르크하르트가 마침내 머뭇거리며 물었다.

다시 오랫동안 침묵이 흘렀다. 천장에 붙은 나방이 천천히 움직이기 시작했다. 회색의 조그만 나방은 날개가 있다는 사실을 잊은 것처럼 꼼지락거리며 앞으로 기어만 갔다.

"어쩌면 가게 될지도 모르겠네." 페라구트가 말했다. "어쩌면 말일세. 우린 좀 더 이야기를 나눠야 할 것 같아."

"그래, 요한. 난 자네를 괴롭히고 싶지는 않네. 하지만 이야기를 좀 해주게나. 자네와 부인 사이가 다시 좋아지리라고 기대하지는 않았네만, 그래도……"

"처음부터 좋지는 않았네!"

"그래? 하지만 이 정도로까지 심각할 줄은 몰랐네. 이런 식으로 계속될 수는 없는 일일세. 자넨 파멸하고 말걸세."

페라구트는 풋 하고 내뱉으며 상스럽게 웃었다.

"이보게, 나는 파멸하지 않네. 이번 9월에 프랑크푸르트에서 새로운 그림을 대략 열두 점쯤 전시할 예정이라네."

"그거 잘된 일이군. 하지만 이런 식으로 왜 이렇게 오래 끌고 있는 건가? 이건 무의미한 일일세…… 요한, 왜 자네는 부인과 헤어지지 않는 건가?"

"그건 그렇게 간단한 일이 아니야…… 이야기해 주겠네. 어떻게 된 것인지 자초지종을 다 들어야 좋을 걸세."

화가는 포도주를 한 모금 마시며 의자 위에서 몸을 구부렸고, 오토는 탁자에서 멀찍이 몸을 젖혔다.

"아내와 나 사이가 처음부터 힘들었다는 것은 자네도 알고 있었을 거야. 몇 년 동안은 좋지도 나쁘지도 않았다네. 그때 같았으면 여러 가지 해결책이 있었겠지. 하지만 난 약간은 실망감을 숨길 수가 없었네. 그리고 아내로서 아델레가 베풀 수 없는 것들을 끊임없이 요구했다네. 그녀는 정신적인 고양을 모르는 여자였어. 언제나 진지하고 엄숙하게 살아가는 타입이었지. 진작 그 사실을 알았어야 했는데 말이지…… 그녀는 너무 까다롭게 구는 여자라서, 약간의 어려운 일에 대해서도 유머나 가벼운 기분으로 넘겨 버리지 못했네. 그녀는 나의 요구나 기분, 나의 격심한 그리움 그리고 결국 찾아드는 환멸에 대해 침묵과 인내로 일관했네. 감동적이고, 조용하며, 영웅적인 인내심이라고 할까? 그것이 종종 내 마음을 움직이긴 했지만, 나와 그녀에게 아무런 도움도 되지 못했네. 내가 화를 내고 불평을 하면, 그녀는 묵묵히 괴로워하기만 했다네. 잠시 후 내가 좀 더 그녀를 이해하고자 그녀에게 용서를 구하거나 즐거운 기분을 불러일으키려고 해도 잘되지가 않네. 그녀는 여전히 침묵을 지키며 무뚝뚝한 본성을 더욱더 충실하게 고집하는 거야. 내가 옆에 있으면, 그녀는 불안해져서 유순하게 입을 다물고 있는 거야. 내가 화를 내든 유쾌한 기분이 되든, 그녀는 한결같이 침착한 태도로 받아들였어. 내가 나가 버리면, 그녀는 혼자서 피아노를 치면서 소녀 시절의 추억에 잠겼지. 그래서 나는 점점 더 그릇된 길로 빠지고, 마침내 그녀에게 줄 것도, 이야기할 것도 아예 없어지고 말았네. 나는 일에 매달리기 시작했다네. 성城에 틀어박힌 듯 일에만 몰두하는 법을 점차 배우게 된 것일세."

그는 침착성을 잃지 않으려고 애쓰는 것 같았다. 그는 이야기를 하고 싶어 했을 뿐, 남을 탓하려고 하지 않았다. 하지만 그가 하는 말의 이면에는 어쩔 수 없는 탄식이 엿보였다. 그 탄식은 최소한 자신의 삶이 파괴되었다는 데 대한 탄식이며, 젊은 시절의 기대가 무너진 데 대한 환멸을 담은 탄식이며, 자신의 내적인 성품에 끊임없이 상치相馳되고 기쁨도 없이 무덤덤하게 살아야 하는 존재로 전락된 종신형을 선고받은 데 대한 탄식이었다.

"그 당시에도 이미 나는 결혼 생활을 끝낼까 하는 생각을 이따금 했었네. 하지만 일이 그렇게 간단하지는 않았다네. 나는 조용히 눌러앉아 일하는 것에만 익숙했기 때문에, 재판소나 변호사를 찾아다녀야 한다는 생각만으로도 끔찍스러웠고, 그동안의 모든 일상적인 삶의 관습이 깨어지는 게 두려웠다네. 만약 그때 내게 새로운 사랑이라도 나타났더라면 쉽사리 결단을 내렸을지도 모르겠네. 하지만 나의 성품도 내가 생각한 이상으로 무뚝뚝하다는 사실을 알게 되었을 뿐이야. 나는 어떤 애처로운 질투심으로 한 아름다운 소녀와 사랑에 빠졌지만, 깊은 관계에까지 이르지는 못했네. 어떠한 연인에게도 내가 그림에 쏟는 사랑 이상을 쏟을 수 없다는 사실을 점점 더 깨닫게 되었네. 감정을 발산하려는 갈망, 자기 망각에 대한 갈망, 그 모든 소망과 욕구를 나는 그림에다 쏟았네. 실제로 이 몇 년 동안 내 삶 속에 어떠한 사람도 새로 받아들이지 않았지. 단 한 명의 여인도, 단 한 명의 친구도 받아들이지 않았어. 자네도 알다시피, 누군가와 친분을 맺는다면 좌우간 나의 치욕을 고백해야만 시작할 수 있었을 테니 말일세."

"치욕이라니?!" 부르크하르트는 나무라는 투로 말했다.

"그럼, 치욕이고말고! 그 당시 나는 그렇게 느끼고 있었네. 그 이후로도 분명 달라진 것은 없네. 불행하다는 것은 치욕이지, 암. 자신의 삶을 아무에게도 내보이지 못하고 무언가를 숨기거나 가면을 써야 한다는 것은 치욕 아니겠는가? 이제 그 이야기는 그만 하세! 다른 이야기를 좀 하겠네."

그는 우울하게 포도주 잔을 들여다보았다. 그러다가 불 꺼진 담배를 집어던지고 이야기를 계속했다.

"그러는 사이에 알베르트가 서너 살이 되었다네. 우린 둘 다 그 애를 몹시 사랑했어. 그 아이에 대한 대화와 근심 걱정이 우리를 결합시켜 주고 있었네. 그 애가 일곱 살인가 여덟 살이 되었을 때, 나는 질투를 느끼기 시작해서 그 애를 두고 그녀와 다투기 시작한 거야. 지금 피에르를 두고 그녀와 싸움을 벌이는 거나 마찬가지일세! 그 어린 알베르트가 내게는 없어서는 안 될 존재라는 생각이 갑자기 들더군. 하지만 몇 년이 지나는 동안 알베르트가 나를 대하는 태도가 점점 냉담해지더니 결국은 엄마 편이 되어 갔지. 그 과정을 나는 늘 불안한 마음으로 지켜보았네.

그러다가 알베르트가 심한 병에 걸렸네. 그 애를 돌보는 동안에는 잠시나마 다른 일들은 완전히 잊어버렸지. 우리는 한동안 전례 없이 한마음이 되어 살아갔다네. 바로 그 무렵에 피에르가 태어난 거야.

어린 피에르는 태어나면서부터, 내가 사랑으로써 베풀 수 있는 모든 것을 독차지해 버렸다네. 나는 다시금 아내가 내 곁에서 멀어지는 것을 내버려 두었네. 또 알베르트가 완쾌된 후 더욱 엄마와 가까워지는 것도 내버려 두었다네. 알베르트는 아내와 밀착되어 점차 나의 적이 되어 갔고, 그래서 결국 그 애를 집에서 내보낼 수밖에 없었지. 나는 모든 것을 단념해 버렸다네. 아주 초라해지고 욕심도 사라지게 되었지. 집 안에서 꾸짖는 일이나 권위를 내세우는 버릇도 사라지고, 내 집에서 손님 취급을 당해도 아무런 이의를 달지 않았지. 어린 피에르 이외에는 어느 것도 내 것으로 삼고 싶지 않았다네. 알베르트와 함께 사는 일을 비롯해 집안 사정 전부를 더는 견딜 수 없게 되었을 때, 아델레에게 이혼을 제안했네.

나는 피에르를 붙잡아 두려고 했네. 다른 모든 것은 그녀에게 주기로 했지. 그녀는 알베르트와 함께 살고, 로스할데를 소유하고, 내 수입의 반, 아니 그 이상을 가져도 좋다고 말일세. 하지만 그녀는 나의 제안을 받아들이지 않았네. 이혼에는 기꺼이 동의하고, 반드시 필요한 것은 내게서 받겠지만, 피에르와는 절대 헤어질 수 없다는 거였어. 그것이 우리들의 마지막 싸움이었네. 나는 다시 한 번 내 행복의 나머지를 구해 보려고 최선을 다했네. 간청도 하고, 약속도 하고, 머리를 숙이고 자존심도 팽개쳤네. 위협도 하고, 울기도 하고, 마지막에는 미쳐 날뛰기도 했네. 하지만 모든 게 허사였다네. 그녀는 알베르트를 내게 넘기는 것에는 동의했네. 조용하고 인내심 강한 그녀가 한 치의 양보도 하지 않으리라는 사실을 별안간 알게 되었지. 그녀는 자신의 힘을 너무도 분명하게 의식하면서 나를 압도하고 있었다네. 그 당시 그녀를 더없이 미워하게 되었고, 그 미움이 언제까지고 가시지 않은 채 남아 있는 것이네.

그때 나는 목수를 불러 이곳에 조그마한 집을 짓게 했지. 그 이후로 쭉 여기에서 지내고 있다네. 모든 것이 자네가 본 그대로일세."

부르크하르트는 생각에 잠긴 채 귀 기울여 듣고 있었다. 결코 친구의 이야기를 중단시키지 않았던 것이다. 심지어 페라구트가 기대하고 원했던 순간에도 그는 가만히 있었다.

"기쁘구먼." 부르크하르트는 조심스럽게 말했다. "자네 자신이 모든 것을 그토록 분명하게 알고 있으니 말일세. 모든 게 대체로 내가 생각했던 그대로일세. 말이 나왔으니 말인데, 한 가지만 짚고 넘어가세! 이곳에 온 이후로 나 역시 자네처럼 이 순간을 기다리고 있었네. 자네에게 기분 나쁜 종기 하나가 생겼다고 가정해 보게나. 그 종기가 자네를 괴롭히고 자네 또한 그것 때문에 창피하게 생각한다고 말일세. 이제는 나도 그 사실을 알게 되었네. 그러니 자네도 더 이상 감출 필요가 없으니 아마 마음이 훨씬 편할 걸세. 하지만 그것으로 만족해선 안 되네. 그 종기를 도려내어 치료할 수 있는지 시도를 해봐야지."

화가는 친구를 쳐다보았고, 무겁게 머리를 저으며 미소를 지었다. "치료한다고? 그런 것은 절대로 치료할 수 없을 걸세. 하지만 도려내긴 해야겠지!"

부르크하르트는 고개를 끄덕였다. 그는 종기를 도려내고자 했다. 틀림없이. 그는 이 기회의 순간을 헛되이 보내고 싶지 않았다.

"자네가 한 이야기 가운데 한 가지 의아한 부분이 있네." 그는 곰곰 생각하며 말했다. "자네 말로는 피에르 때문에 부인과 헤어질 수 없었다는 것인데, 문제는 자네가 부인에게 피에르를 양보하라고 강요할 필요가 있었는지 하는 점일세. 만약 법원에 이혼소송을 냈다면 자식 가운데 한 명은 분명 자네가 맡도록 판결이났을 텐데 말이야. 그 점에 대해서는 생각해 보지 않았나?"

"그러게 말일세, 오토. 그런 생각은 해본 적이 없네. 내 실수로잃어버린 것에 대해 판사가 현명하게 해결해 줄 수도 있겠다는생각은 하지 못했네. 그래 봤자 나에게는 별 소득이 없었을 걸세.아내에게 피에르를 단념하라고 종용할 능력이 내게는 부족했기때문에, 어쩔 수 없이 훗날 피에르 자신이 어느 쪽을 택할지 결정할 때까지 기다려 보는 수밖에 없었던 거지."

"문제는 오로지 피에르야. 그 애만 없다면 자네는 의심할 여지없이 벌써 부인과 헤어졌을 것이고, 이 세상에서 또 다른 행복을찾았을 거야. 아니면 적어도 분명하고 합리적이며 자유로운 삶을누리고 있었겠지. 그런데 자네는 그러질 못하고 지금 타협과 희생과 구차한 응급조치를 취해야 하는 혼란 속에 빠져 있네. 이런상황에서는 자네 같은 사람은 질식하고 말걸."

페라구트는 불안한 시선으로 바라보며 황급히 포도주 한 잔을 목구멍으로 털어 넣었다.

"자네는 계속 질식이니 파멸이니 하는 말을 쓰는군! 하지만 보다시피 나는 이렇게 살아 있고, 일을 하고 있다네. 악마가 잡아간다 해도 난 절대 굴복하지 않을 걸세."

오토는 상대방의 흥분 따위는 전혀 신경 쓰지 않았다. 그는 조용하면서도 단호하게 이야기를 계속했다. "용서하게나, 하지만 자네 말은 틀렸어. 자네는 대단한 힘을 갖고 있는 사람일세. 그렇지 않았다면 이러한 상황에서 그렇게 오랫동안 견뎌 내지 못했을 거야. 그것이 얼마나 자네를 해쳤고 늙게 만들었는지는 자네 자신이 느끼고 있겠지. 내 앞에서 그 사실을 인정하지 않으려 한다면, 그건 쓸데없는 허영심일 뿐이야. 나는 자네보다 내 눈을 더 믿네. 자네가 비참하게 살아가는 것이 내 눈에 보이네. 자네가 하는 일이 자네를 지탱해 주고는 있지만, 그건 자네에게 기쁨이라기보다는 마취에 불과한 것일세. 자네의 고귀한 힘의 절반은 궁핍 속에서, 또 일상의 자질구레한 마찰 속에서 소모되고 있네. 거기에서 생겨나는 것은 행복이 아니라 기껏해야 체념일 뿐이지. 이보게, 그렇게 살기엔 자네는 너무 아까운 사람이야."

"체념이라고! 그럴지도 모르지. 다른 사람들도 마찬가지 아닐까? 대체 행복한 사람은 어떤 사람이란 말인가?"

"희망을 갖는 사람은 행복하지!" 부르크하르트는 힘주어 소리쳤다. "자네는 어떤 희망을 갖고 있나? 외적인 성공, 명예, 돈 따위는 결코 아닐 거야. 그런 것이라면 자네는 넘칠 만큼 갖고 있으니까 말이지. 이보게, 자넨 인생이 무엇인지 기쁨이 무엇인지 전혀 모르고 있네! 희망을 갖고 있지 않기 때문에 현재에 만족하고 있는 걸세! 이해는 하겠는데, 그건 끔찍한 상황일세. 요한, 그건 악성종양이란 말일세. 그런 것이 생겼는데도 도려내려고 하지 않는 사람은 비겁한 사람일세."

페라구트는 몸에 열이 달아올랐다. 그래서 방 안 여기저기를 불안하게 왔다 갔다 했다. 긴장한 채 전심전력으로 계획을 수행하고 있는 동안, 까마득한 추억의 밑바닥에서 자신의 소년 시절의 얼굴이 떠올랐다. 그리고 오늘처럼 부르크하르트와 다투던 장면이 눈에 선했다. 부르크하르트는 친구의 얼굴에 시선을 던졌다. 친구는 웅크리고 앉아 시선을 내리깔고 있었다. 소년 시절의 얼굴 모습은 조금도 남아 있지 않았다. 예전이라면 비겁하다는 말을 들으면 너무나 민감하게 반응했을 그 사나이가 거기 앉아 있었다. 즉 부르크하르트가 의도적으로 비겁하다고 명명할 친구가 거기에 앉아서 아무런 저항도 하지 않았다.

화가 페라구트는 괴롭고 힘없는 소리로 외쳤다. "계속하게! 나를 동정할 필요는 없네. 내가 어떤 감옥 속에 살고 있는지, 자네는 보았을 걸세. 아무 염려 말고 사정없이 몽둥이로 내리쳐 내 수치심을 일깨워 주게나. 제발, 계속하게! 나는 저항하지 않겠네. 물론 화를 내지도 않을 걸세."

오토는 친구 앞에 섰다. 친구가 안됐다는 생각이 들었지만, 마음을 다잡고 날카롭게 말했다. "자네는 화를 내야 해! 나를 내쫓아 버리고 절교를 선언하거나, 아니면 내 말이 옳다는 사실을 인정하도록 하게."

화가도 자리에서 일어났다. 그러나 기운 없고 풀 죽은 모습이었다.

"그래, 자네 편에서 보면 자네 말이 옳을 수도 있겠지." 그는 피로한 듯 말했다. "하지만 자넨 날 너무 과대평가하고 있네. 나는 그렇게 젊지도 않고, 또 그리 쉽게 모욕감을 느끼지도 않아. 또 나는 내쫓을 만큼 친구가 많지도 않네. 나에겐 오직 자네뿐일세. 앉아서 술이나 더 하세. 이건 좋은 포도주일세. 인도에서는 이런 걸 구할 수 없을 거야. 그리고 어쩌면 거기에는 자네의 그런 사나운 고집을 묵묵히 받아 줄 친구도 그리 많지 않을 걸세."

부르크하르트는 친구의 어깨를 가볍게 툭툭 치면서 약간 화를 내며 말했다. "이보게, 우리 지금 감상적으로 흐르지는 마세나. 적어도 지금은 말일세. 나를 탓할 게 있다면 말해 주게나. 그런 다음에 이야기를 계속하도록 하세."

"아닐세, 오토. 자넬 탓할 부분이라곤 아무것도 없네! 자네는 흠잡을 데 없는 친구일세, 오토, 분명하네. 자네는 거의 20년 전부터 내가 파멸해 가는 과정을 지켜보았네. 우정과 연민을 느끼며, 내가 점점 더 깊은 수렁 속으로 빠져드는 모습을 지켜봤겠지. 자네는 아무런 말도 하지 않았고, 나를 돕겠다는 말로 나를 부끄럽게 만들지도 않았네. 내가 수년 동안 늘 청산가리를 몸에 지니고 다녔다는 사실을 자네는 알고 있었지. 그리고 내가 그걸 꿀꺽

삼키지 않고 결국 내던져 버린 것을 만족스럽게 바라보고만 있었지. 그런데 지금, 내가 진흙 구덩이에 너무 깊이 빠져 아무래도 헤어날 수 없는 바로 지금에야 자넨 거기에 서서 나를 꾸짖고 경고하는군……"

그는 벌겋게 눈이 충혈된 채 절망적으로 정면을 바라보았다. 그리고 오토는 포도주를 새로 한 잔 따르려고 했으나, 술병에 남은 술이 없다는 사실을 깨달았다. 페라구트가 혼자서 그 짧은 시간에 포도주 한 병을 다 비워 버린 것이다.

화가는 친구의 시선을 쫓다가 날카롭게 웃었다.

"이거 미안하게 됐네!" 그는 크게 소리쳤다. "그래, 내가 약간 취하긴 했네. 내게 이런 면도 있다는 걸 자넨 잊어선 안 되네. 몇 달에 한 번씩은 조금 취하도록 마시고 실수를 저지르기도 한다네…… 기분을 돋우려고 말일세, 이보게……"

화가는 친구의 어깨에 두 손을 무겁게 올려놓더니, 갑자기 맥이 풀린 높은 목소리로 애원하듯 말했다. "이보게, 만일 누군가가 나를 조금이라도 도와주려고 했다면, 내게 청산가리와 포도주는 필요 없었을 거야! 자네는 왜 나를 이렇게 내버려 둬서, 이제 마치 거지처럼 눈곱만 한 보살핌과 사랑을 간청하도록 만들었나? 아델레는 날 참아 주지 못했고, 알베르트는 내게서 떠나갔고, 피에르도 언젠가는 나를 버릴걸세. 그런데도 자네는 옆에 서서 구경만 했어. 정말 자넨 아무것도 할 수가 없었단 말인가? 나를 전혀 도와줄 수가 없었단 말인가?"

화가의 목소리는 중간에 꺾였다. 그는 다시 의자에 털썩 주저앉았다. 부르크하르트의 얼굴이 창백해졌다. 생각했던 것보다 상태가 훨씬 더 나빴다! 그렇게 자존심 강하고 굳센 사나이가 포도주 몇 잔 때문에 자신의 은밀한 결점과 비참한 사정을 아무런 저항 없이 이렇게 털어놓을 수 있단 말인가!

그는 페라구트의 곁으로 다가가서, 마치 달래 주어야 할 어린아이에게처럼 그의 귓속에 대고 소곤거렸다.

"도와주겠네, 요한, 나를 믿게나, 정말 도와줄 테니. 난 정말 얼간이였네. 눈이 멀고 어리석었어! 이보게, 이제부터는 모든 게 잘될 걸세. 믿어 보게나!"

부르크하르트는, 그리 흔한 일은 아니었지만 친구가 청년 시절에 심한 신경쇠약증에 걸려 자제력을 잃었던 순간들이 기억났다. 그의 기억 속에 깊이 잠들어 있던 그런 경험이 놀랄 만큼 분명하게 떠올랐던 것이다. 친구 요한은 그 당시 그림 공부를 하는 예쁜 여학생과 사귀고 있었다. 오토가 그 여학생에 대해 좋지 않게 말하자, 페라구트는 너무도 흥분한 나머지 오토와의 절교를 선언했다. 그때도 화가 페라구트는 몇 잔의 포도주에 지나치게 상기되어 있었고, 눈은 충혈되고 목소리에는 기력이 없었다. 겉보기에는 구름 한 점 없이 쾌청하게 보이는 과거의 편린들이 이상하게도 되살아나자, 페라구트는 기묘한 감회에 사로잡혔다. 그때와 마찬가지로 자신의 삶 속에 깃든 내밀한 고독과 정신적인 자학이 별안간 실체를 드러내는 듯해 깜짝 놀랐다. 그것은 의심할 여지 없이 요한이 가끔 넌지시 암시하던 비밀, 즉 위대한 예술가들의 영혼 속에 숨겨 있다고 추측하던 그러한 비밀이었다. 창작하려는 충동, 또 시시각각 자신의 감각으로 세계를 새롭게 파악하고 정복하려는 은밀하고도 지칠 줄 모르는 충동이 이 사나이에게 찾아왔다. 그래서 결국 위대한 예술 작품이 조용한 관찰자를 충만하게 해주는 이상한 비애가 그에게 찾아온 것이었다.

오토는 그 순간까지 친구를 완전히 이해하지 못했다는 생각이 들었다. 이제 그는 요한의 영혼이 온 힘을 다해 고통스럽게 마시고 있는 어두운 우물물을 깊숙이 들여다본 것이다. 그리고 동시에 고통을 겪는 자가 마음을 열고 도움을 간청하는 상대가 다름 아니라 옛 친구인 자신이라는 사실에 위로받고 안심하며 기뻐했다.

페라구트는 자신이 무슨 말을 했는지 모르는 모양이었다. 한바탕 법석을 떤 어린아이처럼 얌전하게 쉬고 있었다. 그러다 결국 또렷한 목소리로 말했다. "이번에 자네는 우리 집에서 별로 즐겁지 못했을 거야. 모든 게 다 요즘 내가 하루하루의 일을 게을리한 탓일세. 이건 신경쇠약이라네. 날씨가 좋으면 참을 수가 없으니 말일세,"

화가가 두 번째 병을 따려 할 때 부르크하르트가 만류하자 그는 말했다. "이 상태로는 잠을 잘 수가 없네. 왜 이렇게 신경이 날카로워지는지, 이거 참! 자, 한 잔 더 하세. 자네는 예전에 술을 좀 하지 않았나. ······아, 자네 생각대로 내 신경 탓이네! 곧 괜찮아질 걸세. 그런 경험이 있으니까 말이야. 이제부터 난 매일 아침 6시에 일어나 일을 시작하고, 저녁에는 매일 한 시간씩 승마를 할 작정이네."

두 친구는 그런 식으로 자정이 되도록 서로 잔을 주고받았다. 요한은 떠들어 대며 지난날의 추억을 들춰냈고, 오토는 귀를 기울여 듣고 있었다. 그러면서 오토는 아직도 입을 벌린 어두운 심연이 들여다보이는 곳, 즉 즐거운 기분이 투영되는 빛나는 표면이 고요하게 닫히는 광경을 탐탁지 않게 바라보았다.

## 제6장

다음 날 부르크하르트는 약간 서먹서먹한 기분으로 화가를 만났다. 그는 화가의 태도가 돌변하여 어제의 흥분 대신 비웃는 듯한 냉담과 거북한 수치심을 갖지 않을까 걱정스러웠다. 그러나 의외로 요한은 조용하고 진지한 태도로 그를 맞아 주었다.

"그럼 내일 떠나나?" 요한은 다정하게 말했다. "모든 일에 대해 자네에게 감사하고 있네. 특히나 어제저녁의 일은 잊지 않고 있네. 아직도 우린 할 얘기가 있지만 말이야."

오토는 의아한 표정으로 그의 말에 응했다.

"나야 괜찮지. 하지만 쓸데없이 자네를 자극하고 싶지가 않네. 어제는 너무 많은 것을 건드렸던 것 같아. 왜 우리가 그렇게 막다른 데 이를 때까지 기다리기만 했는지 모르겠단 말이야!"

그들은 아틀리에에서 아침 식사를 했다.

"아니야, 아주 좋았어." 요한이 분명하게 말했다. "난 어젯밤에 밤새 한숨도 못 자고 모든 일을 다시 한 번 곰곰이 생각해 보았네. 사실 자네는 너무 많은 것을 들춰냈어. 내가 참지 못할 정도였어. 지난 몇 년 동안 내게는 함께 이야기 나눌 상대가 없었다는 사실을 자넨 고려해야 하네. 하지만 이제는 모든 일을 깨끗하게 결말지어야겠어. 그렇지 않으면 나는 정말로 어제 자네가 말한 대로 비겁한 인간이 될 테니."

"아, 그 말 때문에 자네 마음이 언짢았나? 나쁘게 생각하지는 말게나!"

"아닐세. 자네가 한 말은 거의 옳았다고 생각하네. 오늘 또한 자네와 유쾌한 하루를 보내고 싶어. 오후에 함께 차를 타고 나가세. 자네에게 아름다운 곳을 보여 주겠네. 하지만 그 전에 정리해 둘 것이 몇 가지 있네. 어제는 모든 것이 갑자기 닥쳐서 정신이 하나도 없었어. 하지만 지금은 잘 정리가 되었네. 자네가 어제 내게 하려고 했던 말이 무엇인지 이해할 수 있을 것 같아."

요한이 침착하고 다정하게 말하자 부르크하르트는 마음이 놓였다.

"자네가 내 말을 이해했다면 됐어. 어제 했던 이야기를 다시 처음부터 시작할 필요는 없게 되었네. 모든 일이 어떻게 진행됐고, 지금 어떤 상황인지 자네가 다 이야기해 주었으니까. 그러니까 자네는 결국 피에르와 헤어지고 싶지 않아서, 자네의 결혼 생활과 가정 그리고 지금까지의 모든 상황을 감내하며 꾸려오고 있다는 것이지, 그렇지 않나?"

"그래, 바로 그걸세."

"그렇다면, 앞으로의 일에 대해서는 어떻게 생각하나? 어제 자네가 암시하기로는, 시간이 갈수록 피에르도 잃게 될 거라고 두려워한 것 같았는데, 그렇지?"

페라구트는 고통스럽게 한숨을 내쉬며 손으로 이마를 감쌌다. 그러면서도 똑같은 어조로 계속해서 말했다.

"아마 그렇게 될 걸세. 그게 가장 난처한 문제라네. 자네 의견은, 나더러 그 애를 단념하라는 거지?"

"그래, 결국 그런 셈이지! 부인은 절대로 그 애를 놔주려고 하지 않을 거고, 자넨 앞으로도 긴 세월 동안 부인과 싸워야만 할 테니까."

"그럴 수도 있겠지. 하지만 이보게, 오토. 그 애는 내가 갖고 있는 마지막 보루일세! 나는 지금 폐허의 파편 사이에 앉아 있네. 오늘 내가 죽는다면, 자네를 제외하고 기껏 서너 명의 신문기자나 관심을 가져 줄 거야. 나는 불쌍한 인간이야. 내겐 이 아이밖에 없네. 내가 목숨을 부지하고 사랑할 수 있는 유일한 존재라네. 그 애를 위해서라면 고통을 겪어도 좋고, 그 애 곁에 있으면 이 순간에도 나 자신을 잊을 수 있지. 자넨 그걸 분명히 생각해 줘야 하네! 그런데도 그 애가 떠나도록 내버려 두란 말인가!"

"요한, 쉬운 일은 아니겠지. 몹시 저주스러운 일이지! 하지만 내 눈에는 다른 방도가 보이지 않네. 이보게, 자네는 바깥세상이 어떻게 돌아가는지 전혀 모르고서, 자네의 일과 불행한 결혼 생활에 파묻혀 끙끙 앓고 있는 셈이네. 한 걸음 앞으로 내디더 모든 것을 일단 내던져 버리게. 그러면 갑자기 온갖 아름다운 일들로 가득 찬 이 세계가 자네를 기다리고 있다는 사실을 깨달을 걸세. 자네는 오랫동안 죽은 사람들과 함께 살면서 삶과의 연결을 끊고 있었네. 자넨 피에르에게 너무 매달려 있어. 물론 그 애는 더할 수 없이 귀여워. 하지만 그 애가 전부여서는 안 되네. 자, 매정할 정도로 한번 냉정을 찾게나. 그러고서 생각해 보게, 과연 그 애가 정말로 자네를 필요로 하는지를 말일세!"

"그 애가 나를 필요로 하는지를⋯⋯?"

"그렇네. 자네가 그 애에게 줄 수 있는 것은 사랑이라든지, 애정이라든지, 또는 연민의 감정이야. 우리 나이 먹은 사람들이 생각하는 것만큼 아이들은 절실하게 필요로 하지 않는 것들이지. 오히려 그 애가 성장하고 있는 가정을 생각해 보게나! 아빠와 엄마는 서로 외면하고, 심지어 자식을 놓고 서로 질투하는 그런 가정을 말이야! 그 애는 행복하고 건전한 모범적인 가정에서 자라지 못하고 있네. 그런 탓에 지나치게 조숙해져 문제아가 될지도 몰라. 그리고 결국에는, 용서하게나, 언젠가는 자네와 어머니 가운데 한 사람을 선택할 수밖에 없을 거야. 눈에 뻔히 보이는 일 아닌가?"

"아마도 자네 말이 맞겠지. 아니 틀림없이 옳아. 하지만 이쯤에서 그 생각을 끝내고 싶네. 난 그 애에게 매달려 있어. 오래전부터 어떤 따뜻함도 어떤 밝은 빛도 모르고 지내 왔기 때문에, 오로지 그 애에 대한 사랑에만 집착하는 것이지. 어쩌면 앞으로 몇년 사이에 저 애도 날 곤경에 빠뜨릴지 몰라. 날 실망시키고, 어쩌면 날 미워하게 될지도 모르지. ……알베르트가 날 미워했듯이 말이야. 그 녀석은 열네 살 때 내게 주머니칼을 던진 적도 있었네. 하지만 아직 몇 년간은 피에르 곁에 있을 수 있고, 사랑해 줄 수 있고, 그 어린 손을 잡고 새처럼 명랑한 목소리를 들을 수 있지 않겠나! 말해 보게. 그래도 그 애를 단념해야 한단 말인가? 그래야만 하나?"

부르크하르트는 고통스럽게 어깨를 으쓱하면서 이마를 찡그렸다.

"단념해야 하네, 요한." 그는 아주 조용히 말했다. "그래야 한다고 생각하네. 오늘 당장은 안 되겠지만 조만간 그렇게 해야 하네. 자네가 갖고 있는 모든 것을 던져 버려야 하고, 모든 과거를 깨끗이 씻어 내야 한다네. 그렇지 않으면 자넨 절대 이 세상을 밝고 자유롭게 볼 수가 없을 거야. 자네 좋을 대로 하게나. 그 발걸음을 내디딜 수 없다면 여기에 그대로 남아 계속 이렇게 생활하게. 나는 자네 편일세. 그런 생활을 하더라도 언제나 난 자네 편이지. 그건 자네도 잘 알 거야. 하지만 조금 유감스러운 일이겠지."

"조언을 해주게나! 앞이 캄캄할 뿐이네."

"충고해 두지. 지금 7월이야. 가을이면 나는 인도로 돌아갈 거네. 그 전에 다시 한 번 자네에게 들를 테니, 그때 자네가 짐을 꾸려 두었다가 함께 인도로 떠났으면 하네! 자네가 마음을 정해서 그렇게 하겠다고 한다면 더욱 좋은 일이겠지! 그런데 만일 결심하지 못한 상태라면, 1년 아니면 반년 동안이라도 나와 함께 이런 분위기의 환경에서 떠나도록 하세. 자네는 내 곁에서 그림도 그리고, 승마도 할 수 있을 거야. 호랑이 사냥도 할 수 있고, 말레이시아 여인네들과 사랑에 빠질 수도 있겠지. 예쁜 여인들이 많다네. 아무튼 잠시 이곳을 떠나서, 좀 더 나은 삶을 살 수 있을지 시험해 볼 수는 있을 거야. 자네 생각은 어떤가?"

화가는 눈을 감고서 커다랗고 덥수룩한 머리를 흔들었다. 창백한 얼굴로 입을 꼭 다물고 곰곰 생각에 잠겼다.

"고맙네!" 그는 살짝 미소를 지으며 소리쳤다. "자넨 정말 다정한 친구야. 가을이 되면 자네와 인도에 가게 될지 어떨지 말해 주겠네. 그곳 사진은 좀 놔두고 가게나."

"그 사진은 자네가 가져도 좋네…… 그런데…… 오늘이나 내일 중으로 여행에 대해 결심할 수는 없겠나? 그렇게 하는 편이 자네에게는 훨씬 더 좋을 텐데."

페라구트는 자리에서 일어나 문 쪽으로 걸어갔다.

"아닐세, 그럴 수는 없네. 그동안 무슨 일이 일어날지 누가 알겠나? 난 몇 년 동안 3, 4주 이상 피에르를 떠나 본 적이 없어. 자네와 여행을 하게 될 것 같네만, 후회할지도 모를 일을 미리 말하고 싶지는 않네."

"자, 그 얘기는 이 정도로 끝내세! 내가 어디에 있든지, 내가 있는 장소를 항상 자네에게 알려 주겠네. 자네가 언제라도 함께 여행하겠다는 전보를 띄우기만 하면, 자넨 손가락 하나 까딱하지 않아도 돼. 모든 일은 내가 알아서 하겠네. 그게 내 일이니까 말이야. 자네는 여기서 속옷과 그림 도구나 챙겨 오면 되네. 그걸로 충분해. 다른 모든 건 내가 제노바에 가서 마련하겠네."

페라구트는 말없이 친구를 감싸 안았다.

"자네가 나를 크게 도왔어, 오토. 결코 잊지 않겠네. 자, 이제 차를 부르세. 오늘은 안채에서 식사를 하지 않을 거야. 그 옛날 여름방학 때처럼 멋진 하루를 함께 즐기도록 하세나! 그렇게 하는 것보다 더 중요한 것은 아무것도 없을 테니! 시골길을 달리며 아름다운 마을을 몇 군데 구경하고, 숲 속에서 뒹굴기도 하고, 송어도 먹어 보고, 커다란 잔에다 이 고장의 맛좋은 포도주도 마셔 보자고. 오늘 날씨는 어찌 이리도 좋은지!"

"날씨는 열흘 전부터 계속 좋았다네." 부르크하르트가 껄껄 웃었다. 그러자 페라구트도 따라 웃었다.

"아, 내게 태양이 이렇게 오랫동안 빛났던 적은 없었던 것 같네!"

# 제7장




부르크하르트가 떠난 후, 화가는 놀랄 정도로 기이한 고독감에 사로잡혔다. 그곳에서 몇 년을 살아오면서 오랜 습관으로 굳어져 거의 무감각해졌던 그 고독이, 이제는 마치 미지의 새로운 적인 것처럼 그를 엄습하여 사방팔방에서 질식시킬 듯 조여 오는 것이었다. 동시에 그는 가족으로부터, 심지어 피에르로부터도 전보다 더 버림받은 느낌을 갖게 되었다. 그는 그 이유를 몰랐으나, 그것은 자신의 처지에 대해 처음으로 털어놓은 데서 연유하는 것이었다.

심지어 불쾌하고 따분한 권태감까지 느낄 때도 많았다. 지금까지 페라구트는 부자연스럽긴 해도 자발적으로 담을 쌓고 사는 칩거자의 생활을 꾸려 왔다. 그런 사람에게 삶은 별다른 관심의 대상이 되지 못했고, 존재한다는 것도 체험이라기보다 오히려 인내하는 것에 불과했다. 친구의 방문은 이 칩거자의 방에 구멍을 뚫어 놓은 것과 마찬가지였다. 무수히 뚫린 구멍을 통해 삶이 빛을 발하고, 소리를 내고, 향기를 뿜으며 이 외로운 사내를 어루만져 주었다. 이제 예전의 마술에 깃든 힘은 깨져 버렸다. 새롭게 눈뜬 이 각성자는 밖으로부터 들려오는 모든 부름을 고통과 함께 강렬하게 느끼게 된 것이다.

그는 미친 듯 일에 매달렸다. 그래서 거의 동시에 대작 두 편을 구상했다. 아침 일찍 해가 뜰 무렵 찬물에 목욕을 하고는 쉬지 않고 점심때까지 일을 계속했다. 잠시 휴식을 취한 다음에는 커피와 담배로 원기를 회복했고, 한밤중에는 이따금 심장박동과 두통 때문에 눈을 뜰 때도 있었다. 그러나 아무리 자신을 억누르고 억지로 잡아매려고 해도, 그의 의식 속 얇은 베일 밑에는 언제나 시대에 뒤떨어지지 않는 메시지가 생생히 존재하고 있었다. 그 메시지는, 문은 이미 열려 있으니 언제라도 빠른 걸음으로 자유의 세계로 나아갈 수 있다는 일깨움이었다.

그는 그런 부분에 대해 생각하지 않았다. 끊임없이 일에 매달림으로써 온갖 상념들을 마비시켰다. 그가 품고 있는 감정이란 이런 것이었다. '너는 언제라도 나갈 수 있다. 문은 열려 있다. 너를 묶고 있는 사슬은 끊어 버릴 수 있다. 하지만 그것은 굳은 결심을 요구하며, 무겁고 무거운 희생을 대가로 치러야 한다. 그러니 그런 생각을 하지 말기를, 아예 생각하지 말기를!' 부르크하르트가 그에게 기대했고, 또 어쩌면 스스로의 본성이 은연중에 알고 있었을지도 모를 그 결심이, 부상자의 살에 박힌 총알처럼 그의 영혼 속에 자리 잡고 있었다. 문제는 그 총알이 고름을 뿜으며 밖으로 나오느냐, 아니면 살 속에 틀어박혀 뿌리를 내리느냐 하는 거였다. 그것은 곪았고 통증을 유발했다. 그렇다고 참을 수 없을 정도로 아픈 것은 아니었다. 다만 강요된 희생에 대한 그의 두려움과 고통이 너무도 컸다. 그래서 그는 아무것도 하지 않고 그 내밀한 상처가 곪는 대로 내버려 두었다. 그 모든 것이 어떤 결말로 이어질까 하는 절망적인 호기심을 남몰래 느끼고 있었다.

이렇게 고뇌하는 가운데 그는 대형 인물화를 그리고 있었다. 오랫동안 계획했던 작업이었는데 별안간 충동이 일었던 것이다. 몇 년 전에 떠올린 구상이었는데, 한때 그 생각만으로도 그는 기뻐했다. 그러다가 그 구상은 점차 공허해지고 어떤 비유적인 것으로 여겨지다가, 그는 결국 싫증이 나고 말았다. 그 그림이 이제 뚜렷하게 형상화 한 것이다. 그는 더는 비유적인 느낌에 머물지 않고, 생생한 영상을 바탕으로 순수하게 그림을 시작했다.

그 그림은 실물과 같은 크기의 세 사람의 모습이었다. 남편과 아내, 그들 사이에 어린아이 한 명이 있었다. 남편과 아내는 각자 골똘히 생각에 잠긴 채 상대방에 대해 서먹서먹한 표정이다. 아이는 머리 위에 떠도는 구름 같은 것에 대해서는 아랑곳하지 않고 조용히, 한편 즐겁게 놀고 있다. 개성은 뚜렷했지만, 남편은 화가를 닮지 않았고, 아내 역시 그의 부인을 닮지 않았다. 어린아이만은 피에르를 닮게 그렸으나 실제보다는 몇 살 더 어리게 묘사했다. 그는 그 아이를 그리면서, 초상화에 표현 가능한 모든 매력과 고상함을 전부 다 동원했다. 대칭을 이루며 양쪽에 앉아 있는 인물들은, 심각하고 고통스러운 외로움으로 가득 찬 모습이었다. 남자는 손으로 머리를 괴고 무언가 무거운 생각에 빠져 있고, 여자는 고뇌와 공허한 답답함 속에 몸을 내맡긴 표정이었다.

하인 로베르트에게도 결코 편안하지 않은 나날이었다. 페라구트 씨는 이상하게도 신경이 날카로워져서, 한창 일할 때에는 옆방에서 아주 미세한 소리가 들려와도 참지 못했던 것이다.

부르크하르트가 방문한 이후 마음속에 싹트기 시작한 은밀한 희망이 화가의 가슴속에 불길처럼 자리 잡았다. 그것은 어떠한 억압에도 굴하지 않고 계속 타올라, 밤이 되면 그의 꿈을 유혹적이고 자극적인 빛으로 채색했다. 그는 이러한 희망의 소리에 귀를 기울이려고 하지 않았고, 알려고도 하지 않았다. 그는 오로지 일에만 매달려 마음의 평온을 찾으려 했다. 그러나 평온은 찾아오지 않았고, 오히려 기쁨 없는 삶의 얼음이 녹으며 자기 존재의 기틀이 흔들리는 것을 느꼈다. 꿈속에서 아틀리에가 폐쇄되고 정리되는 광경을 보았고, 아내가 떠나가는 모습을 보았다. 아내는 피에르를 데려갔고, 피에르는 그 여린 팔을 그를 향해 뻗쳤다. 저녁에는 대개 썰렁한 거실에서 몇 시간이고 혼자 앉아 있었다. 그리고 인도의 사진들을 열심히 들여다보다가, 나중에는 그것들을 밀쳐놓고 피곤한 눈을 감아 버리는 것이었다.

두 개의 힘이 내면에서 치열한 싸움을 벌이고 있었다. 그러나 희망 쪽이 점점 더 강해졌다. 그는 몇 번이고 오토와의 대화를 되새겨 보았다. 그럴수록 강력한 이성에 억눌려 왔던 소망과 욕구가, 붙들린 채 오랫동안 얼어붙어 있던 소망과 욕구가 저 밑바닥으로부터 점점 더 뜨겁게 솟아올랐다. 그 솟아오르는 힘과 그 봄날 같은 따사로움 앞에서 낡은 망상, 즉 이제는 늙었기에 삶을 인내하는 수밖에 없다는 병든 망상은 더는 버티지 못했다. 체념이라는 깊고 강력한 수면 상태는 깨졌다. 오래도록 구속되고 속아 왔던 삶의 알 수 없는 충동적인 힘이, 요란한 소리를 내며 그 틈새를 통해 밀려들었다.

그러한 목소리가 뚜렷하게 울릴수록, 화가의 의식은 마지막 각성에 대한 고통과 두려움 속에서 더욱 불안하게 떨려 왔다. 그는 이 피할 수 없는 희생에, 보이지 않는 눈을 감고 온몸이 불덩이처럼 달아오르도록 더 미친 듯이 항거했다.

요한 페라구트는 안채에 거의 모습을 나타내지 않았다. 식사는 대부분 아틀리에로 가져오게 했고, 종종 시내에서 밤을 보냈다. 그러나 아내나 알베르트와 마주칠 때면, 조용하고 부드러워져 적대감을 모두 다 잊어버린 것 같았다.

그는 피에르에 대해서도 그다지 마음을 쓰지 않는 것처럼 보였다. 예전 같으면 최소한 하루에 한 번쯤은 피에르를 불러내 함께 있거나 함께 정원을 거닐곤 했다. 하지만 지금은 그 아이를 보지 않고도 며칠을 지낼 수 있었다. 아이가 그에게로 달려오면 생각에 잠긴 듯 이마에 무심히 입을 맞춰 주었다. 그러고는 우울한 표정으로 아이의 눈을 들여다본 다음 가버렸다.

　어느 날 오후, 페라구트는 밤나무가 있는 정원으로 지나갔다. 훈훈한 바람이 불다가 따뜻한 이슬비가 작은 빗방울을 비스듬히 뿌리고 있었다. 그때 안채의 열린 창문으로부터 음악 소리가 들려왔다. 화가는 걸음을 멈추고 귀를 기울였다. 모르는 곡이었다. 그런데 매우 강렬하고, 견고하게 구성된 조화로운 아름다움이 순수하고 엄숙하게 울려 퍼졌다. 페라구트는 귀를 기울이며 명상의 기쁨을 느꼈다. 이상하게도 그것은 나이 많은 사람들을 위한 음악 같았다. 때로는 마음을 어루만지기라도 하듯 중후하게 울렸으나, 그가 젊은 시절에 그렇게도 좋아했던 디오니소스적인 도취의 음악은 아니었다.

　그는 조용히 집 안으로 들어갔다. 층계를 올라가, 노크도 하지 않고 소리 없이 음악실로 들어섰다. 아내만이 그가 왔다는 사실을 알아차렸다. 알베르트가 피아노를 연주하고 아내는 피아노 옆에 서서 듣고 있는 중이었다. 페라구트는 가까이에 놓인 의자에 앉아서 고개를 숙이고 조용히 귀 기울였다. 그러다가 가끔씩 눈을 들어 아내의 얼굴을 바라보았다. 그녀는 그곳을 보금자리로 삼고 있었다. 그가 저쪽 호숫가의 작업실에서 지냈듯이, 그녀는 실망 가득한 채 이 방에서 수년 동안 조용히 살아왔다. 하지만 그녀에게는 알베르트가 있었다. 그녀는 알베르트와 함께 길을 걸으며 생활해 왔다. 이제는 아들이 그녀의 손님이자 친구가 되어 그녀의 곁에 살고 있다. 아델레 부인은 약간 늙어 보였다. 그녀는 조용히 살며 자족하는 법을 배웠다. 눈빛은 야무졌고 입술은 약간 메말라 보였다. 하지만 그녀는 결코 뿌리를 뽑히지 않았고, 나름의 분위기 속에 당당히 서 있었다. 그리고 아이들은 그녀의 그런 분위기 속에서 자랐다. 그녀는 도가 지나치지 않았고, 지나치게 충동적인 애정을 베풀 줄도 몰랐다. 그녀에게는 남편이 지난날 요구하고 희망했던 모든 것들이 거의 사라지고 없었다. 그러나 그녀의 주위에는 고향이 있었다. 그녀의 얼굴, 성품, 그녀가 기거하는 공간에는 그 나름의 독특한 방식과 특성이 있었다. 아이들이 고맙게도 성장하고 피어날 수 있었던 것은 바로 여기 이러한 바탕 위에서였다.

페라구트는 만족스럽게 고개를 끄덕였다. 만약 그가 영원히 사라진다고 해도, 이곳에서 상실감을 느낄 사람은 아무도 없었다. 그는 이 집에서는 없어져도 괜찮은 사람이었다. 이 세상 어느 곳이든 새로 아틀리에를 짓고, 일과 창작의 열정에 몸을 내맡겨도 되었다. 다만 그곳이 고향이 되지는 못할 것이다. 사실 그는 이미 오래전부터 그 사실을 알고 있었다. 그것은 아무래도 좋았다.

알베르트가 연주를 중단했다. 그는 어머니의 시선에서 알아챈 것인지, 아무튼 누군가가 방 안으로 들어왔음을 느꼈다. 그는 몸을 돌렸고, 놀라고 의아한 표정으로 아버지를 바라보았다.

"안녕." 페라구트가 말했다.

"안녕하세요." 아들은 당황해서 대답하고는 악보를 뒤적이기 시작했다.

"엄마와 함께 연주했니?" 아버지가 다정하게 물었다.

알베르트는, 마치 '여태 듣지 않았던가요?' 하고 묻는 듯이 어깨를 으쓱했다. 아들은 얼굴을 붉히며 건반 위 악보 깊숙이 머리를 숙였다.

"훌륭했다." 아버지는 그렇게 말하고 미소를 지었다. 그는 자기가 찾아와서 얼마나 방해가 되었는지 절실히 느꼈다. 하지만 고소하다는 야릇한 쾌감도 조금은 맛보았다. "조금 더 쳐보아라! 네가 원하는 곡으로 말이다! 솜씨가 많이 좋아졌더구나."

"아, 전 치고 싶지 않은데요." 알베르트가 화를 내며 거절했다.

"한번 쳐보려무나. 부탁한다."

페라구트 부인은 남편의 눈치를 살폈다.

"그래, 알베르트, 이리 와서 앉으렴!" 그녀는 그렇게 말하고 악보 하나를 올려놓았다. 바로 그때 피아노 위에 놓인 은빛의 조그만 바구니에 가득 담긴 장미꽃에 그녀의 옷소매가 스쳤다. 그러자 빛바랜 꽃잎들이 거울처럼 반짝이는 검은 건반 위로 우수수 떨어졌다.

젊은이는 피아노 의자에 앉더니 곧 연주를 시작했다. 그는 정신이 어수선했고, 화가 잔뜩 나 있었다. 그래서 귀찮은 숙제를 하듯 빨리 그리고 건성으로 피아노 건반을 두드렸다. 아버지는 잠시 주의 깊게 귀를 기울였다. 그러고서 곰곰이 생각에 잠기더니 갑자기 몸을 일으켜 소리 없이 방을 나가 버렸다. 알베르트의 연주가 끝나기도 전이었다. 방을 나가면서 그는 아들이 화가 난 채로 건반을 두들기다가 연주를 중단하는 소리를 들었다.

'내가 없어도 저들은 아무렇지도 않겠군.' 화가는 층계를 내려가며 생각했다. '아, 어쩌다가 우리들은 이토록 멀어지게 되었을까? 한때는 그래도 한가족이 아니었던가!'

복도에서 피에르가 그를 향해 달려왔다. 꼬마는 몹시 흥분하여 눈이 빛나고 있었다.

"아빠!" 그는 숨을 헐떡거리며 말했다. "마침 잘됐어요! 이것 보세요. 제가 작은 생쥐 한 마리를 잡았어요! 아직 살아 있는 놈이에요! 내 손 안을 좀 보세요. 눈이 보이죠? 노란 고양이가 이놈을 잡았어요. 고양이는 생쥐를 잡아 놓고 갖고 놀고 있었어요. 못살게 괴롭히다가는 달아나게 하고, 그러다가는 다시 또 잡아 버리는 거예요. 그래서 제가 아주, 아주 잽싸게 빼앗았어요. 손을 뻗어 고양이의 코앞에서 잡아 버렸어요. 그런데 이제 어떻게 하죠?"

꼬마는 기뻐서 어쩔 줄 모르면서도, 꼭 쥔 조그마한 손 안에 갇힌 쥐가 꿈틀거리며 찍찍 소리를 지를 때마다 놀라서 몸을 부르르 떨었다.

"우리 저쪽 정원 바깥에다 놓아주자." 아버지가 말했다. "함께 나가자꾸나!"

아버지는 우산을 가져와서 소년과 함께 썼다. 약간 환해진 하늘에서 가는 빗방울이 떨어지고 있었다. 촉촉하게 젖은 감나무

줄기가 쇠붙이처럼 검게 번쩍였다.

몇 그루의 나무뿌리들이 복잡하게 뒤얽혀 있는 곳 어딘가에 그들은 걸음을 멈추었다. 피에르는 쭈그리고 앉아서 아주 천천히 손을 펼쳤다. 얼굴은 상기되었고, 잿빛의 밝은 눈동자는 극도의 긴장감 속에 반짝거리고 있었다. 별안간 피에르는 더는 참고 기다리지 못하겠다는 듯이 손바닥을 활짝 폈다. 아주 조그마한 어린 생쥐가 갇혔던 손바닥에서 벗어나자 부리나케 뛰쳐나갔다. 1미터 남짓 달려가더니 엉킨 나무뿌리 앞에서 멈춰 꼼짝 않고 앉아 있었다. 거친 숨을 쉬느라 생쥐의 옆구리가 헐떡거리고, 검게 반짝이는 조그마한 두 눈은 불안스럽게 주위를 두리번거렸다.

피에르는 환성을 지르며 요란스럽게 손뼉을 쳤다. 생쥐는 깜짝 놀라 마법이라도 부린 듯 땅속으로 사라지고 말았다. 아버지는 꼬마의 탐스러운 머리카락을 살며시 쓰다듬어 주었다.

"아빠랑 함께 갈까, 피에르?"

꼬마는 오른손을 아빠의 왼손 안에다 넣고 함께 걸었다.

"이제 그 조그만 생쥐는 집에 가서 엄마 아빠에게 모든 것을 얘기하고 있을 거예요."

꼬마는 신이 나서 계속 재잘거렸고, 화가는 자기의 단단한 손가락으로 아들의 작고 따뜻한 손을 에워쌌다. 아들의 말 한마디와 환호성에 아버지의 가슴은 뭉클했고, 동시에 아이에 대한 애착과 무거운 사랑의 굴레에 빠져 버렸다.

아, 살아 있는 동안 이 아이를 향한 것보다 더 큰 사랑을 느낄 수 있을까? 나의 청춘에 있어 마지막인 이 아름다운 형상 피에르, 이 애와 함께 있을 때처럼 그렇게도 따뜻하고 빛나는 애정, 그렇게도 즐거운 망각, 그렇게도 강렬하면서 우수 어린 감미로움을 체험할 수는 없으리라. 이 자의식 넘치는 자그마한 존재의 우아함, 웃음, 신선함은 페라구트의 삶에 있어서 마지막으로 울리는 기쁨과 순수인 듯했다. 그것들은 페라구트에게 있어, 늦가을의 정원에 활짝 핀 마지막 장미 같았다. 따사로움, 태양, 여름 그리고 정원의 즐거움이 그 장미 나무에 걸려 있었다. 폭풍우와 서리 때문에 잎이 떨어지면, 매력이나 광채와 기쁨의 예감은 모두 다 사라지고 말 것이다.

"아빠는 왜 알베르트 형을 좋아하지 않아요?" 피에르가 불쑥 그렇게 물었다.

페라구트는 아이의 손을 더 꼬옥 잡았다.

"아빠가 형을 싫어하는 건 아니란다. 형이 아빠보다 엄마를 더 좋아하는 거야. 그거야 어쩔 수가 없겠지."

"아빠, 알베르트 형은 아빠를 조금도 좋아하지 않는 것 같아요. 아빠도 알잖아요. 형은 나도 전처럼 그렇게 좋아하지 않는 걸요. 늘 피아노만 치거나 방 안에 혼자 틀어박혀 있어요. 형이 여기 처음 온 날, 형한테 내가 직접 가꾼 꽃밭 이야기를 해주었더니, 무척 부드러운 표정을 지으면서 이렇게 말하는 거예요. '내일은 그 꽃밭을 구경하도록 하자.' 그러고선 다시는 그 이야기를 꺼내지도 않았어요. 형은 좋은 친구가 아니에요. 그리고 벌써 콧수

염도 났다니까요. 형이 언제나 엄마 곁에만 붙어 있어서, 제가 엄마랑 단둘이 있을 수가 없어요."

"얘야, 형은 고작 2, 3주 정도만 머무를 텐데, 그 점을 잊어서는 안 된단다. 그리고 네가 엄마를 독차지할 수 없거든 이 아빠에게 오면 되잖니, 왜 싫으니?"

"그건 다른 문제예요, 아빠. 어떤 때는 아빠한테 가고 싶고, 어떤 때는 엄마한테 가고 싶단 말이에요. 그런데 아빠는 늘 엄청나게 일을 많이 하시잖아요."

"그런 걱정은 조금도 할 필요가 없단다, 피에르. 내게 오고 싶을 때는 언제든지 와도 좋아, 알겠니? 언제라도 말이야. 아빠가 아틀리에에서 일할 때라도 괜찮단다."

소년은 대답하지 않았고, 아버지를 바라보며 가볍게 한숨을 쉬었다. 여전히 불만스러워 보였다.

"그래도 마음에 들지 않니?" 페라구트는 물었다. 화가는 마음이 언짢았다. 조금 전까지만 해도 어린이다운 기쁨에 넘쳐 빛나던 얼굴이 이제는 돌변해 너무나 어른스러워 보였기 때문이다.

그는 되풀이해서 물었다.

"말해 보렴, 피에르! 아빠한테 불만이 있니?"

"아니에요, 아빠. 하지만 아빠가 그림을 그릴 때는 가고 싶지 않아요. 전에는 자주 갔지만……"

"자, 그렇다면, 뭐가 마음에 들지 않아서일까?"

"있잖아요, 아빠. 제가 아틀리에에 가면 아빤 늘 머리만 쓰다듬어 주면서 아무 말도 하지 않잖아요. 그리고 아주 다른 눈을 하고 있단 말이에요. 어떤 때는 화가 난 눈을 하고 계실 때도 있어요. 아빠한테 무슨 말을 해도 아빠 눈은 딴 데로 가 있는 거예요. 내 말은 듣지도 않고, 그저 '응, 응' 하고 대답할 뿐이고요. 제가 아빠한테 가서 무슨 말을 하면, 귀담아들었으면 좋겠어요!"

"그래도 넌 또 와야 한단다, 얘야. 한번 생각해 보렴. 내 머리엔 이제 막 그리고 있는 그림 생각으로 가득 차 있을 때가 많단다. 어떻게 하면 가장 좋은 그림을 그릴 수 있을까 하고 생각하다 보면, 종종 그 생각을 떨쳐 버릴 수가 없어서 네 말을 제대로 듣지 못하는 거야. 하지만 다음번부터는 조심하도록 하마."

"네, 잘 알아들었어요. 저도 가끔 어떤 생각을 할 때가 있는데요, 그럴 때 누가 나를 부르면서 따라오라고 하면 그건 참 싫은 일이에요. 이따금 저도 하루 종일 조용히 앉아 생각에 잠기고 싶은데, 그럴 때 나가 놀라고 한다거나 공부를 하라거나 아니면 무슨 일을 하라고 시키거든요. 그러면 아주 기분이 나빠요."

피에르는 앞을 바라보면서, 자기가 생각하는 바를 표현하느라 무척 애를 썼지만 역시 쉬운 일이 아니었다. 대개의 경우 완전하게 이해시킬 수는 없는 일이었다.

그들은 페라구트의 거실로 들어갔다. 아버지는 자리에 앉으며 꼬마를 무릎 사이에 앉혔다.

"나는 네가 의도하는 바를 안단다, 피에르." 아버지는 달래듯이 말했다. "이제 그림 구경을 하겠니? 너도 한번 그려 보겠니?

생쥐 이야기라면 아마 그림으로 그릴 수 있을 거야."

"네, 그렇게 해볼게요. 그걸 그리려면 크고 예쁜 종이가 있어야 하는데요."

아버지는 책상 서랍에서 스케치용 도화지 한 장을 꺼내고, 연필을 깎아 주고, 꼬마에게 앉을 의자를 밀어 주었다. 피에르는 곧 안락의자 위에 무릎을 꿇고 앉아 생쥐와 고양이를 그리기 시작했다. 페라구트는 방해가 되지 않도록 아이 뒤쪽에 앉았다. 아이는 그림 그리기에 열중하여, 손을 놀릴 때마다 참지 못하고 입술을 오물거렸다. 햇볕에 그을린 가느다란 목, 유연한 어깨, 고집스러워 보이지만 고상한 머리를 화가는 유심히 관찰했다. 줄을 그을 때마다, 조금이나마 진척이 있을 때마다, 그림이 잘 그려지지 않을 때마다, 입술과 눈썹이 움직이고 이마가 주름지며 상태가 너무나 뚜렷하게 반영되었다.

"아, 잘 안 돼요!" 잠시 후 피에르가 소리쳤다. 두 손을 짚고 벌떡 일어나 실눈을 뜨고 자기가 그린 그림을 못마땅하다는 듯 노려보았다.

"이건 틀렸어!" 그는 화를 내며 탄식했다. "아빠, 도대체 고양이는 어떻게 그리나요? 제가 그린 고양이는 꼭 개처럼 보여요."

아버지는 도화지를 손에 들고 진지하게 들여다보았다.

"조금 지워야겠구나." 그는 침착하게 말했다. "머리가 너무 커서 둥근 맛이 없고, 다리는 너무 길구나. 잠깐만 기다려 보아라. 분명 멋진 그림이 될 테니까."

아버지는 지우개로 조심스럽게 피에르의 그림을 지웠다. 그러고는 새로운 도화지를 가져와 그 위에 고양이 한 마리를 그렸다.

"이것 좀 보렴. 이렇게 되어야겠지. 이것을 잘 보았다가 다시 새로운 고양이를 그려 보렴."

그러나 피에르는 이미 싫증이 나버렸다. 연필을 되돌려 주었으므로 이젠 아버지가 계속 그려야 했다. 큰 고양이를 그리고 또 새끼 고양이를 그려 넣었다. 또 생쥐 한 마리도 그렸고, 그다음 피에르가 나타나 생쥐를 구하는 장면을 그려 넣었다. 마지막에는 피에르가 말과 마부가 딸린 마차 한 대를 그려 달라고 졸랐다.

그런데 갑자기 그 일도 싫증이 났는지, 꼬마는 노래를 부르며 방 안을 뛰어다녔다. 그러다가 아직도 비가 오나 하고 창밖을 내다보더니, 문을 열고 춤을 추듯 밖으로 달려 나갔다. 창문 아래에서 꼬마의 높고 청아한 노랫소리가 들려오다가 다시 잠잠해졌다. 페라구트는 고양이를 그린 도화지를 손에 들고 혼자 앉아 있었다.

## 제8장

페라구트는 다시금 세 사람의 인물을 그려 넣은 커다란 초상화 앞에 서서, 여자의 옷을 그리고 있었다. 청록색의 얇은 옷으로, 목 주위 앞여밈 부분에 있는 조그만 금장식이 쓸쓸하게 빛났다. 금장식에서 비치는 밝은 광선은 그늘진 얼굴에는 스치지 않고, 차갑고 푸른 옷 위로 낯설고 심심하게 흘러내리고 있었다…… 바로 그 빛은 옆에 있는 귀여운 아이의 밝은 머리카락 속에서 즐겁고 친밀하게 유희를 하고 있었다.

문을 두드리는 소리가 났다. 화가는 귀찮아 하면서 그림에서 뒤로 물러났다. 잠시 후 다시 노크 소리가 들리자, 그는 거친 발걸음으로 다가가 문을 조금만 열었다.

알베르트가 거기 서 있었다. 방학 내내 한 번도 아틀리에에 발을 들여놓지도 않던 그 아이가 밀짚모자를 손에 들고, 다소 불안한 표정으로 아버지의 신경질적인 얼굴을 바라보았다.

아버지는 아들을 들어오게 했다.

"안녕, 어서 오너라, 알베르트. 내 그림을 보러 왔니? 몇 점 되지도 않아."

"아, 전혀 방해할 생각은 없어요. 뭘 좀 여쭤 보려고요……"

페라구트는 열린 문을 닫았다. 그리고 이젤 옆을 지나 회색으로 칠한 판자로 막아 둔 곳으로 갔다. 좁은 바닥에는 완성된 그림들이 도르래를 단 틀 위에 세워져 있었다. 그는 고기 잡는 그림을 꺼내 들었다.

알베르트는 당황한 표정으로 아버지 곁으로 다가갔다. 두 사람은 은빛으로 반짝이는 캔버스를 바라보았다.

"넌 그림에 대해 좀 아니?" 페라구트가 지나가는 말투로 물었다. "아니면 음악에만 관심이 있는 거냐?"

"아뇨, 그림도 상당히 좋아해요. 이 그림은 정말 좋은데요."

"마음에 드냐? 그렇다니 기쁘구나. 널 위해 이 그림을 사진으로 찍어 주마. 로스할데에 다시 오니 기분이 어떠니?"

"아주 좋아요, 아빠. 그런데 사실 아빠를 귀찮게 하려고 온 것이 아니라, 그저 사소한 일 때문에……"

화가는 이미 듣고 있지 않았다. 그는 멍하니 아들의 얼굴을 들여다보았다. 일할 때에는 언제나 그렇듯, 천천히 파고드는, 지나치게 긴장된 시선이었다.

"요즈음 너희 젊은이들은 예술에 대해 어떻게 생각하고 있지? 내 말은, 니체를 중요하게 생각하는지, 아니면 텐*을 즐겨 읽느냐는 거야. 텐은 재치가 있지만 좀 지루하지. 아니면 어떤 새로운 생각이라도 갖고 있는 거냐?"

"텐에 대해서는 저는 아직 잘 몰라요. 그런 부분에 대해서는 아버지가 분명히 저보다 더 많이 생각하셨겠죠."

"전에는 그랬다. 그땐 예술과 문화, 아폴로적인 것과 디오니소스적인 것, 그런 것들이 무척 중요했지. 그러나 이젠 좋은 그림 하나를 완성하면 그렇게 즐거울 수가 없단다. 거기에 더 이상의 문제는 없어. 철학적인 문제 같은 것은 없단 말이지. 그런데 나더러 도대체 왜 예술가가 되어 캔버스마다 물감을 칠해 대는 거냐고 누군가가 묻는다면, 이렇게 대답하겠다. 휘두를 꼬리가 없어서 그림을 그리는 거라고 말이다."

알베르트는 깜짝 놀라 아버지를 쳐다보았다. 아버지는 지금까지 한 번도 그와 이런 식으로 대화를 나눈 적이 없었다.

"꼬리가 없다뇨? 그게 무슨 뜻인가요?"

"아주 간단하지. 개나 고양이, 그 밖의 영리한 동물들은 모두 꼬리를 갖고 있어. 생각하고, 느끼고, 괴로워하는 것들에 대해서뿐만 아니라, 그때그때의 기분에 따라, 동요하는 마음에 따라, 또

---

* Hippolyte Adolphe Taine(1828-1893). 프랑스의 문예 비평가·역사가·철학자. 실증주의 이론을 체계화했다.

생활감정의 미묘한 변화에 따라 수시로 꼬리를 흔들어 표현하는 거야. 놀랍고 완벽한 아라베스크식 언어를 가지고 있는 거지. 그런데 우리는 그런 언어를 갖고 있지 않아. 그렇지만 우리 가운데 제법 활기찬 사람들에게는 그런 것이 필요해. 그래서 그들은 붓이니 피아노니 바이올린 따위를 만들어 내는 거야……"

그는 말을 중단했다. 마치 이런 이야기에 갑작스레 흥미를 잃기라도 한 것처럼, 아니면 자기 혼자만 지껄이고 알베르트는 아무런 반응도 보이지 않고 있다는 사실을 이제야 비로소 깨달았다는 듯이.

"아무튼 날 찾아 주어서 고맙구나." 그는 돌연 직접적으로 말했다.

그는 다시 그림 앞으로 다가갔다. 팔레트를 들고, 조금 전 칠했던 곳에서 얼룩이라도 찾는 것처럼 유심히 살폈다.

"죄송해요, 아빠. 제가 여쭤 볼 게 좀 있어서……"

페라구트는 돌아보았다. 하지만 이미 그의 일 외에 다른 것에는 관심이 없다는 듯한 아주 낯선 시선이었다.

"그래? 말해 보렴."

"피에르와 함께 마차를 타고 소풍을 가고 싶은데요. 엄마는 허락하셨지만, 아버지께 말씀 드리라고 하셨어요."

"어디로 가려고?"

"시골길을 두어 시간쯤 달리려고요. 아마 페골츠하임 쪽이 될 거예요."

"그래…… 그럼 마부는 누가 맡고?"

"당연히 제가 하죠. 아빠."

"좋아, 피에르를 데리고 가거라! 하지만 갈색 말 한 필로 끄는 마차로 가도록 해라. 말한테 귀리를 너무 많이 먹이지는 말고!"

"아, 그런데 저는 말 두 필이 끄는 마차로 가고 싶은데요."

"유감스럽지만 그건 안 된다. 너 혼자라면 괜찮지만, 피에르도 함께 간다면 갈색 말이 끄는 마차로 가야 해."

알베르트는 약간 실망해서 물러났다. 다른 때 같았으면 떼를 쓰거나 더 졸랐겠지만, 화가가 이미 일에 정신을 몰두하고 있다는 사실을 알았다. 또 여기 아틀리에에 들어와 그림이 풍기는 분위기에 휩싸이다 보니, 아무리 마음속으로 저항하려 해도 어쩔 수 없이 아버지에 대해 존경심이 일었다. 평소에는 아버지의 권위를 인정하지 않았지만, 막상 그의 면전에 서고 보니 자신이 보잘 것없고 연약한 어린애 같다는 느낌을 받은 탓이다.

화가는 바로 다시금 일에 몰두했다. 일이 중단되었던 사실은 이미 잊었고, 그림 밖 외부 세계는 사라졌다. 그는 엄격하게 집중된 시선으로 캔버스의 화면과 마음속에서 살아 있는 영상을 비교했다. 그는 빛의 선율을 느꼈다. 물결처럼 흐르는 그 빛은 흩어졌다가 다시 모이고, 물체에 부딪쳐 흡수되었다가도 정복되지 않은 채 화면 구석구석을 새롭게 비추었다. 그 빛은 색채 속에서 섬세하기 짝이 없는 감정의 유희를 벌였다. 또 어떤 색깔과 합해져도 본래의 기운을 잃지 않았고, 무수한 굴절에도 파괴되지 않았으며, 유희를 통해 무수히 길을 잘못 들어도 타고난 법칙에 충실했다. 그는 예술의 텁텁한 공기와 창조자의 엄격한 기쁨을 듬뿍 들이마셨다. 창조자는 파멸의 한계선까지 스스로를 내던져야만 했고, 온갖 자의恣意를 제어할 때만 자유의 신성한 행복을 누릴 수 있으며, 진실한 감정에 대해서 오로지 금욕적으로 복종함으로써 성취의 순간을 체험할 수 있는 것이었다.

야릇하고 서글픈 생각이 들었지만, 무릇 인간의 운명보다 더 야릇하거나 서글프지는 않았다. 스스로를 제어하는 이 예술가는 심오한 진실을 통해서, 그야말로 가차 없이 맑은 정신 집중을 통해야만 일할 수 있었다. 그런 예술가의 작업실에는 일시적인 기분이라든지 불안감 따위는 결코 자리 잡을 수 없었다. 하지만 예술가는 삶에 있어서는 아마추어였고, 행복을 찾는 데에는 실패한 사람이었다. 실패작으로 끝나 버린 그림은 거의 없는 그였지만, 실패로 끝난 무수한 세월, 추구했던 삶과 사랑이 실패로 끝났다는 어두운 짐에 눌려 늘 괴로워했다.

그런 부분이 그의 의식까지 파고들지는 못했다. 그러나 그는 이미 오래전부터 스스로의 삶을 눈앞에 또렷이 펼쳐 보려는 욕구를 상실하고 있었다. 그는 괴로워했고, 그 괴로움에 대해 분노와 체념 속에서 저항했다. 결국 그는 모든 것을 흘러가는 대로 방치하고, 오로지 작업에만 매달리는 것으로 낙착을 보았다. 그의 끈질긴 성품은 삶 속에서 풍요와 깊이와 온기를 잃은 대신, 예술의 경지에서 그만큼 더 풍요롭고 깊고 따뜻할 수 있었다. 그는 이제 예술에 대한 의지와 무모한 근면 속에 틀어박힌 마법사처럼, 외롭지만 용감하게 앉아 있었다. 그의 본성은 건강하고 고집스러웠다. 그래서 존재의 비참함을 들여다보려고도, 인정하려고도 하지 않았다.

적어도 얼마 전까지는 그랬다. 친구가 찾아와 그를 뒤흔들어 놓기 전까지는 말이다. 친구가 찾아온 이후부터 위험과 악운이 가까워졌다는 불안한 예감이 이 고독한 사나이를 에워쌌다. 그는 예술과 근면만으로는 구원받을 수 없는 투쟁과 시련이 기다리고 있음을 느꼈다. 상처 입은 그의 인간성은 폭풍우 속에 휩쓸렸고, 붙잡고 견뎌 낼 나무뿌리도 힘도 없었다. 머지않아 그의 외로운 영혼은 스스로 불러들인 고통의 쓴잔을 마지막 한 방울까지 마실 수밖에 없으리라는 생각에 서서히 익숙해 갔다.

이 불길한 예감에 맞서는 싸움, 뚜렷한 생각 또는 결의에 대한 두려움 속에서 화가의 천성은, 그것이 마치 마지막이라도 되는 듯 다시 한 번 엄청난 집중력을 발휘했다. 쫓기는 동물이 살기 위해 발버둥치는 것과 다름없었다. 그리하여 요한 페라구트는 불안에 쫓기는 요 며칠 동안 절망적인 힘을 한데 모아, 그의 작품 중에서 가장 크고 가장 아름다운 그림 한 장을 완성했다. 괴로움에 가득 차서 몸을 굽히고 있는 양친과 그 사이에서 놀고 있는 아이를 그린 그림이었다. 같은 땅에 발을 딛고, 같은 대기에 둘러싸이고, 같은 빛을 받고 있으면서도, 남편과 아내인 두 사람은 죽음과 차디찬 냉기를 발산하고 있었다. 반면 그 가운데에 있는 어린아이는 자기만의 빛 속에 존재하듯 행복하고 명랑한 모습으로 빛나고 있었다. 훗날 자신의 겸손한 평가와는 달리, 몇몇 찬미자들이 이 화가를 진정으로 위대한 예술가로 꼽는다면, 무엇보다 바로 이 그림 때문일 것이다. 완벽한 솜씨를 발휘하고자 갈망한 그림이었지만, 이 그림 속에는 고통스러운 영혼이 넘쳐흘렀다.

그 시간에 페라구트는 연약함과 불안에 대해서, 또 고통과 죄와 실패한 인생에 대해서는 일절 생각하지 않았다. 그는 기쁘지도 슬프지도 않았고, 오로지 자신의 작품에 사로잡혀 창조자의 고독이 내뿜는 차가운 공기를 호흡할 뿐이었다. 그에게서 가라앉아 망각된 세계에 대해서는 아무것도 바라지 않았다. 빠르고 확실하게, 긴장하여 부풀어 오른 눈으로, 바늘 끝처럼 작은 점들을 찍어 나갔다. 그림자를 좀 더 깊이 뒤로 보내고, 바람에 나부끼는 나뭇잎과 머리카락이 광선 속에서 좀 더 자유롭고 부드럽게 조화를 이루도록 했다. 그러면서도 자신의 그림이 무엇을 표현하는지에 대해서는 조금도 생각하지 않았다. 그것으로 끝난 일이었다. 그것은 하나의 생각, 하나의 착상에 불과했다. 지금 중요한 것은 의미와 감정과 사상이 아니라 있는 그대로의 현실이었다. 그는 심지어 세 인물들의 표정을 더 약하게, 거의 지워질 정도로 만들었다. 그에게는 창조하거나 이야기하는 것이 중요하지 않았고, 무릎 주위에 튀어나온 외투의 주름이 수그린 이마와 굳게 다문 입만큼이나 중요하고 신성했다. 이 그림에서는 세 사람이 완벽한 대상으로 보이는 것 외에는 아무것도 없었다. 공간과 대기에 의해 다른 사람들과 연결되어 있으면서도, 각자 자기만의 독자성에 의해 에워싸여 있었다. 그 독자성은 세 인물들을 인간관계라는 부수적인 세계로부터 이탈시켰고, 관찰자로 하여금 개개 인물의 숙명적인 필연성에 대해 경탄하도록 했다. 그래서 이미 작고한 대가들의 그림에서도, 우리가 그 이름을 알지도 못하고 알려고 하지도 않는 전혀 낯선 인간상들이 모든 존재의 상징으로서 영원히 살아남아 수수께끼처럼 우리들을 바라보는 것이다.

그림은 거의 완성 단계에 이르렀다. 어린애의 귀여운 모습을 완성하는 일은 최후로 미루었으므로, 그 작업에 대해서는 내일이나 모레쯤 생각해 보기로 했다.

화가가 배고픔을 느끼고 시계를 봤을 때는 벌써 점심시간이 지나고 있었다. 그는 서둘러 손을 씻고 옷을 갈아입은 다음 안채로 건너갔다. 아내가 혼자서 식탁에 앉아 기다리고 있었다.

"아이들은 어디 갔소?" 그는 의아한 듯 물었다.

"소풍 갔어요. 알베르트가 당신한테 들르지 않았나요?"

그제야 비로소 알베르트가 찾아왔던 일이 생각났다. 그는 멍하고 다소 멋쩍게 식사를 시작했다. 아델레 부인은 남편이 다른 일에 정신을 팔며 피로한 몰골로 음식을 먹는 모습을 지켜보았다. 그녀는 남편이 안채에 와서 식사를 하리라고는 기대하지 않았는데, 지나치게 피로한 남편의 얼굴을 대하고 보니 놀라움과 함께 일종의 동정심이 느껴졌다. 그녀는 말없이 앉아 그의 잔에 포도주를 따라 주었다. 아내에게서 어렴풋한 친절을 느끼자, 그도 아내에게 무언가 마음에 드는 말을 해주려고 애썼다.

"알베르트는 정말 음악가가 되려는 건가?" 그가 물었다. "재능은 꽤 있는 것 같은데."

"네, 소질이 있어요. 하지만 예술가로 적합할지는 모르겠어요. 본인도 그렇게 되기를 원하지 않는 것 같고요. 아직까지는 직업에 대해 특별한 관심을 보이지 않네요. 그 애의 이상은 아마 스포츠와 공부, 사교와 예술을 동시에 해나가는 일종의 신사인가봐요. 그런 식으로 산다는 건 힘든 일일 텐데 말이에요. 앞으로 그 애한테 그 점을 분명히 해둬야겠어요. 현재로서는 부지런하고 예의도 바르기 때문에 쓸데없이 간섭하거나 불안하게 만들고 싶지는 않아요. 고등학교를 졸업하면 바로 입대하겠다는군요. 더 두고 봐야겠지만요."

화가는 침묵을 지키고 있었다. 그는 바나나 껍질을 벗겨, 먹음직스럽게 잘 익은 과일이 달콤하게 풍기는 향기를 기분 좋게 맡고 있었다.

"괜찮다면, 여기서 커피도 한 잔 마시고 싶소." 그가 마침내 말했다.

그의 말투에는 피로하긴 해도 상대방을 어루만지는 듯한 친절함이 깃들어 있었다. 그곳에서 휴식을 취하면서 기분이 조금은 쾌적해진 듯했다.

"곧 가져오도록 하겠어요. 당신, 오늘 일을 많이 하신 모양이에요?"

그녀의 입에서 무심코 새어 나온 말이었다. 그녀는 자기가 그 말을 했는지 거의 의식하지도 못할 정도였다. 사실 그렇게 말하려던 것은 아니었다. 드물게 좋은 시간이었기 때문에 조금이나마 마음을 쓰고 있음을 보이려 했을 뿐이었다. 물론 습관이 되어 있지 않아서 쉽지는 않았지만 말이다.

　"그렇소. 몇 시간 동안 그렸을 거요." 남편은 덤덤하게 말했다.

　아내가 그런 질문을 했기 때문에 그의 마음은 산란했다. 두 사람 사이에는 그의 일에 대해서는 이야기하지 않는 것이 관습처럼 굳어 있었기 때문이었다. 최근에 그녀는 그가 그린 많은 그림들을 전혀 보지도 않았다.

　그녀는 밝은 순간이 사라져 가는 것을 느꼈으나, 애써 붙들려고 하지도 않았다. 그도 담배를 피워도 괜찮겠냐는 허락을 구하며 담뱃갑에 뻗었던 손을 다시 거둬들였다. 담배를 피울 마음이 별안간 사라져 버린 것이다.

　그러나 그는 서두르지 않고 천천히 커피를 마셨다. 피에르에 대해 몇 가지를 묻고, 은근하게 고맙다는 표시를 하고 잠시 동안 방 안에 머무르면서 몇 년 전 그녀에게 선사했던 작은 그림을 바라다보았다.

　"보관이 잘되었군." 그는 반쯤은 자신에게 향하듯 중얼거렸다. "여전히 아주 좋아 보이는군. 다만 노랑꽃은 없는 편이 나았을 뻔했어. 밝은색이 너무 그쪽으로 쏠리는 것 같단 말이지."

　페라구트 부인은 아무 말도 하지 않았다. 우연히도 그녀가 이 그림에서 가장 좋아하는 부분은 향기를 풍기듯 유난히 섬세하고 곱게 그려진 그 노랑꽃이었다.

남편은 몸을 돌려 가볍게 미소를 지었다.

"또 봅시다! 아이들이 돌아올 때까지 너무 지루해 하지 말고."

그렇게 말하며 그는 방을 나와 층계를 내려갔다. 아래층으로 내려오자 개가 그에게 껑충 뛰어올랐다. 그는 왼손으로 개의 양 발을 붙잡고 오른손으로는 등을 쓰다듬어 주면서, 무언가 바라는 듯한 개의 눈을 들여다보았다. 그런 다음 그는 부엌 창문을 통해 소리쳐 사탕 하나를 얻어 개에게 주었다. 이어서 햇살이 쏟아지는 잔디밭으로 시선을 돌렸다가 천천히 아틀리에 쪽으로 건너왔다. 오늘은 바깥 날씨가 좋고 공기도 맑았지만, 일을 해야 했으므로 즐길 시간이 없었다.

천장이 높은 작업실의 고요하고 희미한 햇빛 속에 그의 그림이 세워져 있었다. 조그마한 들꽃이 몇 송이 피어 있는 풀밭 위에 세 인물이 앉아 있었다. 남자는 몸을 웅크리고 앉아 절망적인 생각에 빠져 있다. 여자는 사라진 기쁨에 실망하며 무언가를 기다리는 표정이다. 아이는 명랑하고 천진난만하게 꽃 속에서 놀고 있다. 이들 세 사람 위로 강렬한 햇빛이 넘실거린다. 햇빛은 의기양양하게 온 공간에 가득 넘쳐흐른다. 만발한 꽃잎 속에서도, 소년의 머리카락 속에서도, 그리고 우울한 여인의 목에 걸린 조그만 금장식에서도 마찬가지로 담담하고 정겹게 빛나고 있다.

제9장

　화가는 저녁 무렵까지 일을 계속했다. 이제 날이 어둑해지자 그는 두 손을 무릎 위에 올려놓고, 피로에 지쳐서 잠시 팔걸이의 자에 앉아 쉬고 있었다. 완전히 진이 빠지고 위축된 모습이었다. 양 볼은 축 처지고, 두 눈은 충혈되어 있었다. 극도로 힘겨운 육체노동을 하고 난 뒤의 농부나 나뭇꾼처럼 늙어 보였고 생기라곤 거의 없었다.

　그는 그대로 앉아서 피로와 졸음에 완전히 몸을 맡기는 게 좋을 것 같았다. 하지만 그의 교만한 훈육과 습관은 달리 요구했다. 그래서 그는 15분쯤 휴식을 취한 후 단숨에 정신을 차렸다. 그는 자리에서 일어나, 커다란 그림이 있는 쪽으로는 시선도 돌리지 않은 채 둑 근처에 있는 호숫가로 걸어갔다. 그리고 옷을 벗은 다음 호수에서 천천히 수영을 했다.

우윳빛처럼 희미한 저녁이었다. 가까운 들길에서 건초를 실은 마차가 덜커덩거리는 소리, 일에 지친 하인과 하녀들이 외치는 소리와 웃음소리가 정원을 통해 약하게 들려왔다. 페라구트는 몸을 덜덜 떨며 밖으로 헤엄쳐 나왔다. 물기를 조심스럽게 닦고 몸이 따뜻해지도록 몸을 문지른 다음, 작은 거실로 들어가 담배에 불을 붙여 물었다.

그는 오늘 밤 편지를 쓸 예정이었다. 하지만 아직 마음의 결정을 내리지 못하고, 책상 서랍을 열었지만 화가 나서 다시 닫아 버린 뒤 벨을 울려 하인 로베르트를 불렀다.

로베르트가 달려왔다.

"마차를 타고 나간 아이들이 언제 돌아왔나?"

"아직 돌아오지 않았습니다, 페라구트 씨."

"뭐라고? 아직 돌아오지 않았다고?"

"그렇습니다. 알베르트 도련님이 너무 달려서 갈색 말을 완전히 지치게 하지 않았으면 좋겠는데요. 도련님은 세게 달리는 걸 좋아하니까요."

주인은 대답하지 않았다. 그는 피에르가 이미 돌아왔으리라 생각했다. 때문에 잠시 피에르와 함께 시간을 보내고 싶었던 것이다. 그래서 그런 소식에 화가 나기도 하고 약간 놀라기도 했다.

그는 안채로 건너가 아내의 방을 두드렸다. 아내는 놀라서 그를 맞았다. 그가 이런 시간에 찾아온 것은 무척 오래전의 일이었기 때문이었다.

"미안하오." 그는 흥분을 가라앉히며 말했다. "피에르는 어디에 있소?"

아델레 부인은 어리둥절하며 남편을 쳐다보았다.

"아이들은 마차를 타고 나갔잖아요, 아실 텐데요."

그녀는 남편이 흥분한 상태임을 감지하고 덧붙여 말했다.

"혹시 걱정하고 계신 건가요?"

그는 화가 나서 어깨를 으쓱했다.

"아니오. 그렇지는 않지만 알베르트가 분별이 없는 것 같소. 두 세 시간쯤 있다가 온다고 했는데, 적어도 연락이라도 해줄 수 있을 텐데 말이오."

"아직 시간이 이르니까요. 저녁 식사 때까지는 틀림없이 돌아올 거예요."

"내가 피에르를 좀 보고 싶을 때면 늘 그 아이는 어딜 가고 없단 말이오!"

"그렇게 화를 내는 건 아무런 의미가 없어요. 오늘 일은 순전히 우연이잖아요. 피에르는 그만하면 당신한테 자주 들르는 셈인데요, 뭘."

그는 입술을 깨물며 말없이 밖으로 나갔다. 그녀가 옳았다. 흥분해 봤자 소용없었다. 화가 난다고 해서 당장 무언가를 해보려고 해봤자 아무런 의미도 없었다! 차라리 아내처럼 묵묵히 참고 차분히 기다리는 편이 더 나으리라!

그는 화가 나서 씩씩거리며 뜰을 지나 집 밖의 도로로 나갔다. 아니, 그는 아내의 방식을 배우고 싶지 않았다. 그는 자기 나름대로 기뻐하기도 하고, 화도 내보고 싶었던 것이다! 그 여자는 이미 그를 얼마나 무기력하고 조용하게 만들고, 또 얼마나 그를 압도하여 늙어 버리게 만들었던가! 흥겨운 날에는 밤늦도록 시끄럽게 흥청대고, 화가 나면 의자를 때려 부수기도 하던 그가 아니었던가! 다시금 온갖 울분과 쓰라림이 마음속에서 북받쳐 올랐다. 동시에 피에르를 보고 싶다는 욕구도 그만큼 절실해졌다. 피에르의 눈길과 목소리만이 그를 기쁘게 할 수 있을 듯했다.

그는 어둑어둑한 저녁 길을 성큼성큼 걸었다. 마차 구르는 소리가 들렸고, 그는 긴장해서 마주 달려갔다. 아이들의 마차가 아니었다. 야채를 가득 실은 농부의 짐수레였다. 페라구트는 그에게 소리쳐 물었다.

"혹시 말 한 필로 끄는 마차를 지나치지 않았소? 마부석에 애들이 둘 타고 있고요."

농부는 수레를 멈추지도 않고 고개를 흔들었다. 수레를 끄는 농부의 말은 고즈넉한 저녁 풍경 속으로 무심히 사라져 갔다.

화가는 계속 걷다 보니 노여움이 점차 식어 가다가 아예 사라져 버리는 것을 느꼈다. 걸음걸이가 한층 침착해지면서, 피로가 온몸을 엄습했다. 그는 편안히 걸어가면서, 두 눈은 조용하고 풍요로운 저녁 풍경을 감사하는 시선으로 바라보았다. 짙은 안개의 잔광 속에서 희미하게 펼쳐진 저녁 풍경이었다.

반 시간쯤 걸었을 때 아이들이 탄 마차가 달려왔지만, 그는 이미 아이들 생각에서 벗어나 있었다. 마차가 아주 가까이 다가왔을 때에야 비로소 그는 눈여겨보았다. 페라구트는 커다란 배나무 곁에서 걸음을 멈추고 서 있었다. 그리고 그가 알베르트의 얼굴을 식별할 수 있게 되었을 때, 그는 아이들이 자기를 보고 부르지 않도록 좀 더 뒤로 물러났다.

알베르트는 혼자 마부석에 앉아 있었고, 피에르는 마차 한구석에 반쯤 누워서 맨머리를 숙이고 잠들어 있는 것 같았다. 마차가 옆으로 지나갔다. 화가는 마차가 보이지 않을 때까지, 먼지 나는 들길 위에 서서 마차의 꽁무니를 바라보았다. 그러고서 몸을 돌려 오던 길을 되돌아갔다. 피에르를 좀 보고 싶었으나, 꼬마는 곧 잠자리에 들 시간이었다. 게다가 오늘은 아내가 거처하는 곳에 다시 나타나고 싶지도 않았다.

그래서 그는 정원과 안채와 정문을 지나 시내로 내려갔다. 그리고 시내의 식당에서 저녁 식사를 하고 신문을 뒤적거렸다.

그동안 아이들은 이미 집에 도착해 있었다. 알베르트는 어머니 옆에 앉아 이야기를 하고, 피에르는 피곤한지 밥도 먹지 않고서 작고 아름다운 자기 방에서 잠자리에 들었다. 아버지가 한밤중에 집에 돌아와 안채를 지날 때는, 어떤 방에도 불이 켜 있지 않았다. 눅눅하고 별도 없는 밤이 정원과 집과 호수를 시커먼 정적 속에 감싸고 있었고, 바람 한 점 없는 대기에서 가느다란 빗방울이 소리 없이 내렸다.

페라구트는 방에 들어가 불을 켜고 책상 앞에 앉았다. 잠자고 싶은 생각이 완전히 사라진 상태였다. 그는 편지지를 꺼내 오토에게 편지를 썼다. 열린 창문으로 조그마한 밤나방 몇 마리가 날아들었다. 그는 이렇게 써내려갔다.

사랑하는 친구!

짐작건대 자네는 지금 내 편지를 받으리라고는 기대하지 않고 있을 걸세. 그러나 내가 이렇게 편지를 쓴다면, 자네는 내가 줄 수 있는 것 그 이상을 바랄지도 몰라. 아마도 이렇게 기대하겠지. '이제 친구의 마음이 분명해졌구나. 내가 본 대로, 이 친구는 스스로의 삶이 손상되고 일그러진 모습을 개괄적으로 직시하고 있구나' 하고 말일세. 그런데 유감스럽게도 그렇게 되지는 않았어. 물론 우리가 그 일에 대해 서로 이야기를 나눈 뒤부터 분명히 내 마음속에 번갯불이 인 것은 사실이네. 많은 순간, 정말로 고통스럽게 나의 실상이 폭로되는 것 또한 어쩔 수가 없었지. 그렇지만 결정의 날은 아직 밝아 오지 않았네. 아무튼 훗날 내가 어떤 것은 하고, 어떤 것은 하지 않겠다는 식으로는 말할 수가 없네. 그러나 자네와의 여행은 하도록 하겠네! 함께 인도로 가겠네. 바라건대, 자네의 일정이 잡히는 대로 내 승선권도 한 장 마련해 주게. 여름이 가기 전에는 어렵지만, 가을이 오면 빠를수록 좋겠네.

자네가 이곳에서 본 물고기 그림은 자네에게 선물로 주고 싶네. 그렇지만 그 그림을 가급적 유럽에 남겨 두었으면 좋겠네. 그림을 어디로 부쳐 주면 되겠나?

　여기는 모든 것이 여전하지. 알베르트는 사교가의 역할을 하고 있어. 우리는 서로 원수 지간인 두 나라의 사신처럼 신경을 곤두세우며 행동하고 있다네.

　여행을 떠나기 전 다시 한 번 로스할데에 들러 주길 바라네. 최근에 완성된 그림을 자네에게 반드시 보여 줘야겠어. 괜찮은 그림일세. 내가 만약 인도에서 자네의 악어에게 잡아먹힌다 해도, 이 그림이라면 유종의 미를 거둔 작품이라고 할 수 있을 걸세. 물론 그런 불상사를 원하는 건 아니겠지만 말이지.

　잠은 오지 않지만 이제는 잠자리에 들어야겠네. 오늘은 아홉 시간이나 이젤 앞에 서 있었다네.


　　　　　　　　　　　　　　　　자네의 요한으로부터


　그는 편지 봉투에 주소를 쓰고 편지를 응접실에 놓아두었다. 아침에 로베르트가 우체국에 가지고 갈 수 있도록 말이다.

　잠자러 가기 전 창밖으로 머리를 내미니, 굵은 빗줄기를 느낄 수 있었다. 책상 앞에서 편지를 쓸 때는 전혀 신경 쓰이지 않던 빗소리가 들렸다. 비는 부드러운 다발이 되어 어둠 속에서 쏟아져 내렸다. 화가는 침대에 누워서도 오래도록 귀를 기울였다. 빗줄기는 무거워진 나뭇잎으로부터 스르륵 스르륵 나직한 소리를 내며, 메마른 대지 위로 떨어져 내렸다.

제10장

"피에르는 정말 지루한 녀석이에요." 알베르트가 어머니에게
말했다. 비가 내린 뒤 촉촉해진 정원으로 장미꽃을 꺾기 위해 함
께 나가면서였다. "제가 여기 오고 나서 그 녀석과 내내 사이좋
게 지낸 것은 아니지만, 어제는 아예 어떻게 해볼 수가 없었어요!
며칠 전에 마차를 타고 소풍이나 함께 가자고 했을 땐 뛸 듯이
기뻐하더니, 막상 어제는 시큰둥하며 가기 싫다고 해서 사정하
다시피 해서 데리고 갔어요. 말 두 마리가 끄는 마차가 아니라서
사실 저도 그리 내키지는 않았지만, 순전히 그 애를 위해서 갔던
건데 말예요."

"도중에 차분히 있지 않았나 보네?" 페라구트 부인이 물었다.

"아뇨, 차분하긴 했는데, 무척 지루해 하는 거예요! 심드렁하며

종종 거드름을 피우고 말이에요, 어린 녀석이. 무엇을 제안해도, 무엇을 보여 주거나 권해도 마지못해 응응 하거나 잘 웃지도 않고, 마부석에 앉으라고 해도 싫다 그러고, 말 다루는 법을 배울 생각도 않고, 심지어는 맛 좋은 살구를 먹으라고 해도 싫다는 거예요. 마치 응석받이로 자란 왕자님 같았다니까요. 화가 치밀어서 혼났어요. 다시는 그 녀석을 데리고 다니기 싫어서 이렇게 말씀 드리는 거예요."

어머니는 발걸음을 멈추고 서서 그의 얼굴을 찬찬히 바라보았다. 아들의 흥분한 모습에 미소를 숨기지 못하며, 아들의 이글거리는 눈을 흡족한 마음으로 들여다보았다.

"큰애야." 그녀는 달래듯이 말했다. "너는 그 애한테 참을성 있게 대해 줘야 한다. 아마 컨디션이 좋지 않았을 거야. 오늘 아침에는 거의 아무것도 먹지 않았단다. 애들이란 가끔 그럴 때가 있는 법이야. 너도 그랬으니까 말이야. 속이 좀 좋지 않거나, 간밤에 나쁜 꿈을 꾸었다든가 하면 대개 그렇단다. 물론 피에르가 조금 더 여리고 신경이 예민하긴 하지. 그리고 약간 질투심도 있지. 그걸 이해하려무나. 네가 오기 전에는 그 애가 늘 나를 독차지하고 있었다는 걸 잊어선 안 돼. 이제 네가 왔으니, 너와 나눠야 한다고 생각하니 좀 그렇겠지."

"하지만 저는 방학이라 잠시 와 있는 거잖아요! 그런 것쯤은 이해해야지요, 바보가 아닌 다음에는 말이에요!"

"그 애는 아직 어리단다, 알베르트. 네가 좀 더 어른스럽게 굴어야지."

금속 빛으로 싱싱하게 반짝이는 나뭇잎에서 아직도 빗방울이 떨어지고 있었다. 그들은 알베르트가 특히 좋아하는 노란 장미가 있는 쪽으로 걸어갔다. 아들이 작은 꽃나무의 가지를 헤치면, 어머니는 정원용 가위로 꽃들을 잘랐다. 장미는 비에 흠뻑 젖어 고개를 떨구고 있었지만 여전히 향기를 품고 있었다.

"제가 피에르만 한 나이 때 정말로 그 애와 닮았었나요?"

알베르트가 생각에 잠겨 물었다. 아델레 부인도 골똘히 생각해 보았다. 그녀는 가위를 들었던 손을 내리고, 아들의 눈을 들여다보았다. 그러고서 아들의 소년 시절의 모습을 상기해 내려고 눈을 감았다.

"눈 윗부분까지는 외관상 굉장히 닮았었지. 하지만 너는 피에르처럼 저렇게 여위고 호리호리하지는 않았어. 넌 성장이 조금 더딘 편이었단다."

"다른 부분은요? 말하자면 성격은요?"

"글쎄, 성격은 비슷했단다. 하지만 내 생각엔 네가 좀 더 끈기가 있었어. 피에르처럼 놀이나 공부를 그렇게 금세 바꾸지는 않았으니까 말이야. 피에르는 너보다 다혈질이고, 균형감이나 안정감이 부족하지."

알베르트는 어머니의 손에서 가위를 받아 쥐고 장미 넝쿨 위로 몸을 굽혔다.

"피에르는 아버지를 많이 닮았어요." 그는 조용히 말했다. "어머니, 참 신기해요! 아이들에게 부모와 조상의 천성이 되풀이해서 나타나고 섞인다는 게 말이에요. 친구들의 말에 의하면, 인간이란 누구나 아주 어릴 때부터 그의 전 생애를 결정짓는 모든 것을 이미 내부에 지니고 있어서, 절대로 그것에 거슬리는 일을 할 수 없다는 거예요. 예를 들어 도둑이나 살인자의 기질을 지닌 사람은 그가 어떻게 해도 결국은 범죄자가 된다는 거예요. 정말 무서운 일이에요. 어머니도 그렇게 생각하지 않으세요? 아주 과학적인 것이니까요."

"글쎄, 나로서는 잘 모르겠구나." 아델레 부인은 빙그레 웃었다. "누군가가 범죄자가 되거나 사람을 죽였다면, 과학에서는 그 사람 내부에 이미 그런 천성이 잠재해 있었다고 증명할 수도 있겠지. 하지만 부모나 조상으로부터 악한 기질을 물려받고도 얼마든지 착하고 올바르게 살아가는 사람들이 있다고 믿는단다. 또 그런 부분은 과학이 규명할 수 없는 일이란다. 훌륭한 교육과 선한 의지는 어떤 유전보다 더 확실하다고 생각해. 무엇이 옳고 무엇이 예절 바른지는 우리도 알 수 있고, 또 배울 수도 있지. 그래서 우리는 거기에 근거해야만 하는 거야. 조상의 비밀스러운 유산 가운데 어떤 천성을 물려받았는지는 누구도 정확히 알 수 없는 일이야. 그러니 그런 걸 너무 따지지 않는 편이 좋을 것 같구나."

알베르트는 잘 알고 있었다. 어머니는 까다로운 논쟁에는 결코 끼어들지 않는다는 사실을 말이다. 그리고 알베르트의 본성은 어머니의 단순한 사고방식을 사실 옳다고 본능적으로 인정했다.

하지만 위험한 논제가 그것으로는 결코 해결되지 않음을 느꼈다. 그래서 몇몇 친구들의 이야기를 통해 늘 타당하다고 여겼던 인과율의 학설에 대해 무언가 본질적인 점을 말해 두고 싶었다. 다시 말해 확고하고 명백하고 근거가 충분한 원칙이 무엇일까 궁리해 보았지만 역시 허사였다. 그는 ― 경탄하는 친구들과는 반대로 ― 사물을 편견 없이 과학적으로 관찰하는 것보다 도덕적이고 미학적으로 관찰하는 데 더 재능이 많다는 사실을 깨달았다. 그래서 알베르트는 이런 생각은 잠시 접어 두고 이제 장미꽃을 찾아다녔다.

그러는 사이에 피에르는 정말로 몸이 좋지 않아, 보통 때보다 조금 늦게 우울한 기분으로 일어났다. 그리고 자기 방에서 장난감을 갖고 놀았지만 결국 싫증이 나고 말았다. 피에르는 스스로가 가엾다는 기분이 들었다. 오늘은 무언가 특별한 일이 일어나야만 할 것 같았다. 그래야만 이 무미건조한 하루를 견뎌 내고 다소 기분이 좋아질 것 같았다.

피에르는 기대와 불신을 오가는 불안한 마음으로 집 밖으로 나가 보리수가 있는 정원으로 갔다. 무언가 새로운 것, 무언가 색다른 발견과 모험을 찾아 나선 것이다. 속이 좋지 않았다. 그것은 경험으로 알 수 있는 일이었다. 머리가 피곤하고 무거웠다. 전에는 결코 없던 일이었다. 그래서 어머니의 무릎으로 달려가 엉엉 소리 내어 울고 싶었다. 하지만 저 거만한 형이 어머니 곁에 있는 한, 절대 그럴 수는 없는 노릇이었다. 볼 때마다 늘 자신은 아직 어린 애송이라는 사실이 느껴지는 그런 형이었으니 말이다.

혹시 어머니에게 무슨 생각이 떠오른다면 좋으련만. 나를 불러서 놀이를 하자고 한다든가 다정하게 어루만져 주려는 마음 말이다. 그러나 어머니는 분명 지금도 알베르트 형과 함께 밖으로 나갔을 것이다. 피에르는 오늘은 불행한 날이라 기대할 게 없다고 느꼈다.

피에르는 보리수의 시든 꽃줄기를 이빨로 물고, 두 손은 주머니에 찌른 채 우울한 심사로 자갈길을 따라서 어슬렁어슬렁 걸어갔다. 아침의 정원은 신선하고 촉촉했다. 입에 문 꽃에서는 쓴맛이 났다. 그는 그것을 뱉어 버리고는 짜증이 난 듯 걸음을 멈추고 섰다. 아무런 생각도 떠오르지 않았다. 오늘은 왕자님도 도둑도, 마부도 집 짓는 사람도 되고 싶지 않았다.

그는 이마를 찌푸리고 땅바닥을 두리번거리며, 구두 끝으로 자갈을 툭툭 차기도 하고 끈적이는 잿빛 달팽이를 발로 차서 멀리 축축한 풀밭으로 날려 보냈다. 무엇 하나 그에게 말을 걸지 않았다. 새도, 나비도, 어느 것 하나 그를 보고 웃으려 하지 않았고, 그를 즐겁게 해주려고 하지 않았다. 모든 것이 입을 다물었다. 모든 것이 따분하고, 절망적이고, 초라해 보였다. 그는 바로 옆에 있는 덤불 속에서 연분홍빛 작은 구스베리를 따먹었다. 그것은 차갑고, 신맛이 날 뿐이었다. 그냥 드러누워서 오래도록 잠이나 잤으면 좋겠다는 생각이 들었다. 모든 것이 다시 새롭고, 아름답고, 즐거워질 때까지 실컷 잠을 자고 싶었다. 이렇게 어슬렁거리며 괴로워하고, 올 것 같지도 않은 것들을 기다리는 게 무슨 의의가 있으랴. 예를 들어 전쟁이 터져 말 탄 군인들이 우르르 거리 위로 몰려온다든지, 어떤 집에 큰 화재가 나거나 커다란 홍수가 밀려온다면 얼마나 좋을까! 하지만 그런 일들은 모두 그림책에나 나오는 것들일 뿐, 실제로 볼 수 있는 것이 아니었다. 어쩌면 전혀 존재하지도 않는 것이었다.

소년은 한숨을 지으며 계속 어슬렁어슬렁 걸었다. 귀엽고 상냥한 얼굴은 빛을 잃고, 슬픔으로 가득했다. 높다란 울타리 저편에서 형과 엄마의 목소리가 들려오자, 질투와 반발심이 너무나 강렬하게 덮쳐 와서 눈물이 고였다. 그는 몸을 돌려, 아무것도 듣지 않고 누구의 눈에도 띄지 않으려고, 아주 살금살금 걸었다. 지금은 누구에게도 해명하고 싶지 않았고, 누구에게서도 '말을 해라, 조심해라, 얌전히 굴어라' 하는 따위의 잔소리를 듣고 싶지 않았다. 그의 처지는 너무도 좋지 않았고, 비참하기 짝이 없었다. 어느 누구도 자기에 대해 관심을 두려 하지 않았다. 그래서 차라리 외로움과 슬픔을 마음껏 맛보고 비참한 기분에 푹 빠지고 싶었다.

그는 또한, 때때로 매우 높이 평가했던, 사랑하는 하느님을 생각했다. 그 생각은 따사로운 위안의 빛을 멀리에서 잠시나마 비춰 주었지만, 이내 다시 스러지고 말았다. 하느님조차도 아무런 도움이 되지 못하는 것 같았다. 아무래도 바로 지금 그가 믿을 수 있는 사람, 무언가 아름답고 위안이 될 수 있는 것을 약속해 줄 사람이 필요했다.

그때 아빠가 생각났다. 아빠라면 자기를 이해해 줄 수 있을 거라는 예감이 들었다. 아빠 본인도 대개 말이 없고, 긴장해 있고, 언제나 쓸쓸해 보였기 때문이었다. 아빠는 지금도 분명히, 보통때와 마찬가지로 저쪽의 크고 조용한 아틀리에에서 그림을 그리는 중일 것이다. 사실 이럴 때 아빠를 찾아가 방해하면 좋지 않겠지만, 얼마 전에 아빠는 피에르에게, 아빠를 보고 싶거든 언제든지 찾아와도 좋다고 말하지 않았던가! 어쩌면 아빠는 그 말을 또 잊었을지도 모른다. 어른들이란 약속 같은 것은 그렇게도 빨리 잊어버리니까 말이다. 그래도 한번 시험해 볼 수는 있을 것이다. 아, 맙소사, 반드시 위안을 받아야 할 어린 피에르가, 다른 사람의 위로를 받을 도리가 이렇게도 없단 말인가!

소년은 처음에는 천천히 걷다가, 나중에는 희망에 불타 더 빨리, 더 활기차게 아틀리에로 이어지는 그늘진 길을 걸어갔다. 아틀리에 문 앞에서 문고리를 잡는 순간, 잠시 멈춰 서서 안에다 귀를 기울였다. 그래, 아빠는 안에 계셨다. 코를 푸는 소리, 헛기침하는 소리가 들려왔고, 왼손에 들고 있을 목재로 만든 붓대가 딸그락거리는 소리도 들려왔다.

피에르는 조심스럽게 손잡이를 돌렸다. 소리 없이 문을 열고는 머리를 안으로 들이밀었다. 송진과 니스의 진한 냄새가 역겨웠으나, 아빠의 넓직하고 강한 모습이 희망을 일깨워 주었다. 피에르는 안으로 들어가 문을 닫았다.

손잡이가 철컥하는 소리에 화가의 넓은 어깨가 움찔했다. 피에르는 아빠를 주의 깊게 관찰하고 있었다. 화가는 머리를 뒤로 돌렸다. 날카로운 시선이 꾸짖는 듯 의아하다는 듯 이쪽을 쳐다보았고, 입은 불쾌한 듯 벌리고 있었다.

피에르는 꼼짝도 하지 않았다. 그는 아빠의 눈치를 살피면서 기다렸다. 곧 아버지의 눈은 다정한 빛을 띠었고, 화났던 얼굴이 정상으로 돌아왔다.

"거기 누구냐? 오, 피에르 아니냐! 우리 하루 종일 보지 못했지? 엄마가 보냈니?"

꼬마는 아니라고 머리를 흔들었고, 곧 아빠의 키스를 받았다.

"잠깐 아빠 곁에서 그림 그리는 걸 구경하겠니?"

아버지는 다정하게 물었다. 동시에 그림 쪽으로 몸을 돌려 뾰족한 붓끝으로 점 하나를 찍었다. 피에르는 유심히 지켜보았다. 화가가 캔버스를 노려보는 모습을 보았고, 화가 난 듯 긴장하며 굳어지는 두 눈을 보았고, 가느다란 붓을 들고 한 점을 노리는 힘차고 신경질적인 손도 보았다. 그리고 꼬마는 아빠 이마의 주름살이 팽팽해지면서 그가 아랫입술을 이빨로 꽉 깨무는 모습도 보았다. 그 외에 꼬마가 그렇게도 싫어하던 작업실의 공기에서는 여전히 오늘따라 유난히도 비위에 거슬리는 지독한 냄새가 났다.

꼬마는 두 눈에 빛을 잃었고, 몸이 마비된 듯 문 옆에 서 있었다. 피에르는 그 냄새, 그 눈초리, 정신을 집중하려고 찡그린 얼굴 등 그 모든 것을 알고 있었다. 오늘은 다른 때와는 다르리라고 기대했던 것이 얼마나 어리석었는지도 깨달았다. 아빠는 일을 하고 있었다. 아빠는 코를 찌르는 물감을 섞으면서, 그림 이외에는 세상의 어떤 것도 생각하지 않고 있었다. 이곳을 찾아온 것이 어리석은 일이었다.

소년의 얼굴은 실망한 나머지 완전히 축 늘어졌다. 그는 당연히 알고 있었다! 오늘 그에게 피난처가 없다는 사실을 말이다. 어머니의 곁도, 여기 아틀리에도 피난처가 되지 못한다는 사실을 알고 있었던 것이다.

꼬마는 잠시 넋을 잃고 슬픈 표정을 한 채 서 있었다. 촉촉하게 투명한 색을 칠한 커다란 그림 쪽으로 시선은 향하고 있었지만, 아무것도 보이지 않았다. 아빠에게는 그림을 위해 쓸 시간은 있었지만, 나를 위해서 쓸 시간은 없었다. 꼬마는 다시 손잡이를 잡았다. 그리고 조용히 빠져나오기 위해 손잡이를 살짝 눌렀다.

그러나 페라구트가 그 꼼지락거리는 문소리를 들었다. 그는 뒤를 돌아다보고는, 중얼거리며 다가왔다.

"무슨 일이니, 피에르? 돌아가지 마라! 잠깐 아빠 곁에 있으면 안 되겠니?"

피에르는 손잡이에서 손을 내리고 힘없이 고개를 끄덕였다.

"내게 무슨 할 말이 있니?" 화가는 다정하게 물었다. "이리 와, 같이 앉도록 하자꾸나. 얘길 해보려무나. 어제 소풍은 어땠니?"

"네, 좋았어요." 꼬마는 얌전하게 대답했다.

페라구트는 아들의 머리를 쓰다듬어 주었다.

"몸이 좋지 않았니? 조금 늦잠을 자는 것 같더구나. 너 혹시 포도주를 좀 마시지는 않았니, 어제 말이야? 아니라고? 그래, 그러면 이제 우리 무엇을 할까? 그림을 그릴까?"

"아빠, 그림은 그리고 싶지 않아요. 오늘은 정말 재미없어요."

"그래? 잠을 잘못 잔 것 아니니? 우리 잠깐 같이 체조라도 할까?"

피에르는 고개를 저었다.

"싫어요. 그냥 아빠 옆에 있는 게 좋아요. 그런데 아빠, 여기는 냄새가 너무 지독해요."

페라구트는 다시 꼬마를 쓰다듬으면서 껄껄 웃었다.

"그래, 화가의 아들이 물감 냄새를 싫어하다니 정말 불행한 일이구나. 분명 너는 화가가 되고 싶지는 않은 거지?"

"네, 화가가 되고 싶지는 않아요."

"그럼 대체 무엇이 되고 싶니?"

"아무것도 되고 싶지 않아요. 새라든가 뭐 그런 것이 되면 가장 좋겠어요."

"그것도 나쁘지는 않겠지. 하지만 애야, 지금은 네가 이 아빠한테 바라는 게 무엇인지 말해 주겠니? 보렴, 아빠는 지금 이 커다란 그림을 계속해서 그려야 하거든. 네가 원한다면 이 안에서 놀아도 좋아. 아니면 그림책이라도 가져다줄까?"

아니, 소년이 바라는 것은 그게 아니었다. 소년은 그저 밖으로 나가서 비둘기에게 먹이를 주고 싶다고 말했다. 아버지는 다행이라는 듯 안도의 한숨을 내쉬었고, 소년이 나가는 것을 반가워하고 있다는 사실을 소년은 알아차렸다. 그는 아버지의 키스를 받고 풀려나 밖으로 나갔다. 아버지는 문을 닫았다. 피에르는 다시 혼자가 되었고, 전보다 더 허전한 마음으로 서 있었다. 그는 원래 들어가서는 안 되는 잔디밭을 가로질러 갔고, 멍하니 거닐며 슬픔에 싸인 듯 몇 송이의 꽃을 무심코 꺾었다. 신고 있던 깨끗한 노란색 구두가 축축한 풀밭에서 얼룩져 새까맣게 변색되는 과정을 무심히 내려다보고 있었다. 마침내 그는 절망감에 사로잡혀 젖은 풀밭 한가운데 몸을 던지고, 머리를 풀잎 속에 파묻고 훌쩍거렸다. 입고 있던 담청색 상의의 옷소매가 축축하게 젖어 양팔에 찰싹 달라붙는 것을 느꼈다.

덜덜 몸이 떨리기 시작하자 피에르는 비로소 정신을 차리고 다시 일어났다. 그러고는 부끄러운 듯 슬그머니 집 안으로 들어갔다.

곧 누가 나를 부를 것이다. 그렇게 되면 내가 운 것을 알게 되고, 또 축축하게 젖은 더러운 옷과 물기에 젖은 구두를 보게 될 것이고, 그러면 꾸지람을 듣게 될 것이다. 그는 적대감을 느끼며 부엌문 옆을 지나쳐 갔다. 지금은 아무도 만나고 싶지 않았다. 어디든지 멀리 떠나 버리고 싶었다. 아무도 그를 알지도 못하고 그에 대해 물어보지 않는 곳이면 어디든 좋았다.

그때, 자주 사용하지 않는 손님방 문에 열쇠가 꽂혀 있는 것이 보였다. 꼬마는 그 안으로 들어가서 문을 닫았다. 그리고 열려 있는 창문도 닫았다. 피로가 밀려와 구두도 벗지 않고서, 시트도 깔려 있지 않은 커다란 침대 속으로 후다닥 기어들었다. 거기서 울기도 하고 졸기도 하면서, 슬프고도 처량한 마음으로 누워 있었다. 얼마 후 어머니가 뜰과 층계에서 부르는 소리를 듣고도, 대답하지 않고 오히려 침대 시트 속으로 더 깊이 파고들었다. 어머니의 목소리가 가까워졌다가 다시 멀어지고 드디어 잠잠해졌다. 그때까지 그는 어머니에게 뛰쳐나가고 싶은 마음을 이를 악물고 참았다. 마침내 피에르는 뺨에 눈물이 축축한 채 잠들고 말았다.

점심때 페라구트가 식사하러 왔을 때, 아내가 바로 물었다. "피에르를 데리고 오지 않았어요?"

그는 그녀의 목소리가 다소 흥분되어 있음을 느꼈다.

"피에르라고? 난 걔가 어디 있는지 모르겠는데. 당신 곁에 있지 않았소?"

아델레 부인은 깜짝 놀라며 큰 소리로 말했다.

"아뇨, 아침 식사 뒤로는 한 번도 보지 못했어요! 제가 그 아이를 찾고 있었더니 하녀들이, 그 애가 아틀리에로 가는 것을 봤다더군요. 그런데 거기에 가지 않았다는 말이지요?"

"아니, 오긴 왔었소. 하지만 잠깐 머물렀다가 곧 가버렸단 말이오."

그러고서 그는 화를 내며 덧붙였다. "도대체 온 집 안에서 아무도 그 애를 본 사람이 없다는 말이오?"

"우리는 그 애가 당신과 같이 있다고 생각했어요." 아델레 부인은 속상한 듯 짧게 말했다. "제가 나가 찾아볼게요."

"누구 다른 사람을 보내도록 해요! 우리는 일단 식사를 합시다."

"먼저 식사하세요. 저는 직접 찾으러 나갈게요."

그녀는 서둘러 밖으로 나갔다. 알베르트도 자리에서 일어나 어머니의 뒤를 따라가려 했다.

"여기 있어라, 알베르트." 페라구트가 소리쳤다. "우리 식사 중이야!"

청년은 화가 난 표정으로 아버지를 쳐다보았다.

"저는 어머니와 함께 먹겠어요." 그는 반항하며 말했다.

아버지는 빈정거리는 듯한 미소를 지으며 아들의 흥분된 얼굴을 쳐다보았다.

"맘대로 하거라. 네가 이 집의 주인이니까, 그렇지 않니? 언제든 또다시 내게 주머니칼을 던지고 싶거든 그렇게 하거라, 부디. 전혀 거리낄 필요는 없을 테니까!"

아들은 하얗게 질려서 의자를 뒤로 밀쳤다. 소년 시절에 그가 홧김에 저지른 행동에 대해 아버지가 상기시킨 것은 처음이었다.

"제게 그렇게 말씀 하지 마세요!" 그는 뭔가 부술 듯한 기세로 소리쳤다. "전 참을 수 없어요!"

페라구트는 대꾸도 하지 않고 빵 한 조각을 베어 먹었다. 그는 잔에다 물을 따라서 천천히 마시며, 진정하려고 마음속으로 다짐했다. 마치 아무도 없이 혼자만 있다는 듯이 행동했다. 그러자 알베르트는 참지 못하고 창 쪽으로 걸어갔다.

"참을 수가 없단 말이에요!" 그는 분을 삭이지 못하고 결국 다시 한 번 소리쳤다.

아버지는 빵에 소금을 뿌렸다. 배를 타고 끝없이 먼 바다를 항해하는 자신의 모습을 상상했다. 이 치유될 수 없는 혼란을 벗어나 먼바다로 떠나는 광경이었다.

"그래, 좋아." 그는 거의 평온을 찾은 목소리로 말했다. "너와 이야기를 해도 서로 공감할 수 없으니, 이쯤 하도록 하자!"

바로 그때 밖으로부터 놀라서 부르는 소리와 격앙되어 떠드는 말소리가 들려왔다. 아델레 부인이 꼬마를 은신처에서 찾아낸 것이다. 화가는 귀를 기울이다가 황급히 밖으로 달려 나갔다. 오늘은 모든 것이 뒤죽박죽이었다.

그는 더러운 신발을 신은 채 손님용 침대에 누워 있는 피에르를 보았다. 머리카락은 헝클어진 채 세상모르고 자고 있는 얼굴에는 눈물 자국이 선명했고, 아내는 그 앞에 어쩔 줄 모르고 서 있었다.

"얘, 아가." 그녀는 마침내 걱정도 되고 화도 나서 소리쳤다. "대체 여기서 뭘 하는 거니? 왜 대답을 하지 않니? 왜 여기에 누워 있는 거니?"

페라구트는 아이를 일으켰고, 아이의 표정 없는 눈동자를 보고 소스라치게 놀랐다.

"너 어디 아프니, 피에르?" 그는 부드럽게 물었다.

소년은 당황해서 고개를 저었다.

"여기서 잤단 말이냐? 여기서 얼마나 오래 있었니?"

피에르는 기어드는 듯한 힘없는 목소리로 대답했다. "어쩔 수 없었어요…… 아무것도 안 했어요…… 그냥 머리가 좀 아팠어요."

페라구트는 아이를 안고 식당으로 건너갔다.

"아이에게 수프를 먹이구려." 그는 아내에게 말했다. "피에르, 넌 따뜻한 걸 좀 먹어야 한다. 그러면 곧 좋아질 거야, 알겠지? 너 정말 몸이 아팠구나. 쯧쯧, 가엾은 녀석."

그는 아이를 안락의자에 앉히고 쿠션을 등에다 받친 다음, 몸소 스푼으로 수프를 떠먹였다.

알베르트는 입을 다물고 표정 없이 앉아 있었다.

"피에르가 정말 아픈 모양이에요."

페라구트의 부인이 다소 안심하면서 말했다. 아이가 엉뚱한 장난을 했을 때 탓하거나 꾸짖기보다는 돌보고 간호하면서 더 즐거워하는 보통 어머니의 감정이었다.

"나중에 침대에 데려다 줄 테니까, 지금은 일단 좀 먹으렴."

어머니는 따뜻하게 위로하며 말했다.

피에르는 핏기 잃은 얼굴에 눈을 반쯤 감고 앉아 있었다. 그리고 떠먹여 주는 수프를 아무런 저항 없이 받아먹었다. 아버지가 수프를 떠먹이는 동안, 어머니는 그의 맥을 짚고, 열이 없다는 사실을 알고 기뻐하며 안심했다.

"제가 의사를 모셔 올까요?" 알베르트가 자기도 뭔가 해보고 싫어서 어정쩡한 목소리로 물었다.

"아니, 괜찮아. 놔두거라." 어머니가 말했다. "피에르는 침대에 들어가 이불을 따뜻하게 덮으렴, 그런 다음 한잠 푹 자고 나면 내일쯤엔 다시 원기를 회복할 거야. 그렇지 않겠니, 우리 아기?"

꼬마는 귀담아듣지 않았다. 아버지가 좀 더 먹이려고 하자 싫다는 듯 머리를 흔들었다.

"됐어요. 너무 억지로 먹이려고 하지는 마세요." 어머니가 말했다. "이리 오렴, 피에르. 침대로 가자꾸나. 그러면 전부 다 다시 좋아질 거야."

어머니는 아이의 손을 잡았다. 피에르는 나른하게 일어나, 졸음이 덜 깬 채 어머니 뒤를 따랐다. 그러나 문가에서 멈추더니 얼굴을 찡그리고 허리를 굽혔다. 그러고선 구역질을 하면서 방금 먹은 것을 모조리 토해 내고 말았다.

페라구트는 아이를 안고 침실로 데려가 아내에게 맡겼다. 초인종 소리가 몇 번 울리고 하인들이 계단을 오르락내리락하는 소리가 들렸다. 화가는 식사를 조금 더 했지만, 그러는 사이에도 피에르에게 두 번이나 건너갔다. 피에르는 이제 옷을 벗고 몸을 씻은 다음, 황동 침대 속에 누워 있었다. 그리고 난 다음 아델레 부인이 식당으로 돌아와, 아이가 이제 진정되고 통증도 느끼지 않고 자고 싶어 하는 것 같다고 전했다.

아버지가 알베르트 쪽으로 몸을 돌렸다. "어제 피에르가 뭘 먹었니?"

알베르트는 잠시 생각해 보더니, 어머니 쪽을 향해 대답했다.

"특별한 것은 없었어요. 브뤼켄슈반트에서는 빵과 우유를 먹었고, 점심은 페골츠하임에서 함께 마카로니와 커틀릿을 먹었어요."

아버지는 심문하듯 계속해서 물었다. "그리고 나중엔?"

"더는 먹으려 하지 않았어요. 오후에 제가 어떤 화원花園에서 살구를 샀는데, 피에르는 겨우 한두 개를 먹었을 뿐인 걸요."

"익은 것이었니?"

"네, 물론이죠. 아빠는 제가 일부러 그 애에게 속이 탈날 것을 먹였다고 생각하시는 모양이네요."

어머니가 아들의 흥분을 알아차리고 물었다. "지금 대체 무슨 말들을 하고 있는 거예요?"

"아무것도 아니에요." 알베르트가 말했다.

페라구트는 말을 계속했다. "난 다른 뜻이 있는 게 아니야. 그저 물어보았을 뿐이다. 어제는 아무 일도 없었니? 토한 적도 없었고? 혹은 넘어진 적은? 아프다고 칭얼대지도 않았단 말이지?"

알베르트는 '네', '아니오'로 간단히 대답했다. 그리고 식사 시간이 빨리 끝나기를 간절히 바랐다.

아버지가 다시 한 번 발소리를 죽여 살금살금 피에르의 방으로 들어갔을 때, 꼬마는 이미 잠들어 있었다. 아이의 파리한 얼굴에는 심각한 빛이 가득했고, 마치 잠 속에서만 위안을 받을 수 있다는 듯 깊은 잠에 빠져 있었다.

제11장

그토록 불안한 며칠 동안 요한 페라구트는 커다란 그림을 완성했다. 아픈 피에르의 방에서 놀라고 불안한 마음으로 돌아온 후라서, 일하고 싶다는 생각을 가다듬고 완전한 평온을 찾기가 그 어느 때보다도 힘들었다. 마음의 평온이야말로 그가 갖고 있는 힘의 비밀이었고, 그것을 얻기 위해 그는 아무리 비싼 대가라도 치러야만 했다. 그러나 그의 의지는 강했다. 결국 안정을 찾는 데 성공한 것이다. 오후의 몇 시간 동안, 아름답고 부드러운 햇빛 속에서 그림에는 자질구레한 마지막 수정과 손질이 가해졌다.

그가 팔레트를 치우고 그림 앞에 섰을 때, 이상하게도 마음이 허전하고 황량했다. 이 그림이 특별한 그림이라는 것, 거기에 많은 힘을 기울였다는 사실을 그는 잘 알고 있었다. 하지만 자기 자신은 텅 비고 전부 연소되어 버린 듯 허전한 느낌이었다. 게다가 그에게는 그 작품을 보여 줄 사람도 없었다.

친구는 멀리 떠났고, 피에르는 앓고 있었으니, 그에겐 그 외엔 아무도 없었다. 그의 작품이 일으킬 영향이나 작품에 대한 반응도, 신문이나 편지처럼 먼 곳에서 전해 올 간접적인 것에 불과할 것이다. 아아, 그런 것이라면 아무런 소용도 없다. 친구가 한 번 봐주는 것, 혹은 사랑하는 사람이 보내는 입맞춤, 그런 것들이 지금의 그를 기쁘게 하고, 위로하고, 힘을 북돋아 줄 수 있을 뿐이었다.

그는 15분 정도 그림 앞에 가만히 서 있었다. 몇 주 동안의 정력과 귀한 시간을 빼앗고 빛을 발산하며 그의 눈을 마주 보고 있는 그 그림 앞에서, 정작 화가 자신은 탈진한 상태로 서먹서먹하게 서 있을 뿐이었다.

"아, 이 그림을 팔아서 인도 여행의 경비를 충당하게 될 테지." 그는 중얼거리면서 냉소적인 기분을 억제할 수 없었다. 그는 작업실의 문을 닫고, 피에르를 보기 위해서 안채로 건너갔다. 아들은 자고 있었다. 점심때보다는 훨씬 나아 보였다. 자고 있어서인지 얼굴에는 혈색이 돌고, 입은 반쯤 벌어져 있었다. 고통과 절망의 표정은 찾아볼 수가 없었다.

"아이들이란 정말 낫는 것도 빠르단 말이야!" 문간에 서서 그는 아내를 향해 속삭이듯 말했다. 그녀는 가볍게 미소를 지었다. 아내도 안도의 한숨을 내쉬는 듯했다. 겉보기보다 그녀의 걱정이 무척 컸던 모양이었다.

그렇지만 아내와 알베르트와 함께하는 식사는 여전히 그에게
는 그리 달갑지 않았다.

"나는 시내로 나가려고 하오." 그가 말했다. "오늘 저녁에는 집
에 없을 거요."

아픈 피에르는 침대에서 새근새근 자고 있었다. 어머니가 방을
어둡게 하고 아이를 혼자 있도록 해주었다.

소년은 꿈속에서 천천히 꽃밭을 거닐었다. 모든 것이 조금씩
변해 있었다. 꽃밭이 전보다 훨씬 더 크고 넓었다. 걷고 또 걸었지
만 끝이 나타나지 않았다. 꽃밭은 그 어느 때보다 아름답게 보였
지만, 꽃들은 모두 유리 같았고 커다랗고 이상하게 보였다. 그리
고 전체적으로 슬프고 생명이 없는 아름다움으로 빛나고 있었다.

그는 약간 가슴이 답답해서 커다란 꽃들이 덤불을 이루고 있
는 원형 꽃밭 주위를 서성거렸다. 파란 나비 한 마리가 하얀 꽃
에 앉아 조용히 꿀을 빨아 먹고 있었다. 이상하리만치 고요했다.
길 위에는 자잘한 자갈이 아니라 무언가 부드러운 것이 깔려 있
었는데, 마치 양탄자 위를 걷는 것 같았다.

저쪽에서 엄마가 마주 걸어왔다. 하지만 엄마는 그를 쳐다보지
도 않았고, 고개를 끄덕이지도 않았다. 그녀는 엄숙하고 슬픈 표
정으로 허공을 응시하면서 유령처럼 소리 없이 지나가고 말았다.

그리고 곧이어 다른 쪽 길에서 아버지가 걸어가는 모습이 보
이고, 나중에는 알베르트 형이 걸어가는 모습이 보였다. 두 사람

각자 조용하고 엄숙하게 똑바로 걸어가면서도, 아무도 그를 쳐다보려고 하지 않았다. 그들은 마술에라도 걸린 듯 쓸쓸하고 무표정하게 배회했다. 마치 언제까지나 그런 모습 그대로일 것처럼 보였고, 굳어진 그들의 눈에는 눈짓이, 얼굴에는 웃음이 결코 나타나지 않을 것처럼 보였다. 이 깊은 고요 속에는 한 가락의 소리도 울리지 않을 것처럼 보였고, 아무리 부드러운 바람이라 하더라도 정지하고 있는 나뭇가지와 나뭇잎을 움직일 수 없을 것처럼 보였다.

가장 최악인 것은, 그 자신이 소리쳐 부를 수가 없다는 사실이었다. 방해하는 것도 없었고 몸이 아프지도 않았지만, 이상하게도 그렇게 할 용기와 의지가 없었다. 모든 것이 있는 그대로여야 할 것 같았고, 그것을 거역하면 더욱더 끔찍해질 것이라는 사실을 그는 꿈속에서도 분명히 깨달았다.

피에르는 영혼이 없는 화려한 정원을 천천히 계속 걸었다. 지천으로 깔린 화려한 꽃들이, 밝지만 죽은 대기 속에서 빛나고 있었다. 하지만 꽃들은 실제로는 살아 있는 것 같지 않았다. 이따금 알베르트를 만나거나 아빠와 엄마를 만났지만, 그들은 언제나 마찬가지로 딱딱하고 낯선 표정으로 그의 곁을 지나쳐 버렸다.

이미 오랫동안, 어쩌면 여러 해를 그렇게 지내온 것 같다는 생각이 들었다. 세상과 정원이 살아 숨 쉬고, 사람들이 즐거워 재잘거리고, 자기도 기뻐서 날뛰던 그런 시절은 이미 생각할 수도 없이 멀고 먼 눈먼 과거였던 것 같았다. 어쩌면 그때 역시 지금과 같았을 것이다. 과거는 한낱 아름답고 허황된 꿈에 불과했다.

마침내 그는 돌로 된 조그만 물항아리 옆에 이르렀다. 일찍이 정원사가 그곳에 물뿌리개로 물을 채웠고, 한때는 그도 올챙이 몇 마리를 기른 적이 있었다. 물은 잔잔했고, 푸르고 맑았다. 가장자리의 석벽石壁과 노란 별꽃이 핀 나뭇가지가 거울 같은 수면에 비치고 있었는데, 다른 것들과 마찬가지로 아름답지만 쓸쓸하고 어딘가 불행해 보였다.

"이곳에서 넘어지면, 물에 빠져 죽게 된다" 하고 그 옛날 정원사는 말했다. 그러나 물은 조금도 깊지 않았다.

피에르는 타원형의 물항아리 가장자리로 다가가 몸을 구부렸다. 그는 물에 비치는 자신의 얼굴을 보았다. 다른 사람들의 얼굴처럼 늙고 창백해 보였으며, 냉담하고 근엄하게 굳어 있었다.

그는 그것을 보고 소스라치게 놀라고 의아해 했다. 그러자 불현듯 은밀한 두려움과 자신의 처지에 대한 무의미한 슬픔이 마음속에서 솟구쳐 올랐다. 그는 소리를 지르려 했으나 목소리가 나오지 않았다. 큰 소리로 엉엉 울고 싶었으나 얼굴만 찡그려졌을 뿐 망연자실하여 히죽히죽 웃었다.

그때 아빠가 다시 다가왔다. 피에르는 온 정신력을 집중해 아버지 쪽으로 몸을 돌렸다. 죽음에 대한 공포, 절망적인 마음의 참을 수 없는 고통이 소리 나지 않는 울음으로 분출되어, 그는 아빠에게 살려 달라고 매달렸다. 아버지는 유령처럼 조용히 다가왔으나, 또다시 그를 보지 못한 것 같았다.

"아빠!" 소년은 소리치려고 했다. 물론 소리는 들을 수 없었지만, 무서운 갈망의 힘이 이 조용한 고독자에게 전달되었다. 아버지는 얼굴을 돌려 그를 쳐다보았다.

아버지는 탐색하는 듯한 화가의 눈으로, 간절히 구하는 아들의 눈동자를 주의 깊게 들여다보았다. 아들은 힘없이 미소를 짓고, 가볍게 고개를 끄덕였다. 선량하고 동정이 담긴 눈빛이었으나, 여기에서는 어떻게 해볼 도리가 없다는 듯 절망에 차 있었다. 잠깐이나마 사랑과 연민의 그림자가 아버지의 엄격한 얼굴을 스쳐 지나갔다. 바로 그 순간만은 더는 강하고 굳센 아버지가 아니었다. 차라리 초라하고 의지할 데 없는 형에 불과했다.

아버지는 시선을 다시 똑바로 하고 쳐다보며, 종전과 같은 걸음걸이로 느릿느릿 걸어갔다.

피에르는 아버지가 걸어가다가 사라지는 뒷모습을 보았다. 조그만 연못과 길과 꽃밭이 그의 상기된 눈앞에서 어두워지더니 안개구름처럼 가라앉아 버렸다. 소년은 관자놀이가 아프고 목이 타는 듯 말라서 잠에서 깨어났다. 그리고 자신이 홀로 어둑어둑한 방 안에 누워 있음을 알았다. 놀라서 어떻게 된 일인지 기억을 더듬어 보려 했으나 아무것도 생각나지 않았다. 소년은 온몸이 나른하여 힘없이 돌아눕고 말았다.

완전한 의식이 천천히 다시 돌아오자, 그는 안도의 한숨을 내쉬었다. 몸이 아프거나 두통이 이는 것이 싫었지만 참아야만 했다. 악몽 속에서 죽을 것 같던 감정에 비교한다면 그것은 새털처럼 가벼운 일이고, 달콤한 기분이기도 했다.

이런 괴로움은 무슨 소용이 있나? 하고 피에르는 생각하며 이불 속으로 깊숙이 파고들었다. 사람들은 무엇 때문에 병이 날까? 그것이 벌이라면, 도대체 무엇에 대한 벌이란 말인가? 그 옛날 한번은 설익은 자두를 먹고 배탈이 난 적이 있었다. 먹지 말라고 금한 것을 먹고 생긴 일이었으니까 호되게 벌을 받는 게 당연했다. 그러나 지금은? 왜 침대에 누워 있고, 왜 구토를 해야 했으며, 왜 이토록 골이 깨어지는 듯이 아픈 걸까?

눈을 뜬 채 오랫동안 누워 있으니, 엄마가 다시 방 안으로 들어왔다. 그녀가 창문의 커튼을 걷자 부드러운 저녁 햇살이 방 안으로 가득 흘러 들어왔다.

"좀 어떠니, 애야? 잠은 잘 잤니?"

꼬마는 대답하지 않았다. 옆으로 누워 눈만 치켜뜨고 엄마를 바라보았다. 엄마는 의아한 표정으로 아들의 눈빛을 살폈다. 그 눈빛은 무언가를 탐색하는 듯 놀랄 만큼 진지했다.

"열은 없네." 그렇게 생각하며 엄마는 안심했다.

"이제 뭘 좀 먹지 않겠니?"

피에르는 힘없이 고개를 저었다.

"뭘 좀 가져다줄까?"

"물." 그는 나지막하게 말했다.

그녀는 꼬마에게 마실 것을 가져다주었다. 하지만 그는 겨우 새가 목을 축일 정도로 조금 마시고는 다시 눈을 감았다.

갑자기 어머니 방에서 피아노 소리가 들려왔다. 그 소리는 커다란 물결처럼 온 집 안에 울려 퍼졌다.

"저 소리 들리니?" 아델레 부인이 물었다.

피에르는 눈을 크게 떴다. 그의 얼굴은 고통으로 일그러졌다.

"안 들려!" 그는 외쳤다. "그만! 날 좀 내버려 두라니까!"

그는 양손으로 귀를 막고는 베개에 머리를 파묻어 버렸다.

페라구트 부인은 한숨을 쉬며 밖으로 나가 알베르트에게 피아노를 치지 말라고 부탁했다. 그녀는 다시 돌아와 피에르의 침대 옆에서 그가 잠들 때까지 앉아 있었다.

그날 밤 집 안은 아주 조용했다. 페라구트는 집에 없었다. 알베르트는 기분이 상했고, 피아노를 치면 안 된다는 고통을 견뎌야 했다. 모두 일찍 잠자리에 들었다. 어머니는 그녀의 방문을 열어 놓았다. 혹시 피에르가 밤중에 무언가가 필요해서 부를 때, 피에르의 목소리를 잘 듣기 위해서였다.

## 제12장




화가는 그날 밤 시내에서 돌아와 집 주위를 주의 깊게 서성거렸다. 불 켜진 방은 없는지, 문 여닫는 소리가 나지 않는지, 어린 아들이 아직도 몸이 성치 않아 괴로워하는지를 알려 줄 어떤 목소리가 들리지는 않을지, 근심하고 걱정하며 사방을 엿보거나 귀를 쫑긋거렸다. 그러나 모든 것이 조용히 잠들어 있음을 확인하자, 그의 불안감은 젖어서 무거워진 옷을 벗은 듯 사라졌다. 그는 감사하는 마음으로 오래도록 깨어 있었다. 늦게 잠자리에 들기 직전에도 그는 미소를 지었고, 낙담한 마음을 기쁘게 하는 것이 얼마나 사소한 일인지 또한 놀라워했다. 그를 괴롭히고 마음을 짓눌러 왔던 모든 것, 그의 삶이 짊어지고 있는 무겁고 슬픈 짐도 모두 대수롭지 않은 것이었다. 아이에 대한 사랑의 보살핌에 비한다면 가볍고 하찮은 것이었다. 이 어둡고 불길한 그림자가 걷히자, 그에겐 모든 것이 한층 더 밝고 견디기 쉽게 여겨졌다.

다음 날 아침, 페라구트는 상쾌한 기분으로 평소보다 일찍 안채로 건너갔다. 꼬마가 아직 편안하게 잘 자고 있어서 범사에 감사한 마음이었다. 알베르트도 아직 일어나지 않았기 때문에, 그는 아내와 단둘이서 아침 식사를 했다. 페라구트가 그런 시각에 안채에서 부인 아델레와 식탁에 함께 앉기는 몇 년 만에 처음이었다. 그녀는 거의 믿을 수 없다는 듯 놀라워하며 남편을 살펴보았다. 남편은 마치 늘 그렇게 했던 것처럼 다정하고 즐거운 기분으로 커피를 청하고, 그 옛날처럼 그녀와 함께 식사했다.

결국에는 화가 자신도 아내가 무엇을 기다리는 듯 긴장해 있는 것이, 또 익숙지 않은 이른 방문이 마음에 걸렸다.

"나는 정말 기쁘오." 그는 아내에게 좋았던 시절을 상기시키는 목소리로 말을 걸었다. "우리 아들이 다시 괜찮아지는 것 같아서 정말 기쁘구려. 이제야 비로소, 내가 그 애를 얼마나 걱정했는지 분명히 알겠소."

"그래요. 어제는 정말 그 애 때문에 정신없었어요." 그녀도 맞장구를 쳤다.

페라구트는 은으로 만든 커피 스푼을 만지작거리며 거의 익살스러운 표정으로 아내의 눈을 쳐다보았다. 갑자기 그의 얼굴에는 생기가 넘치지만 결코 오래 지속되지 못할 것 같은, 어린애 같은 쾌활함이 희미하게 빛났다. 예전에 그녀는 이러한 쾌활함을 사랑했고, 그 부드러운 광채는 유독 피에르만 물려받았다.

"그랬지." 그는 명랑하게 말했다. "정말 다행이었소. 그리고 지금 나는 당신과 내 최근의 계획에 대해서 의논하려고 하오. 이번 겨울에 당신이 두 아이를 데리고 성 모리츠로 가서 한동안 머무르면 어떻겠소?"

그녀는 믿기지 않는다는 듯 시선을 떨구었다.

"그럼 당신은요?" 그녀가 물었다. "거기에서 그림을 그리시려고요?"

"아니오, 나는 함께 가지 않겠소. 모든 일을 잠시 식구들에게 맡기고 나는 여행을 떠날까 하오. 가을에 아틀리에를 닫고 떠나겠소. 로베르트에게는 휴가를 주고 말이오. 당신이 겨울 동안 이 로스할데에서 지낼지 어떨지, 그것은 오직 당신이 결정할 문제요. 제노바나 파리로 가는 것도 괜찮겠지만, 성 모리츠를 잊지 마시오. 그곳에 가면 피에르의 건강도 좋아질 거요!"

그녀는 어쩔 줄 모르고 눈을 크게 뜬 채 그를 바라보았다.

"농담이겠죠." 그녀는 믿을 수 없다는 듯이 말했다.

"아, 그렇지 않소." 그는 약간 쓸쓸한 미소를 지으며 말했다. "농담 따위는 잊은 지 오래요. 이건 진담이오. 그러니 믿어야 하오. 나는 해외여행을 떠나 조금 오랫동안 집을 비울 작정이오."

"해외여행이라고요?"

그녀는 곰곰이 생각해 보았다. 그의 제안, 암시 그리고 그의 쾌활한 목소리, 그 모든 것이 그녀에게는 익숙지 않았던 터라 아무래도 미심쩍었다. 하지만 '해외여행'이라는 말에 갑자기 한 가지 영상이 떠올랐다. 트렁크를 든 짐꾼을 앞세우고 배에 오르는 그의 모습이 보였다. 선박회사의 팸플릿이나 예전의 지중해 여행이 기억에 떠올랐다. 그 순간 그녀에게는 모든 것이 분명해졌다.

"부르크하르트 씨와 함께 가시는 거죠!" 그녀는 힘주어 말했다.

그는 고개를 끄덕였다. "그렇소. 오토와 함께 떠날 거요."

두 사람은 잠시 입을 다물었다. 아델레 부인은 당황스러웠고, 그 소식의 의미에서 불길한 예감을 감지했다. 혹시 그가 그녀를 떠남으로써 그녀를 자유롭게 해주려는 것일까? 아무튼 그것은 그러한 방면으로서는 최초의 진지한 시도였다. 그런데 이런 얘기를 듣고도 흥분되거나 걱정되거나 희망에 들뜨지 않고, 조금도 기쁨이 느껴지지 않는 자신에 대해 그녀는 마음속으로 놀랐다. 남편에게는 새로운 생활이 가능할지 모르지만, 그녀에게는 그렇지 않았다. 그녀로서는 알베르트와의 관계가 좀 더 수월해질 것이고 피에르를 독차지할 수는 있을 터였다. 그래, 그렇지만 그녀는 버림받은 아내가 되고 그렇게 남을 것이다. 그녀는 수백 번 그런 생각을 했었다. 그것이 자유이자 구원처럼 보이기도 했다. 그런데 오늘, 막상 그것이 실현될 것처럼 보이자 너무나 불안하고, 수치스럽고, 죄의식 같은 것이 느껴졌다. 그래서 그녀는 맥이 빠지고 이제 어떠한 소망도 가질 수가 없었다. 그런 일은 좀 더 일찍, 그러니까 그녀가 체념을 배우기 이전, 온갖 역경과 풍파가 몰아치던 그 시절에 찾아왔어야 했는데, 하고 그녀는 느꼈다. 이제는 너무 늦었고 아무 소용도 없었다. 그것은 다 끝난 일에 줄을 긋는 격이었다. 단지 숨겨져 있던 모든 것, 반쯤 시인했던 것에 대한 결말이자 고통스러운 확인에 불과했다. 그리고 거기에는 새로운 삶을 유혹하는 불꽃이 단 한 줄기도 타오르지 않았다.

페라구트는 감정을 억제하는 아내의 얼굴을 주의 깊게 살펴보며, 그녀가 가엾다는 생각이 들었다.

"하나의 시도라고 생각합시다." 그는 위로하듯 말했다. "당신들도 한번 마음 놓고 살아 봐야 하지 않겠소? 당신과 알베르트, 그리고 피에르도 말이오. 우선은 한 1년 정도 기한을 잡읍시다. 당신이 편하리라 생각되오. 그리고 아이들에게도 정말 좋을 거요. 그 애들이 고통을 겪고 있는 것은, 우리 두 사람이 생활에 있어 확고한 결단을 내리지 못하기 때문이오. 우리도 얼마간 떨어져 살게 되면 모든 일이 더 분명해질 거요, 그렇게 생각하지 않소?"

"그럴지도 모르죠." 그녀는 나지막하게 말했다. "당신의 결심은 확고한 것 같군요."

"난 오토에게 이미 편지를 보냈소. 물론 나로서도 식구들과 오래 떨어져 지낸다는 게 쉽지는 않을 거요."

"피에르와 헤어지는 것이 그렇겠죠?"

"그렇소. 특히 피에르와 헤어진다는 것이 말이오. 하지만 당신이 그 애를 잘 돌봐 주리라 생각하오. 당신이 그 애에게 내 이야기를 자주 해주기를 기대하지는 않겠지만, 알베르트처럼 되지는 않게 해주었으면 좋겠소!"

그녀는 거부하듯 머리를 흔들었다.

"그건 내 잘못이 아니었어요. 당신도 아시잖아요."

그는 조심스레 그녀의 어깨 위에 한 손을 올려놓았다. 자상한 행동이긴 했지만 오랫동안 해보지 않아서 매우 어색했다.

"아, 아델레. 누구의 잘잘못을 따지지는 말도록 합시다. 모든 것이 다 나의 잘못이오. 이제 내가 그 죗값을 치르려고 하는 거요. 그 외에 다른 뜻은 없소. 내 이것만 부탁하오. 가능하면 피에르가 나를 잊지 않도록 해주시오! 그 아이를 통해서 우리들은 아직 결합되어 있으니까 말이오. 나에 대한 그 아이의 사랑이 방해받지 않도록 보살펴 주시오."

그녀는 유혹으로부터 몸을 방어라도 하듯 눈을 감았다.

"당신이 그렇게 오래 떠나 있으면……" 그녀는 망설이면서 말했다 "그 녀석은 아직 어린아이인데……"

"물론이오. 그 애를 어린아이인 채로 내버려 두구려! 만약 다른 방도가 없다면, 날 잊어버려도 할 수 없는 일이오. 하지만 그 애는 내가 당신에게 맡기는 담보라는 걸 생각해 주구려. 그리고 내가 그 애를 당신에게 맡기는 한, 나는 당신을 믿을 수밖에 없다는 사실을 잊지 마시오."

"알베르트가 오나 봐요." 그녀가 얼른 속삭였다. "곧 여기로 올 거예요. 그 문제에 대해선 나중에 더 이야기하도록 해요. 당신이 생각하듯 일이 그렇게 간단하지는 않아요. 당신은 제게 자유를 주려 하고 있어요. 제가 갖고 있었고, 또 원했던 것보다 더 많은 것을 주려고 해요. 하지만 동시에 제게 책임도 주었어요. 나의 자유로움을 빼앗는 책임 말이에요! 그 점에 대해 제게도 생각할 시간을 주세요. 당신도 그런 결심을 한 시간 만에 뚝딱 한 것은 아닐 테니, 제게도 시간을 좀 줘야겠죠."

문밖에서 발소리가 들리더니 알베르트가 들어왔다.

그는 아버지가 앉아 있는 것을 보고 깜짝 놀랐다. 그는 마지못해 아버지를 향해 인사를 하고, 어머니에게 입을 맞춘 다음 아침 식탁에 앉았다.

"네가 놀랄 일이 있단다." 페라구트는 기분 좋게 말문을 열었다. "이번 가을 휴가에는 엄마와 피에르와 함께 아무 데나 원하는 곳에서 지내도록 하렴. 크리스마스 때도 물론이고. 아빤 몇 달 동안 여행을 좀 할까 한다."

젊은이는 기쁨을 감출 수 없었지만, 애써 자제하면서 진지하게 물었다. "대체 어디로 여행하시는데요?"

"아직은 확실히 몰라. 우선 부르크하르트 아저씨와 인도로 갈 예정이란다."

"아, 그렇게 멀리요! 우리 반 아이 하나가 그곳 태생이에요. 싱가포르라고 했던 것 같아요. 거기에서는 아직 호랑이 사냥을 한다더군요."

"나도 그랬으면 한다. 한 마리 잡으면 가죽도 물론 벗겨 가져오마. 하지만 그곳에서 주로 그림을 그릴 생각이란다."

"저도 그러시리라 생각했어요. 열대지방 어디엔가 산다는 프랑스 화가 이야기를 책에서 읽은 적이 있어요. 남태평양 어떤 섬인 것 같은데, 암튼 멋질 거예요."

"그렇겠지? 그동안 너희들은 즐겁게 지내렴. 음악도 하고 스키도 타고. 자, 이젠 피에르가 무엇을 하고 있는지 좀 봐야겠다. 괜찮아. 그냥 있어!"

그는 대답도 채 듣기 전에 방을 나가 버렸다.

"아빠도 가끔은 괜찮은 면이 있네요." 알베르트가 기뻐서 말했다. "인도 여행이라, 그거 마음에 드네요. 예술가다운 생각이에요."

어머니는 억지로 미소를 지었다. 마음의 평온을 잃은 그녀는, 톱으로 잘리는 나뭇가지 위에 앉아 있는 기분이었다. 그러면서도 아무 말 없이 다정한 태도를 유지하고 있었다. 그런 방면에는 이미 훈련이 되어 있었다.

화가는 피에르 곁으로 다가가 침대 위에 걸터앉았다. 그는 폭이 좁은 스케치북을 조용히 꺼내어 잠자는 어린아이의 머리와 팔을 그리기 시작했다. 피에르를 모델로 앉혀서 괴롭히느니, 이런 때에 가능한 자세히 살펴보고 그 형상을 머릿속에 간직해 두고 싶었던 것이다. 그는 세심한 주의력으로 그 귀여운 모습을, 즉 부드럽게 드리운 머리카락의 한 올 한 올, 예쁘면서도 신경질적인 콧날, 자연스럽게 놓인 작고 여윈 손 그리고 굳게 다문 입술의 고집스러운 선을 그리려고 애썼다.

그는 아이가 침대에 잠들어 있는 모습을 좀처럼 보기 힘들었다. 입을 벌리지 않고 자는 모습은 아마 처음 보았을 것이다. 조숙하고 표정이 풍부한 입을 바라보고 있노라니, 피에르가 페라구트의 아버지이자 피에르의 할아버지를 닮았다는 생각이 들었다. 할아버지, 즉 화가의 아버지는 대담하고 상상력이 풍부하고 열정적이며 부지런한 사람이었다. 화가가 아들의 모습을 바라보며 그림을 그리고 있는 동안, 그에겐 아버지와 아들과 손자의 용모와 운명에 대한 자연의 유희가 의미심장하게 느껴졌다. 그는 비록 사상가는 아니었지만, 인과와 필연이 엮어 내는 기이한 수수께끼가 그의 마음을 스쳐 지나갔다.

별안간 자고 있던 아이가 눈을 뜨고 아버지의 눈을 쳐다보았다. 그 시선과 깨어나는 모습이 어린아이답지 않게 진지하다는 사실이 아버지의 눈에 띄었다. 그는 얼른 연필을 놓고 스케치북을 덮은 다음, 아이에게로 몸을 굽히고 이마에 입을 맞추며 쾌활하게 말했다.

"잘 잤니, 피에르? 나아졌어?"

꼬마는 즐거운 듯 미소를 지으며 기지개를 켜기 시작했다. 물론, 나아졌죠. 많이 나아졌어요. 아이는 천천히 생각에 잠겼다. 그랬다. 어제 그는 아팠었다. 그는 아직도 그 지긋지긋한 날의 그림자가 위협적으로 몰려오는 것을 느꼈다. 그러나 지금은 훨씬 좋았다. 그는 잠깐 그대로 누워서 이러한 따뜻한 상태와 고마운 마음을 즐기고 싶었을 뿐이었다. 그런 다음 자리에서 일어나 아침을 먹고 엄마와 함께 정원을 산책하고 싶었다.

아버지가 어머니를 데려오려고 밖으로 나갔다. 피에르는 밝고 명랑한 햇빛이 노란 커튼을 통해 비쳐 드는 창문을 눈을 깜박이며 바라보았다. 지금은 무언가를 기대하게 하는 날이었으며, 모든 것이 기쁨의 향기를 발산하는 그런 날이었다. 어제는 얼마나 재미없고, 춥고, 맥 빠진 날이었던가! 그는 그것을 잊으려고 눈을 감았다. 그러자 잠이 깬 뒤 나른한 팔다리에 사랑이 넘치는 삶이 번져 나가는 것을 느꼈다.

이제 엄마가 왔다. 그녀는 계란과 우유 한 잔을 들고 침대로 왔다. 아빠는 새 색연필을 사주겠다고 약속했다. 모두가 친절하고 다정했으며, 그가 다시 건강해졌다고 기뻐했다. 마치 생일날 같았다. 케이크가 없다고 해서 전혀 섭섭하지 않았다. 아직은 그렇게 배가 고프지도 않았기 때문이었다.

꼬마는 산뜻한 푸른색 여름옷으로 갈아입은 후에, 아버지가 있는 아틀리에로 갔다. 어제의 악몽을 잊어버리긴 했지만, 마음속은 아직도 두려움과 고통의 울림으로 떨렸다. 이제 그는 실제로 태양과 사랑이 자신을 감싸고 있다는 사실을 확인하고 즐겨야만 했다.

아버지는 새 그림을 넣을 액자의 크기를 재고 있다가 그를 무척 기쁘게 맞았다. 그러나 피에르는 오래 머무르고 싶지는 않았다. 인사를 하고 조금 귀여움을 받고자 했을 뿐이었다. 그런 다음 그는 연이어 개와 비둘기에게 가봐야 했고, 로베르트와 부엌에도 들러야 했다. 모두에게 인사하고 다시 모두를 자신의 소유로 만

들어야만 했다. 그러고서 꼬마는 어머니와 알베르트와 함께 정원으로 나갔다. 여기 풀밭에서 누워 울던 것이 1년 전 일처럼 느껴졌다. 그네를 타고 싶지는 않았으나 그네 발판 위에 손을 올려놓아 보았고, 그런 다음 숲과 꽃밭으로 걸어갔다. 그러자 어슴푸레한 기억이 마치 전생의 일처럼 희미하게 떠올랐다. 언젠가 그는 홀로, 버림받은 채, 절망 속에서 이 꽃밭 사이를 헤매고 다닌 것만 같았다. 그런데 지금은 모든 것이 다시 밝고 생기를 띠고 있었다. 꿀벌들은 윙윙 노래 부르고, 대기를 호흡하는 것은 경쾌하고 즐거웠다.

꼬마는 어머니의 꽃바구니를 받아 들었다. 어머니와 함께 카네이션과 큼직한 달리아 꽃들을 따서 바구니에 담았다. 꼬마는 그것으로 특별한 꽃다발 하나를 만들었다. 나중에 아빠에게 갖다드릴 생각이었다.

집 안으로 들어오자, 피에르는 피로를 느꼈다. 알베르트가 함께 놀자고 했지만 일단 조금 쉬고 싶었다. 그는 베란다에 놓인 어머니의 커다란 버들가지 안락의자에 몸을 깊숙이 파묻었다. 아버지에게 줄 꽃다발을 여전히 손에 들고 있었다.

꼬마는 기분 좋은 피로감에 젖었다. 눈을 감고 태양을 향해 몸을 돌려, 빨갛고 따뜻하게 눈꺼풀 위를 비추는 햇볕을 즐겼다. 그러고서 자신의 예쁘고 깨끗한 옷을 만족스럽게 내려다보면서, 반짝거리는 노란 구두를 오른쪽 왼쪽으로 번갈아 가며 햇살 속으로 뻗어 보았다. 편안하고 깔끔한 옷차림으로 이렇게 조용하면서도 한가롭게 앉아 있는 것은 정말 유쾌했다. 다만 카네이션 향기가 너무 강했을 뿐이다. 꼬마는 카네이션을 들어 테이블 저쪽으로, 되도록 손이 닿지 않는 먼 곳으로 옮겨 놓았다. 아빠가 보기 전에, 시들지 않은 꽃을 아빠에게 보여 드리기 위해 곧 물속에 담가 두어야 했다.

꼬마는 전에 없는 애정을 가지고 아빠를 생각했다. 그런데 어제는 어떻게 된 일이었을까? 그는 어제 아틀리에로 아빠를 찾아갔었다. 아빠는 일을 하느라 시간을 내지 못했다. 아빠는 혼자서 열심히 일하면서 약간 슬픈 표정으로 그림 앞에 서 있었다. 거기까지는 모든 것이 또렷하게 기억되었다. 그런데 그다음엔? 나중에 아빠를 정원에서 만나지 않았던가? 꼬마는 애써 기억해 내려고 했다. 그래, 아빠는 정원에서 이리저리 거닐고 있었어. 홀로, 낯설고도 고통스러운 표정을 지었어. 난 아빠를 부르려고 했었지…… 그런데 어찌된 일이었던가? 어제 일어났던 일이나 들었던 일들은 어쩐지 무시무시하고 두려웠다. 그래서 그는 그것을 다시 생각하기 싫었다.

안락의자에 깊숙이 등을 기대고 꼬마는 곰곰이 생각해 보았다. 태양이 그의 무릎을 따뜻하게 비추었다. 그렇지만 즐거운 기분은 점차 멀리 떠나가고 있었다. 그는 소름끼쳤던 일에 생각이 점점 더 가까워지는 것을 느꼈다. 그리고 또 그 사실을 알자마자, 그것이 다시 그를 내리누르는 것을 느꼈다. 그것은 그의 뒤에 서서 기다리고 있었다. 기억은 너무나 자주 그 경계선에 접근했고,

그럴 때마다 구토증과 현기증 같은 오그라드는 느낌이 솟구쳐 올라, 머리가 조금씩 아파 오기 시작했다.

카네이션이 너무 지독한 냄새를 풍겨 그를 괴롭혔다. 그것은 햇빛 잘 드는 버들가지 테이블 위에 놓여 있었는데, 점차 시들어 가고 있었다. 아빠에게 드리려면 지금이 바로 적절한 시각이었다. 그러나 그럴 마음이 없었다. 아니 그렇다기보다 너무 피곤했다. 게다가 햇빛이 눈을 따갑게 했다. 그리고 무엇보다 어제 일어났던 일들을 생각해 내야만 했다. 그 생각에 아주 가까이 접근해서, 그 생각을 붙잡을 필요가 있다고 느끼는 순간, 그 생각은 다시 멀어지다가 아예 사라지고 말았다.

두통이 더욱 심해졌다. 아, 왜 이렇게 되어야 하나? 오늘은 그렇게도 즐거웠는데 말이지!

아델레 부인이 문 앞에서 아들의 이름을 부르면서 금방 들어왔다. 그녀는 햇볕 잘 드는 곳에 놓여 있는 꽃을 보고, 피에르에게 물을 가져오게 하려고 했다. 그때 그녀는 아이가 축 늘어져 안락의자에 몸을 깊숙이 파묻고 앉아 있는 것을 보았고, 두 뺨에 남은 굵은 눈물 자국도 보았다.

"피에르, 왜 그러니? 얘야, 어디가 아픈 거니?"

꼬마는 꼼짝 않고 어머니를 쳐다보다가 다시 눈을 감았다.

"말 좀 해보렴. 얘야, 어디가 아프니? 침대로 가서 누워 있을까? 같이 놀이할까? 혹시 어디 아프니?"

그는 머리를 흔들었다. 마치 어머니가 자기를 귀찮게 하고 있다는 듯 짜증스러운 표정을 지었다.

"내버려 두라니까요!" 그는 속삭이듯 말했다.

어머니가 그를 일으켜 안으려고 하자, 피에르는 소리를 질렀다. 순간적으로 화가 치미는 듯 높고 뒤틀린 꽥 하는 목소리였다. "날 내버려 두라니까요!"

그러더니 곧 그의 저항은 풀리고, 어머니의 가슴에 쓰러지고 말았다. 어머니가 그를 안아 올리자, 피에르는 약하게 신음하는 소리를 냈다. 고통스러운 듯 창백한 얼굴을 앞으로 내밀었고, 심하게 구역질을 하면서 몸을 떨었다.

## 제13장

　페라구트가 조그만 신축 건물인 별채에 혼자 기거한 이래로, 아내가 그곳으로 건너온 적은 단 한 번도 없었다. 지금 그녀가 문도 두드리지 않고 허겁지겁 작업실로 들어섰을 때, 그는 즉시 나쁜 소식이 있음을 간파했다. 본능이 그에게 경고하는 바가 너무나 확실했기 때문에, 그는 아내가 입을 열기도 전에 얼떨결에 이렇게 물었던 것이다.

　"피에르에게 무슨 일이 생겼소?"

　그녀는 얼른 고개를 끄덕였다.

　"피에르가 몹시 아픈가 봐요. 조금 전부터 아주 이상했어요. 방금도 또 토했다니까요. 의사를 불러오도록 하세요."

　말을 하는 동안, 그녀의 시선은 크고 텅 빈 작업실을 둘러보다가 새로 그린 그림 위에 머물렀다. 그녀는 그림 속의 인물을 알아보지 못했다. 어린 피에르의 형상마저 구분해 내지 못했다. 그녀는 캔버스를 바라볼 뿐이었다. 남편이 몇 해 동안 살아온 방 안의 공기만을 호흡할 뿐이었다. 그녀 자신이 그토록 오랫동안 느끼며 살아왔던 고독과 고집스러운 자기만족의 분위기를 여기서도 어렴풋이 느낄 수가 있었다. 그러나 그것도 잠시였다. 그녀는 곧 그림에서 시선을 거두고, 황급하게 이것저것 물어보는 남편의 질문에 대답해야 했다.

"얼른 전화해서 자동차를 불러 줘요." 마침내 그가 말했다. "마차로 가는 것보다 그편이 더 빠를 거요. 내가 직접 시내로 가야겠소. 우선 손부터 씻고 즉시 안채로 건너가겠소. 아이는 침대에 눕혀 놓았소?"

15분쯤 후에 그는 자동차를 타고 그가 유일하게 아는 의사를 찾아갔다. 그와 안면이 있을뿐더러 전에도 몇 번 왕진을 온 적이 있는 의사였다. 예전에 찾아갔던 집으로 갔으나 의사를 만날 수 없었다. 그동안 이사를 한 모양이었다. 새로 이사 간 집을 찾다가 우연히 그 의사가 탄 마차와 마주쳤다. 의사는 그에게 인사를 했다. 화가는 답례를 하고 그대로 지나쳤는데, 지나치고 나서야 그가 바로 자신이 찾던 사람임을 알았다. 페라구트는 차를 돌렸다. 그리고 어떤 환자의 집 앞에 멈추어 서 있는 의사의 마차를 발견했다. 그곳에서 그는 얼마 동안 안절부절못하고 기다려야만 했다. 그러고서 의사가 현관문 쪽으로 나오자, 화가는 의사를 붙들고 억지로 차에다 태웠다. 의사가 거부했기 때문에, 그를 동행시키기 위해서는 거의 완력을 사용하지 않을 수 없었다.

로스할데를 향해 전속력으로 달려가는 자동차 안에서 의사는 화가의 무릎에다 손을 얹으며 말했다. "이제 됐습니다. 나는 당신의 포로가 되었군요. 내 도움이 필요한 다른 환자더러 기다리라고 할 수밖에 없군요. 그래, 무엇이 잘못되었습니까? 부인께서 편찮으신가요? 아니라고요? 그러면 꼬마로군요. 그 애의 이름이 뭐였지요? 그래, 피에르. 맞아요. 오랫동안 그 애를 보지 못했군요. 대체 무슨 일인가요? 그 애한테 무엇이 잘못됐나요?"

"그 애가 아픕니다. 어제부터요. 오늘 아침에는 괜찮아 보였어요. 일어나서 아침도 약간 먹었지요. 그런데 지금 다시 구토를 했습니다. 어딘가 통증이 있는 것 같아요."

의사는 비쩍 마른 손으로, 추하지만 영리하게 생긴 자기 얼굴을 쓰다듬었다.

"그렇다면 위가 잘못된 것 같군요. 그래요, 한번 가봅시다. 그외 다른 분들은 모두 평안하신가요? 지난겨울에 뮌헨에서 선생님의 전람회에 갔더랬습니다. 우리는 선생님이 자랑스럽습니다."

페라구트는 시계를 들여다보았다. 두 사람은 말이 없었다. 자동차는 기어를 바꾸고 요란한 소리를 내며 언덕길을 올라갔다. 그들은 곧 저택에 도착했지만, 문이 열려 있지 않아 집 안으로 들어가지 못하고 입구에서 내려야 했다.

"내가 올 때까지 기다리시오." 의사는 운전수에게 이르고, 얼른 마당을 가로질러 안채로 들어갔다. 페라구트 부인이 피에르의 곁에 앉아 있었다.

갑자기 그때부터 의사는 서두르지 않았다. 그는 침착하게 진찰했다. 아이에게 말을 시키기도 하고, 어머니에게 안심하도록 부드러운 말도 몇 마디 나누고, 매우 냉정한 태도로 전문가로서의 신뢰감을 드러내는 분위기를 조성했다. 그것이 페라구트의 마음에 들었다.

피에르는 좀처럼 사람들을 받아들이려 하지 않았다. 말없고, 무뚝뚝하고, 불신하는 듯한 태도를 보였다. 의사가 배를 만지고 누르고 하는 동안, 아이는 그렇게 해봐야 다 소용없고 무익한 짓이라는 듯 조롱을 섞어 입을 비죽거렸다.

"중독 증세는 없는 것 같습니다." 의사는 조심스럽게 말했다. "그리고 맹장에도 이상이 없습니다. 아무래도 단순한 위장병인 것 같군요. 이런 환자에게는 기다리는 것과 절식絶食이 최고입니다. 아이가 갈증을 느끼면 홍차를 조금씩 마시게 하십시오. 다른 것은 안 됩니다. 저녁에는 보르도 산 포도주를 한 모금쯤 마시게 해도 좋습니다. 괜찮아지거든 내일 아침에는 차와 비스킷을 조금 먹여도 됩니다. 만약 계속 아프다고 하면 제게 전화를 주십시오."

문밖에 나가서야 페라구트 부인은 이것저것 물었으나, 그 이상의 자세한 설명은 듣지 못했다.

"위가 몹시 안 좋은 것 같아요. 겉으로 보기에도 아드님이 민감하고 신경질적이군요. 열은 있는 것 같지 않고요. 저녁에 한 번 더 재보십시오. 맥박은 좀 약한 편이네요. 차도가 없으면 내일 다시 와보겠습니다. 하지만 별일은 없을 것 같아 보입니다."

의사는 급히 작별 인사를 하고서도 다시금 매우 서둘렀다. 페라구트는 그를 자동차까지 바래다주었다.

"오래가지는 않을까요?" 페라구트는 마지막 순간에 물었다.

의사는 묘한 미소를 지었다.

"그렇게 걱정할 필요 없습니다. 페라구트 교수님. 아드님이 좀 허약하긴 합니다. 그렇지만 아이들은 자주 배탈도 나고 그러지요. 자, 그럼 안녕히 계십시오!"

페라구트는 집 안에 있어 봤자 아무 소용이 없을 것 같았다. 그래서 이런저런 생각을 하며 들판 쪽으로 어슬렁어슬렁 걸어갔다. 의사의 간결하고 엄격한 태도에 안심이 되었다. 자신이 지나치게 흥분하고 불안해 했던 것이 이상스럽게 여겨졌다.

그는 가벼운 기분으로 걸어가며 짙푸른 늦은 아침의 뜨거운 대기를 들이마셨다. 초원과 늘어선 과일나무 사이를 걸으며, 오늘을 마지막으로 마치 작별의 산책을 하는 것 같았다. 그의 기분은 꽤나 편안하고 자유로웠다. 이러한 결단과 해결이라는 새로운 느낌이 어디에서 연유했는지를 곰곰 생각해 보았다. 그 모든 것이 아델레 부인과 아침에 나눈 대화에서 비롯되었다는 것이 분명해졌다. 그가 그녀에게 여행 계획을 알렸다는 것, 그녀가 그의 말을 우선 침착하게 들어 주었고, 어떤 반대 의사도 내비치지 않았다는 것, 그의 결정과 실행 사이에는 어떠한 샛길이나 탈출구가 전혀 없다는 것, 그리고 가까운 미래가 너무나 분명하게 그의 앞에 놓여 있다는 것, 그 모든 것들이 그를 기쁘게 했다. 그래서 그는 마음에 안정을 찾았고 새로운 자신감을 갖게 되었다.

어디로 가고 있는지도 모르는 채, 그는 몇 주 전 친구 부르크하르트와 함께 걸었던 길로 접어들었다. 들길이 언덕으로 오르기 시작할 때에야 비로소 어디에 와 있는지를 알았고, 오토와 함께 하던 산책이 기억났다. 그는 이번 가을에 저 위쪽의 숲을 그리고 싶었다. 벤치가 놓여 있고, 푸른 강물이 흐르는 계곡의 맑고 그림 같은 풍경을 은밀하게 내려다볼 수 있는 곳이었다. 그의 의도는 피에르를 벤치에 앉히고, 소년의 금발 머리를 갈색의 어두운 숲 속에서 드러내려는 것이었다.

그는 조심조심 언덕 위로 걸어 올라갔다. 한낮의 더위는 더 이상 느끼지 못했다. 언덕 너머로 숲이 그를 기다려 주는 순간을 호시탐탐 고대하는 동안, 부르크하르트와 함께했던 그날이 다시 떠올랐다. 그는 친구와 함께 나누었던 대화, 친구의 말과 질문 하나하나, 아직 초여름이었던 그 당시의 경치가 자아내던 정취 등을 기억해 냈다. 그 이후로 숲의 녹음은 훨씬 더 짙고 부드럽게 보였다. 바로 그때, 이미 오래전부터 잊고 지냈던 어떤 감정이 그를 엄습했고, 그런 감정이 예기치 않게 찾아와 젊은 시절의 기억이 생생하게 떠올랐다. 구체적으로 말하자면, 오토와의 숲 속 산책이 그에게는 아득한 옛일인 것만 같았다. 또 자신이 그 이후로 성장하고 변모하고 향상된 것 같았다. 그래서 당시의 자아에 대

해 어떤 반어적인 연민을 가지고 되돌아보게 되었다. 20년 전에
는 일상처럼 느껴졌지만 지금은 보기 드문 마술처럼 마음을 뒤
흔드는 젊고 싱싱한 감정에 놀라서, 그는 이번 여름의 짧은 기간
을 돌이켜 보았고, 어제까지는 몰랐던 것을 깨닫게 되었다. 두세
달 전을 생각해 보면, 자신이 무척이나 변했고 발전했음을 알 수
있었다. 얼마 전만 해도 암흑이며 어찌할 수 없는 불안일 뿐이던
것이 오늘은 밝음과 확신에 찬 예감으로 변했다. 전에는 오랫동
안 조용한 늪지대를 빙빙 맴돌기만 하던 그의 삶이, 이제는 그를
위해 정해진 방향으로 도도히 흘러가는 냇물이나 커다란 강물과
도 같았다. 그 강물의 여행에서 이곳으로 다시 돌아온다는 것은
불가능하게 여겨졌으므로 이곳과 작별할 수밖에 없다는 것, 또
그의 가슴이 불타 버리거나 피를 흘린다 해도 매한가지라는 것
등이 그에게 분명해졌다. 그의 삶은 다시 강물로 합류되었고, 그
강물은 자유와 미래를 향해서 결연히 흘러갔다. 명확하지는 않
았지만, 그의 마음 밑바닥에서는 이미 시내와 마을, 로스할데 그
리고 아내와 헤어져 멀리 떠나 있었다.

그는 걸음을 멈추고, 밝은 미래의 예감과 희망의 물결에 몸
을 맡기며 깊이 숨을 들이마셨다. 그는 피에르를 생각했다. 이 길
을 끝까지 걸어간다면 피에르와도 헤어져야 한다는 생각이 명료
해지자, 살을 에는 듯한 야만적인 고통이 악의를 품고 그의 온몸
을 꿰뚫고 흘러갔다.

그는 얼굴을 일그러뜨리며 오래도록 그렇게 서 있었다. 마음속

에서 비록 타는 듯한 고통을 느끼고 있다 하더라도, 그것은 삶이요, 빛이요, 밝음이요, 미래였다. 오토 부르크하르트가 그에게 기대했던 바이기도 했고, 친구가 기다렸던 바로 그 순간이기도 했다. 또한 친구가 말했던, 오래도록 방치해 왔던 종기를 도려내는 것이었다. 종기를 도려내는 것은 아팠다. 견딜 수 없이 아팠지만, 소중한 희망을 포기하면서 동시에 초조와 불안, 영혼의 분열과 마비 현상도 함께 사라져 버렸다. 그의 주위는 놀라울 만큼 밝고, 아름답고, 눈부신 대낮이 되었다.

감동을 받은 그는 언덕 정상에 이르는 마지막 발걸음을 내디뎠고, 그곳 그늘진 벤치에 앉았다. 마치 다시 청춘이 찾아든 것처럼 마음속에 깊은 생동감이 샘솟아 올랐다. 그는 감사하는 마음으로 멀리 있는 친구를 생각했다. 친구가 없었더라면, 결코 이러한 길을 찾아내지 못했으리라. 그 친구가 없었더라면, 영원히 환자처럼 숨 막히는 감옥살이를 하며 갇힌 채 시들고 말았을 것이다.

그러나 오랫동안 골똘히 생각한다거나 극단적인 기분에 도취되는 것은 그의 천성에 맞지 않았다. 동시에, 치유되어 의욕을 다시 찾았다는 느낌과 더불어, 역동적인 힘과, 자신만만한 개인적인 힘에 대한 새로운 자각이 온몸에 넘쳐흘렀다.

그는 벤치에서 일어나, 눈을 크게 뜨고서 활기찬 시선으로 새로운 그림을 구상했다. 그는 숲 그늘을 지나 멀리 골짜기로 흐르는 빛나는 강물을 오래도록 내려다보았다. 그는 그걸 그리고 싶었다. 가을까지 기다리겠다는 생각은 더는 하지 않았다. 그것은 까다로운 과제였고, 무척이나 어려운 일이었고, 여기서 해결해야 할 값비싼 수수께끼였다. 이런 기막힌 조망은 사랑을 지니고 그리지 않으면 안 되었다. 옛 거장들인 알트도르퍼나 뒤러가 그랬던 것처럼 깊은 사랑과 탐구심을 가지고 그려야만 하는 것이다. 여기에서는 광선의 지배와 그 신비로운 리듬만으로는 부족했다. 아무리 하잘것없는 형상에라도 완전한 권리를 부여하고, 어머니의 멋진 들꽃 다발 속에 섞인 풀꽃들처럼 세세하게 심사숙고하고 신중하게 골라야만 했다. 골짜기의 밝고도 차가운 원경은 전면의 온화한 빛의 흐름과 숲 그늘에 의해 훨씬 뒤로 물러나야 했고, 화면의 바탕으로부터는 보석처럼 빛나지 않으면 안 된다. 차갑고 감미로우면서도 이국적인 모습을 띠고 유혹하듯이 빛나야만 했다.

그는 시계를 보았다. 집으로 돌아가야 할 시간이었다. 오늘은 아내를 기다리게 하고 싶지 않았다. 그러나 돌아가기 전에 스케치북을 꺼내, 언덕 위에서 정오의 햇빛을 받으며 힘찬 선으로 그림의 윤곽을 잡아 나갔다. 원근의 범위, 전체의 윤곽 그리고 작으면서도 근사한 원경을 희망적으로 보이는 타원형으로 처리하는 기법 등.

이렇게 그림의 윤곽을 잡느라 조금 늦어졌기 때문에, 날씨가 무척 더웠는데도 그는 헐레벌떡 뜨거운 비탈길을 달려 집으로 돌아왔다. 그리고 그 그림을 그리는 데 무엇이 필요할까 곰곰 생각해 보았다. 내일 아침에는 아주 일찍 일어나 그 풍경을 첫 아침 햇살 속에서 보겠다고 작정했다. 마음이 밝고 유쾌해졌다. 아름답고 매혹적인 과제가 기다리고 있다는 걸 알았기 때문이었다.

"피에르는 어떻소?" 그가 서둘러 들어가면서 아내에게 했던 첫 질문이었다.

꼬마는 지쳐서 조용히 누워 있다고 아델레 부인이 알려 주었다. 인내하면서 조용히 누워 있는 걸 보니 통증은 없는 것 같다, 귀찮게 하지 않는 게 상책일 것 같다, 지나치게 민감해서 누가 문을 열거나 갑작스러운 소음을 들으면 소스라치게 놀란다는 등의 말을 남편에게 해주었다.

"그래?" 그는 감사하는 마음으로 고개를 끄덕였다. "그렇다면 나중에 들러야겠군, 저녁때쯤. 늦게 와서 미안하오. 밖에 나갔었소. 며칠 동안 야외에서 작업하게 될 거요."

그들은 평온과 정적 속에서 식사했다. 내려진 블라인드를 통해 초록의 햇빛이 서늘한 방 안으로 흘러들었다. 창문은 모두 열려 있었다. 한낮의 정적을 뚫고 정원에 있는 조그만 분수에서 물 뿜는 소리가 들려왔다.

"인도에 가려면 특별한 장비가 필요할 텐데요." 알베르트가 물었다. "사냥 도구도 가져가시나요?"

"그러지 않아도 될 거야. 부르크하르트 아저씨가 알아서 다 준비할 테니까. 아저씨는 내가 챙겨야 할 것을 말씀해 주실 거야. 화구는 납땜질을 한 양철통에 넣어 가져가야 하겠지만."

"열대용 헬맷도 가져가셔야죠?"

"물론이지. 그건 도중에 살 수 있을 게다."

식사를 끝낸 후 알베르트가 나가 버리자, 페라구트 부인은 남편에게 좀 앉아 있으라고 부탁했다. 그녀는 창가에 놓인 버들가지 안락의자에 앉았고, 남편은 자신의 의자를 그녀 곁으로 끌고 갔다.

"언제쯤 떠나게 되나요?" 그녀가 말문을 열었다.

"아, 그건 전적으로 오토에게 달렸소. 그의 일정에 맞춰야 하니까. 대략 9월 말 정도가 될 것 같소."

"그렇게 빨리요? 전 아직 그 일에 대해 충분히 생각할 겨를이 없었어요. 지금은 피에르에게만 매달려 있는 셈이니까요. 그런데 저 아이의 일로 제게 지나친 요구를 하시지는 마세요."

"나도 그렇게 하지는 않을 거요. 오늘도 그 일에 대해서 다시 한 번 생각해 보았소. 당신은 매사 완전한 자유를 누려야 하오. 내가 해외여행을 하면서 이곳 일에까지 간섭한다는 것은 옳지 않다는 생각이 들었소. 무슨 일이든 당신 좋을 대로 처리해요. 내가 나 자신을 위해 요구하는 만큼의 자유를 당신도 가져야 마땅하니까."

"그런데 이 집은 어떻게 하지요? 전 이곳에 혼자 머무르고 싶지 않아요. 집이 너무 외진 데다가 너무 넓어서요. 게다가 너무 많은 추억이 깃들어 있어 신경이 쓰이거든요."

"이미 그 말은 하지 않았소? 어디든 원하는 곳으로 옮기라고 말이오. 로스할데는 당신 것이오. 그건 당신도 알잖소. 떠나기 전에 그 점을 확실히 해두겠소. 만일을 대비해서 말이오."

아델레 부인의 얼굴이 창백해졌다. 그녀는 거의 적개심을 품은 표정으로 남편의 얼굴을 쳐다보았다.

"당신 말씀으로는," 그녀는 피곤한 목소리로 말했다. "마치 영원히 돌아오지 않을 것 같군요."

그는 생각에 잠겨 눈을 깜빡이다가 바닥을 내려다보았다.

"그건 알 수 없는 일이오. 얼마나 오랫동안 밖에 있게 될지도 모르고, 또 인도라는 곳이 내 나이의 사람들이 지내기에는 건강에 그다지 좋지 않으리라 생각되니 말이오."

그녀는 세게 머리를 흔들었다.

"제 말은 그런 뜻이 아니에요. 사람은 누구나 죽는 법이에요. 제가 알고 싶은 것은, 당신에게 도대체 돌아올 의향이 있는지 없는지, 바로 그 부분이에요."

그는 입을 다물고 눈만 깜빡거리다가, 마침내 빙그레 미소를 지으며 자리에서 일어났다.

"그 문제에 대해서는 언제 다시 한 번 이야기하는 것이 좋겠소. 우리가 몇 년 전에 이 문제에 대해서 논의한 것이 마지막 다툼이었소. 알잖소? 이제 이곳 로스할데에서는 더는 다투고 싶지 않소. 적어도 당신하고는 말이오. 당신의 생각은 그때와 조금도 달라진 게 없는 것 같소. 아니라면 오늘 저 애를 나에게 양보할 수 있겠소?"

페라구트 부인은 말없이 고개를 저었다.

"그러리라 생각했소." 남편이 침착하게 말했다. "이제 이 문제
는 덮어 두도록 합시다. 이미 말했듯이 당신은 이 집을 마음대로
처분할 수 있소. 로스할데를 계속 갖고 있는 건 나와 상관없는 일
이오. 집 전체를 좋은 값에 팔 기회가 닿거든, 처분해 버리시오!"

"그러면 로스할데도 이제 마지막이군요." 그녀는 무척 괴로운
음성으로 말했다. 그리고 그녀는 그들의 신혼 시절과 알베르트
가 아기였던 시절, 당시 그들이 품었던 희망과 기대를 떠올렸다.
이제 모두 끝난 일들이었다.

이미 문 쪽으로 몸을 돌렸던 페라구트는 다시 한 번 몸을 돌
려 부드러운 목소리로 말했다. "너무 어렵게 생각하지 말아요, 여
보! 원한다면 모든 걸 그대로 유지하면 될 것 아니겠소."

그는 밖으로 나왔다. 매어 있는 개의 끈을 풀어 주고 아틀리에
쪽으로 걸어갔다. 개는 좋아서 꼬리를 치고 짖어 대며 그의 주위
를 맴돌았다. 로스할데가 그에게 뭐 그리 중요한가! 로스할데는
이제 아무 상관도 없는 것이 되었다. 그는 이제 처음으로 아내에
대해 우월감을 느꼈다. 그는 모든 끈을 끊어 버렸다. 마음속으로
이미 희생을 치렀고, 피에르도 단념해 버렸다. 그 애가 그에게서
떨어져 나간 이후로, 그의 본체는 오로지 앞으로만 향하게 되었
다. 그에게 있어서 로스할데는 이미 끝난 일이었다. 그 시절의 실
패했던 많은 희망처럼 끝나 버렸고, 젊은 시절이 그랬던 것처럼
끝장난 것이었다. 이제 와서 탄식한들 무슨 소용이 있단 말인가!

그는 벨을 울렸다. 로베르트가 달려왔다.

"며칠 동안 야외에서 그림을 그릴 걸세. 작은 화구 상자를 좀 챙겨 주게나. 그리고 양산도. 내일까지 다 준비해 놓아야 하네. 그리고 내일은 5시 반에 나를 좀 깨워 주게."

"알겠습니다, 페라구트 씨."

"그 밖에 다른 건 없네. 날씨는 괜찮겠지? 어떨 것 같은가?"

"날씨는 좋을 것 같군요…… 그런데, 실례지만 한 가지 여쭤 보고 싶은 게 있는데요."

"그래, 뭔가?"

"죄송합니다만 제가 듣기론, 선생님께서 인도로 떠나신다던데요."

페라구트는 놀라서 껄껄 웃었다.

"소문이 지독히도 빠르구먼. 알베르트가 떠벌린 모양이지. 그래, 맞네. 인도로 떠날 걸세. 그런데 거기에 자네를 데려갈 수 없다네, 로베르트. 유감이네. 나라 밖에서는 유럽 사람을 하인으로 쓸 수 없거든. 하지만 나중에 나에게 다시 오고 싶으면, 얼마든지 찾아 주게나! 그동안 자네를 위해 좋은 자리를 구해 보겠네. 그리고 자네의 급료는 정초까지 쳐서 지불하겠네."

"고맙습니다, 페라구트 씨. 정말 고맙습니다. 선생님의 그쪽 주소를 알려 주시면, 편지를 올리겠습니다. 그런데, 저…… 간단치 않은 일이지만…… 제게 약혼녀가 있습니다, 페라구트 씨."

"그래, 결혼할 사람이 있다고?"

"네, 페라구트 씨. 그런데 만일 선생님께서 절 내보내신다면 전 결혼을 해야만 합니다. 말하자면 제가 그녀에게 약속을 했었거든요. 제가 이곳을 나가게 된다면 새로운 일자리는 갖지 않겠다고 말입니다."

"그렇다면 자네가 지금 여길 떠나게 된 것을 기뻐해야겠군. 아무튼 섭섭하군, 로베르트. 그래, 결혼하면 무슨 일을 시작하려 하나?"

"네, 그녀는 저와 담배 가게를 내겠답니다."

"담배 가게라고? 로베르트, 그건 자네한테는 어울리지 않는 것 같은데."

"죄송합니다, 페라구트 씨. 한번 해봐야지요. 그런데 말씀 드리기 뭐하지만…… 제가 계속 선생님 댁에 남아 있을 수는 없을까요? 간곡히 부탁 드립니다, 페라구트 씨."

화가는 로베르트의 어깨를 철썩 소리나게 쳤다.

"이보게, 그게 무슨 말인가? 결혼을 하겠다, 엉뚱하게 담배 가게를 내겠다고 하더니, 이번에는 여기 우리 집에 그대로 남아 있겠다는 말인가? 자네, 뭔가 좀 잘못된 것 같은데…… 혹시 이 결혼이 그다지 마음에 내키지 않는 건가, 로베르트?"

"사실은 그렇습니다, 페라구트 씨. 약혼녀는 꽤 능력 있는 여자입니다. 그 점에 대해서는 부인하지 않습니다. 그렇지만 저는 결혼을 하기보다는 여기에 그대로 있었으면 좋겠습니다. 실은 약혼녀가 날카로운 성격이라서, 그리고……"

"이 사람아, 그렇다면 도대체 왜 결혼을 하겠다는 건가? 자네, 그 여자가 겁이 나는 모양이군 그래! 자네 아이라도 가졌나? 아니면?"

"아닙니다. 그게 아닙니다. 하지만 그 여자는 저를 편안하게 놔 두지 않아서 말입니다……"

"그렇다면 그녀에게 예쁜 브로치라도 하나 선물해 보게나, 로베르트. 살 돈은 내가 주지. 그걸 자네 약혼녀에게 주고 말하게. 담배 가게를 함께 낼 다른 남자를 구해 보라고 말일세. 내가 그러더라고 전하게. 좀 부끄러운 줄 알게나! 일주일의 여유를 주겠네. 자네가 정말 여자를 겁내지 않는 사내인지 아닌지 알고 싶군."

"좋습니다. 좋습니다, 꼭 그렇게 말하겠습니다……"

페라구트는 미소를 그쳤다. 그는 당황해 하는 로베르트를 성난 눈초리로 쏘아보고는 외쳤다. "그따위 여자는 집어치우게, 로베르트! 그렇지 않으면 우리 사이는 끝장이야. 이런 제기랄, 결혼을 억지로 하다니! 어서 가서 결말을 짓고 오게!"

그는 파이프에 담배를 채우고, 커다란 스케치북과 목탄이 가득 든 상자를 들고 숲 속의 언덕을 향해 걸음을 재촉했다.

## 제14장

금식은 별로 도움이 되는 것 같지 않았다. 피에르 페라구트는 침대에 웅크리고 누워 있었다. 찻잔은 손도 대지 않은 채 옆에 놓여 있었다. 모두들 가능한 한 그를 가만히 내버려 두었다. 그는 누가 말을 해도 대답도 않고, 또 누가 방 안에 들어오기만 해도 그때마다 놀라서 움찔거렸기 때문이었다. 어머니는 아이의 침대 곁에서 몇 시간씩 앉아서, 노래를 부르듯 다정하게 위로의 말을 중얼거렸다. 그녀는 걱정이 가득했고 불안한 기분이었다. 어린 환자는 난치병에 걸린 듯 알 수 없는 고통에 시달리는 것 같았다. 그는 어떤 질문이나, 어떤 간청이나, 어떤 제의에도 아무런 대답이 없었다. 그저 성난 눈으로 앞만을 응시할 뿐, 자려고도 하지 않고 놀려고도 하지 않았다. 물론 무엇을 마시거나, 책을 읽어 달라고도 하지 않았다. 의사는 이틀을 연속해서 왔지만, 별다른 언급도 없이 미지근한 물수건으로 찜질을 해주라고 지시를 내렸을 뿐이었다. 피에르는 열병 환자가 그러하듯 약간 비몽사몽 상태로 누워 있었다. 알아들을 수 없는 말을 중얼거리고, 의식이 몽롱한 상태에서 꿈꾸듯 헛소리를 했다.

페라구트는 며칠째 계속 야외에서 그림을 그렸다. 해질녘에 집에 돌아와서는 즉시 아이의 상태를 물었다. 아내는 그에게 병실에 들어가지 말라고 부탁했다. 피에르는 너무나 민감한 데다가 지금은 잠이 들어 있는 것 같았기 때문이었다. 아델레 부인은 거의 말을 하지 않았고, 얼마 전 아침의 대화 이후 기분이 언짢은 채였기 때문에, 페라구트는 더는 묻지 않고 욕실로 들어갔다. 그리고 그 밤을 가슴 설레는 불안과 즐거운 흥분으로 보냈다. 새로운 그림을 시작할 때면 언제나 느끼는 감정이었다. 이제 그는 야외에서 습작을 많이 그렸으므로 내일은 본격적으로 그림에 착수할 예정이었다. 그는 흡족한 마음으로 그림판과 캔버스를 정리하고, 느슨해진 틀을 조이고, 갖가지 붓과 화구류를 골라 간단한 여행이라도 떠나듯 준비를 갖추었다. 심지어 가득 채운 담배쌈지, 파이프 그리고 라이터까지 준비했다. 이른 아침 산행길에 오르는 여행자가 잠들기 전 가슴 설레는 몇 시간을 보내면서, 다음 날의 기쁨을 떠올리며 자질구레한 것까지 일일이 점검하듯이 말이다.

그런 다음에는 편안한 마음으로 포도주를 한 잔 들며 저녁에 배달된 우편물들을 살펴보았다. 부르크하르트가 보낸 다정하고 친밀한 편지도 들어 있었다. 그 편지에는 페라구트가 여행할 때 갖고 갈 모든 물건의 목록이 주부가 그러하듯 섬세하게 작성되어 있었다. 털로 짠 허리 밴드, 수영장용 샌들, 잠옷, 각반까지 잊지 않고 기록해 놓은 목록을 화가는 기분 좋게 읽어 내려갔다. 그 쪽지 하단에는 연필로 이렇게 쓰여 있었다. '그 밖의 다른 것은 내가 두 사람 분을 준비하겠네. 선실까지도. 배멀미 약이나 인도에 관한 문헌 따위는 너무 많이 사지 말게. 그런 것은 모두 나의 일이니까.'

화가는 빙그레 웃으며 커다란 두루마리 하나를 손에 들었다. 그 속에는 뒤셀도르프의 한 젊은 화가가 그에게 존경의 표시로 바친 동판화 몇 점이 들어 있었다. 오늘은 이 동판화을 두고 시간을 내어 마음껏 즐겼다. 그는 그 그림들을 유심히 훑어보고는 그중에서 제일 훌륭한 것을 골라 화첩에 꽂아 넣고, 나머지는 알베르트에게 줄 생각이었다. 그리고 그 젊은 화가에게는 정중한 답장을 썼다.

마지막으로 스케치북을 펼치고, 그가 밖에서 그렸던 여러 장의 그림들을 오래도록 살펴보았다. 그림이 모두 다 마음에 들지는 않았다. 내일은 색다른 화면을 구성해 볼 계획이었다. 그래도 마음에 들지 않으면, 괜찮은 그림이 나올 때까지 계속 습작을 해 보기로 했다. 어떻게 되든 내일은 더 열심히 그려야 하리라. 그러면 더 나은 작품이 탄생하리라. 그리고 그 그림이야말로 로스할데에서의 마지막 작품이 될 것이다. 틀림없이 이 근방에서 가장

감명 깊고 매혹적인 풍경이었다. 그가 지금껏 아껴 왔던 풍경이기에 헛되게 해서는 안 될 것이다. 일필휘지의 습작으로만 끝나서는 안 되었다. 아름답고, 섬세하고, 신중히 검토된 그림이어야 했다. 자연 속에서 재빠르게 움직이며 싸움하듯 그림을 그리는 일, 즉 여러 난관과 싸우며 패배와 승리를 맛보는 그림은 저쪽 열대지방에서도 다시 맛볼 수 있을 것이다,

그는 제때에 잠자리에 누워 로베르트가 깨울 때까지 푹 잤다. 차가운 새벽 공기에 몸을 떨면서 서둘러 일어나, 선 채로 커피 한 잔을 마시고 하인을 재촉했다. 하인 로베르트가 캔버스와 야외용 접는 의자, 그리고 물감통을 운반하게 되었다. 그런 다음 곧 집을 나서 로베르트의 뒤를 따라가다가, 아직 아침 이슬에 젖은 초원 속으로 사라져 버렸다. 그 전에 부엌에 들러 피에르가 간밤에 편안히 잘 잤는지 묻고 싶었지만, 안채는 아직 문이 잠겨 있고 깨어 있는 사람도 보이지 않았다.

아델레 부인은 밤중까지 아이 곁에 앉아 있었다. 열이 좀 있는 것 같았기 때문이었다. 그녀는 아이가 칭얼대는 소리에 귀를 기울이며, 맥을 짚어 보고, 잠자리를 고쳐 주었다. 아이에게 잘 자라는 밤인사를 하고 입을 맞추자, 꼬마는 눈을 뜨고 엄마의 얼굴을 쳐다보았다. 하지만 대답하지는 않았다. 그리고 그날 밤은 조용했다.

엄마가 아침에 들어왔을 때, 피에르는 깨어 있었다. 아이는 아침은 먹으려고 하지 않았으나, 그림책은 보고 싶다고 했다. 엄마

는 손수 그림책 한 권을 가져왔다. 아이의 머리에 베개를 한 개 더 받쳐 주고 창문의 커튼을 젖힌 다음, 피에르의 손에 그림책을 쥐어 주었다. 황금빛으로 빛나는 태양의 여신이 그려진, 피에르가 특히 좋아하는 그림이었다.

피에르는 책을 얼굴 위로 가져갔다. 밝고 명랑한 아침 햇살이 펼친 그림책을 비쳐 주었다. 하지만 꼬마의 얼굴에는 즉시 고통과 실망과 불쾌감의 어두운 그림자가 감돌았다.

"쳇, 이런 그림은 싫어요!" 꼬마는 괴로운 듯 소리를 지르며 그림책을 떨어뜨렸다.

어머니가 집어서 다시 꼬마의 눈앞에 책을 펼쳐 보였다.

"이건 네가 좋아하는 햇님 아줌마인데." 그녀는 달래듯이 말했다.

피에르는 양손으로 눈을 가렸다.

"싫어요, 치워 버려요. 보기도 싫은 노랑색이란 말이에요!"

엄마는 한숨을 짓고 책을 덮었다. 도대체 이 애가 왜 이럴까? 지나치게 신경질적이고 변덕스러운 성격은 알고 있었지만, 이렇게까지 심하지는 않았다.

"얘야, 조심하려무나." 그녀는 간청하듯 부드럽게 말했다. "이제 맛있고 따뜻한 차를 가져다줄 테니, 설탕을 넣어 맛있는 과자랑 함께 먹어 보렴."

"먹기 싫어요!"

"맛이나 한번 보려무나! 기분이 좀 나아질 거야."

피에르는 짜증스러운 얼굴로 어머니를 쳐다보았다.

"싫단 말이에요!"

엄마는 밖으로 나가 오랫동안 돌아오지 않았다. 피에르는 눈을 깜빡이며 햇빛을 바라보았다. 너무 눈이 부셔서 아릴 지경이었다. 소년은 얼굴을 돌렸다. 도대체 어떠한 위안도, 어떠한 조그만 만족도, 어떠한 작은 기쁨도 그에게는 없단 말인가? 피에르는 울먹거리며 베개에 얼굴을 파묻고, 부드러우면서 밋밋한 천을 깨물었다. 아주 어렸을 때 하던 버릇이 다시 나타난 것이었다. 잠자리에 누워서도 잠이 오지 않으면, 지쳐 잠이 들 때까지 베갯잇을 물고 일정한 박자에 맞추어 씹곤 했었다. 이제 예전 버릇이 다시 나오고 있었다. 몽롱한 상태로 천천히 예전 그 버릇에 몰두하고 있자니, 어느 정도 마음이 가라앉아 잠이 들었다.

한 시간 뒤에 어머니가 다시 들어왔다. 그녀는 허리를 굽혀 아들을 내려다보며 말했다. "자, 피에르. 이젠 얌전해졌겠지? 조금 전에는 너무 고집을 피워서 엄마가 슬펐단다."

그런 말은 보통 때 같았으면 아이가 거역하기 힘든 강력한 수법이었다. 그러나 지금은 그 말을 하고서도 그녀는 혹시나 아이의 마음에 충격을 주어 울리지나 않았을까 조마조마했다. 하지만 아이는 엄마의 말에 전혀 개의치 않는 것 같았다. 엄마는 이제 다소 엄하게 물어보았다. "조금 전에는 조금 밉게 굴었다는 걸 너도 알지?" 그렇게 말해도 아이는 조롱하듯 입을 이죽거리며 완전히 무관심한 표정으로 바라보았다.

바로 그때 의사가 들어왔다.

"또 토했나요? 아니라고요? 좋습니다. 밤엔 괜찮았나요? 아침에는 무얼 먹었나요?"

의사가 아이를 일으켜 창 쪽으로 얼굴을 돌리자, 피에르는 다시 고통스럽게 경련을 일으키며 눈을 감았다. 의사는 아이의 얼굴에서 나타나는 강한 거부와 고통의 표정을 주의 깊게 관찰했다.

"무슨 소음에건 저렇게 민감합니까?" 의사는 아델레 부인에게 소곤거리듯 물었다.

"그렇습니다." 그녀 역시 나직하게 말했다. "심지어 피아노까지 칠 수가 없답니다. 그랬다간 완전히 질색하니까요."

의사는 고개를 끄덕이고 커튼을 반쯤 닫았다. 그런 다음 아이를 침대에서 일으켜 심장 뛰는 소리를 들어 보고, 조그마한 망치로 아이의 무릎 아래 관절을 두드려 보았다.

"다 됐어." 의사는 다정하게 말했다. "이제 너를 성가시게 하지 않으마, 꼬마야."

의사는 조심스럽게 아이를 침대에 눕히고, 손을 잡고는 웃으면서 고개를 끄덕였다.

"잠시 얘기를 나눌 수 있을까요?" 그는 페라구트 부인에게 정중한 어조로 말했고, 그녀의 방으로 안내 받았다.

"이제 아드님에 대해 좀 더 이야기를 해주십시오." 그는 쾌활하게 말했다. "제가 보기에, 이 아이는 너무 신경질적입니다. 당분간 잘 돌봐 줘야겠습니다. 부인과 제가 말입니다. 위장병 같은 것은 문제가 되지 않습니다. 아이는 무조건 식사를 다시 해야 합니다. 부드러우면서 영양가가 풍부한 음식으로 말입니다. 계란이나 수프나 신선한 크림 등이 좋습니다. 계란 노른자를 한번 먹여 보십시오. 달콤한 것을 더 좋아하면, 잔에다 설탕을 녹여 먹이세요. 그 밖에 뭐 특별히 눈에 띄는 일은 없었습니까?"

그녀는 걱정이 되면서도, 의사의 친절하고 자신감에 찬 말투에 안심이 되어 보고하듯 이야기를 시작했다. '무엇보다 놀란 것은 그 애의 무관심한 태도이다, 엄마도 안중에 두지 않는 것 같다, 간청해 봐도 꾸짖어도 매한가지이다, 모든 일에 완전히 무관심하다'는 등의 이야기였다. 그녀는 그림책에 대해서도 이야기했다. 그러자 의사는 고개를 끄덕였다.

"아이를 그대로 내버려 두십시오!" 의사는 일어서며 말했다. "아이는 몸이 아픈 환자입니다. 지금으로서는 버릇없이 굴어도 어쩔 수가 없습니다. 가능하면 가만히 내버려 두십시오. 두통이 난다고 하면 얼음찜질을 해주시고요. 저녁엔 될 수 있는 대로 미지근한 물에 목욕시키세요. 그러면 잘 자게 될 테니까요."

의사는 작별 인사를 하고, 그녀가 계단 아래까지 따라 나오며 배웅하는 것을 사양했다.

"오늘은 무엇이라도 좀 먹여 보십시오!" 그는 떠나면서도 또 말했다.

아래층에서 그는 열려 있는 부엌문 안으로 들어가 페라구트의 하인이 없느냐고 물어보았다.

"로베르트를 불러와!" 주방장이 하녀에게 명령했다. "분명히 화실에 있을 거야."

"그럴 필요는 없소." 의사가 소리쳤다. "내가 직접 그쪽으로 가겠소. 괜찮아요. 나도 길을 알아요."

그는 농담도 해가며 부엌을 나왔다. 그리고 별안간 진지하고 심각하게 생각에 잠겨 천천히 밤나무 아래를 지나갔다.

페라구트 부인은 의사가 한 말을 다시 한 번 하나하나 곰곰이 생각해 보았지만, 명쾌한 결론은 나오지 않았다. 분명히 의사는 피에르의 병세를 전보다는 더 심각하게 여기고 있는 것 같았다. 그런데 실제로 좋지 않은 말은 한마디도 하지 않았고, 또 침착하고 조용하게 행동하는 것으로 보아서는 그다지 심각하게 위험하지는 않은 모양이었다. 몸이 쇠약하고 신경과민인 듯하니 끈기 있게 간호하면서 기다리는 수밖에 없었다.

그녀는 음악실로 가서 피아노를 잠가 버렸다. 혹시 알베르트가 깜빡 잊고 느닷없이 피아노를 칠지도 모르기 때문이었다. 그리고 그녀는 피에르의 병이 지속되면, 피아노를 어느 방으로 옮길까 궁리하기까지 했다.

그녀는 가끔씩 피에르를 보려고 조심스럽게 방문을 열고서, 아이가 잘 자고 있는지 아니면 신음하고 있는지 귀를 기울였다. 그때마다 피에르는 깨어 있었고, 무표정한 얼굴로 앞만 똑바로 바라보고 있었다. 그러면 그녀는 서글픈 마음으로 그 자리를 뜨곤 했다. 저렇게 말도 없이, 멍청하고, 무관심한 상태로 누워 있는 것을 볼 바에야 차라리 위험하고 고통스러운 상태인 아들을 간호하고 싶었다. 꿈과 같은 이상한 균열이 아이와 자신을 갈라놓는 것 같았다. 그것은 사랑과 걱정만으로는 도저히 깨뜨릴 수 없는 견고하고도 집요한 마력이거나 속박이었다. 거기에는 비열하고 가증스러운 적이 숨어 있었다. 어떤 종류의 적인지, 어떤 흉계를 꾸미고 있는지도 알 수 없었고, 대항해서 싸울 무기조차 갖고 있지 않았다. 어쩌면 어떤 열병이 아니면 홍역, 그 밖에 다른 소아병이 발병하고 있는 것 같았다.

그녀는 걱정에 싸인 채 잠시 방에서 쉬었다. 조팝나무 꽃다발이 눈에 띄었다. 그녀는 둥근 마호가니 탁자 위로 몸을 굽혔다. 짙은 갈색의 목재가 하얀 테이블보 밑에서 따뜻하게 빛나고 있었다. 그녀는 눈을 감은 채 나뭇가지가 많고 부드러운 여름 꽃 속에 얼굴을 파묻었다. 달콤한 꽃향기를 마음껏 들이마시자, 줄기 쪽에서 은은하고 쓴 냄새가 났다.

꽃향기에 약간 도취되었다가 그녀는 다시 곧바로 일어났다. 멍한 시선으로 꽃과 테이블 그리고 방 안을 둘러보았다. 그러자 쓰라린 슬픔의 물결이 마음속에 솟아올랐다. 문득 정신이 들면서 방과 벽으로 시선을 옮겼다. 양탄자, 꽃이 놓인 테이블, 시계, 벽에 걸린 그림들이 갑자기 낯설어져 자신과는 아무 관계도 없는 것들로 여겨졌다. 양탄자가 걷히고, 그림들이 꾸려지고, 모든 물건이 마차에 실리는 광경이 떠올랐다. 그 마차는, 이제는 고향도 영혼도 사라진 이 모든 것들을 어딘가 새롭고 낯선 장소로 실어

갈 것이다. 그녀는 문과 창문이 모조리 닫힌 텅 빈 로스할데를 보았고, 정원의 모든 꽃밭에 도사리고 있는 황량함과 이별의 슬픔을 느꼈다.

그것은 잠시뿐이었다. 그것은 어둠 속에서 들려오는 나지막하면서도 절박한 울부짖음처럼, 또 순식간에 나타난 단편적인 미래의 영상처럼 나타났다가 사라졌다. 그것은 그녀의 맹목적인 감정으로부터 의식 속으로 또렷하게 나타났다. 즉 알베르트와 병든 피에르와 더불어 그녀는 곧 고향을 잃게 되리라는 것, 남편은 그들을 떠나리라는 것, 그들에게는 애정 없이 지낸 세월 속에서 잃어버린 감각과 냉기만이 영혼 속에 남게 되리라는 것 등이었다. 그녀는 아이들을 위해 살아갈 것이다. 그러나 그녀는 결코 자신만의 아름다운 삶은 찾지 못할 것이다. 그 삶은 한때 페라구트에게서 기대했던 삶이었고, 어제까지도 아니 오늘까지도 가슴에 품었던 은밀한 소망이었다. 그렇게 되기에는 너무 늦었다. 그러한 인식과 냉정함 앞에서 그녀는 몸이 얼어붙는 것을 느꼈다.

그러나 곧 그녀의 건강한 본성이 저항했다. 불안하고 불확실한 시간이 그녀를 기다리고 있었다. 피에르는 아팠고, 알베르트의 방학도 끝나 가고 있었다. 이제 와서 자신마저 기운을 잃고 지하에서 들려오는 목소리에 따를 수는 없었다. 절대로 그럴 수는 없었다. 우선 피에르가 건강을 되찾아야 하고, 알베르트는 떠나야 하며, 페라구트는 인도로 가야 한다. 다음 문제는 그때 가서 두고 볼 일이었다. 그때라도 운명을 원망하고 눈이 퉁퉁 붓도록 울 만큼의 시간은 충분할 것이다. 지금으로서는 그것이 아무런 의미가 없었다. 그렇게 해서도 안 되었다. 현재로서는 전혀 고려의 대상이 아니었다.

그녀는 조팝나무 꽃병을 창문 앞에 내다놓고, 침실로 들어가 수건에 향수를 적셔 이마를 닦았다. 그리고 거울 앞에서 머리카락을 꼼꼼히 매만진 후 침착한 걸음으로 부엌으로 들어갔다. 피에르를 위해 몸소 간식을 준비하기 위해서였다.

잠시 후 그녀는 마련한 간식을 들고 피에르의 침대에 나타났다. 그를 일으켜 앉힌 다음 엄격하고도 조심스럽게 계란 노른자를 입에다 떠넣어 주었다. 싫어하는 기색에 대해서는 모르는 척했다. 아이의 입을 닦아 주고, 이마에 입을 맞추었다. 잠자리를 정돈해 주고, 얌전하게 잘 자라고 타일렀다.

알베르트가 산책에서 돌아왔을 때, 그녀는 아들을 데리고 베란다로 나갔다. 그곳에서는 가벼운 여름 바람이, 팽팽하게 드리운 갈색과 흰색의 차양을 소리 나도록 흔들고 있었다.

"의사 선생님이 또 다녀갔단다." 그녀가 말했다. "피에르가 신경이 좀 이상하다는구나. 그래서 가능한 한 안정을 취해야 한대. 너한테 미안한 말이지만, 당분간 집 안에서 피아노 연주를 삼가야겠구나. 너로서는 희생해야 한다는 걸 잘 알지만, 어쩔 도리가 없단다. 날씨가 좋으면 며칠 여행을 다녀오는 게 현명할 것 같구나. 산이나 뮌헨 같은 곳으로 말이야. 아버지도 반대하지는 않으실 게다."

"고마워요, 엄마. 마음을 써주셔서요. 그런데 하루쯤이면 괜찮지만 더 오래는 싫어요. 피에르가 앓아누워 있는데, 엄마 옆에는 아무도 없잖아요. 게다가 저는 지금부터 학교 숙제를 시작해야 해요. 지금껏 내내 빈둥거리기만 했거든요. 피에르가 얼른 병이 나으면 좋겠는데!"

"고맙구나, 알베르트. 기특하구나. 지금이 엄마에게는 정말 어려운 시간이란다. 하지만 네가 곁에 있어서 기쁘구나. 이젠 아빠하고도 다시 좋아졌지, 그렇지 않니?"

"아, 네. 아빠가 여행을 결심하셨다는 얘기를 듣고 나서부터는요. 어떻든 아빠는 하루 종일 그림을 그리시니 자주 만나지는 못하는 걸요. 그렇게 자주 증오심을 품고 아빠를 대한 게 후회스러울 정도로 유감이에요. 아빠가 저를 괴롭힌 것도 사실이지만, 아빠는 제게 무언가 외경심이 들게 해요. 아빠는 정말 외골수예요. 음악에 관해서는 별로 알지 못하시지만, 정말 위대한 예술가예요. 그래서 필생의 과제를 갖고 계세요. 그런 면에 저는 외경심을 갖게 되어요. 아빠는 명예라든지 돈 같은 것에는 별로 관심이 없는 분이에요. 아빠가 그런 것 때문에 일하는 건 아니니까요."

알베르트는 적당한 말을 찾느라 이마를 찌푸렸다. 느낌은 아주 분명했지만, 그러나 그가 마음먹은 대로 표현할 수는 없었다. 어머니는 그저 빙그레 웃으며 아들의 머리카락을 쓰다듬어 넘겨주었다.

"우리 오늘 밤에도 함께 프랑스어로 쓰인 책을 읽을까?" 그녀는 비위를 맞추듯 그렇게 물었다.

아들은 고개를 끄덕이며 역시 미소를 지었다. 순간 그녀에게는, 아들들을 위해서 살기보다는 다른 운명을 갈망했던 조금 전의 생각이 어리석고도 이해할 수 없는 것으로 여겨졌다.

## 제15장

정오가 되기 직전에 주인이 작업하고 있는 숲에 로베르트가 나타났다. 화구를 집으로 옮기는 일을 도우려고 온 것이었다. 페라구트는 새로운 습작 한 편을 끝냈다. 그는 그것을 직접 들고 갈 생각이었다. 이제야 그는 이 그림을 어떻게 그려야 할지 확실히 깨달은 것이다. 그래서 며칠 내로 정말로 그림에 착수하리라 생각했다.

"내일 아침에 다시 나와야겠어." 그는 만족한 듯 외치면서, 눈부신 한낮의 햇빛 속에서 피로한 눈을 깜빡거렸다.

로베르트는 정중하게 상의의 단추를 풀고는 안주머니에서 쪽지 한 장을 꺼냈다. 주소도 적히지 않은 조금 구겨진 봉투였다.

"누가 전해 달라고 했습니다."

"누가?"

"의사 선생님이십니다. 10시에 선생님을 찾아오셨는데, 작업 중인 선생님을 방해하고 싶지 않다고 하시더군요."

"좋아, 가자고!"

하인은 배낭, 접는 의자, 이젤을 챙겨 앞장 서서 걸어갔다. 페라구트는 그 자리에 그대로 서서, 불길한 소식이 틀림없다는 예감을 안고 봉투를 뜯었다. 그 속에는 의사의 명함만 들어 있었는데, 휘갈겨 써서 알아보기 힘든 메모가 적혀 있었다. '오후에 저한테 들러 주시기 바랍니다. 피에르의 일로 상의 드리고 싶습니다. 그 애의 병은 제가 부인께 말씀 드린 것보다 조금 더 심각합니다. 저와 의논하기 전에 불필요한 걱정으로 부인을 놀라게 하지 마십시오.'

그는 숨이 막힐 듯한 놀라움을 겨우 억제하고, 마음을 진정한 뒤 그 글을 주의 깊게 두 번씩이나 읽어 보았다. '부인께 말씀 드린 것보다 좀 더 심각합니다'라는 구절이 기분 나빴다. 그의 아내는 사소한 일로 걱정해야 할 정도로 나약하거나 신경이 예민하지 않았다. 좋지 않은 일이었다. 위험한 일이 틀림없었다. 피에르가 죽을 수도 있다면! 그러나 거기에 '병세'라는 말이 적혀 있는데, 그것은 그리 나쁘게 들리지는 않았다. 또한 '불필요한 걱정'이라는 말도 적혀 있지 않은가! 그래, 아무튼 심각하지는 않을 거야. 일종의 전염성 질환이거나 소아병일 것이다. 그래서 혹시 의사 선생님은 그 애를 격리하거나, 병원에 입원시키기를 원하는 것이 아닐까?

그렇게 곰곰 생각하다 보니 다소 안심이 되었다. 그는 천천히 언덕을 내려와, 햇빛 내리쬐는 들길을 걸어 집으로 향했다. 어떻든 그는 아내가 눈치채지 못하도록 의사가 요구한 대로 따르기로 했다.

집에 돌아와서 보니 초조감이 그를 엄습했다. 그림을 안치하고 몸을 씻기도 전에, 그는 안채로 달려갔다. 마르지 않은 그림은 계단실의 벽에 세워 두었다. 그리고 피에르의 방으로 조용히 들어갔다. 아내는 거기에 있었다.

그는 아이에게 몸을 굽히고 머리카락에 입을 맞추었다.

"안녕, 피에르. 좀 어때?"

피에르는 힘없이 웃었다. 그러더니 곧 콧구멍을 벌름거리며 킁킁 냄새를 맡고는 소리쳤다. "싫어, 싫단 말이야. 저리 가! 아빠한테서 이상한 냄새가 나!"

페라구트는 고분고분 비켜섰다.

"그래, 이건 테르펜틴 물감 냄새일 뿐이야. 얘야. 아빠가 얼른 네가 보고 싶어서 손도 씻지 않고 왔단다. 금방 가서 옷을 갈아입고 다시 오마. 그러면 괜찮겠지?"

그는 나가는 길에 그림을 들고 아틀리에로 향했다. 꼬마의 칭얼거리는 소리가 뒤따라왔다.

식사 중에 그는 의사가 한 말을 아내로부터 보고 받았다. 피에르가 음식을 먹었는데도 토하지 않았다는 말을 듣고는 기뻤다.

하지만 그러면서도 여전히 흥분을 감추지 못하고 불안해 했다. 그래서 알베르트와 대화를 이어 나가는 데도 힘이 들었다.

식사가 끝난 후 그는 반 시간가량 피에르의 침대 곁에 앉아 있었다. 꼬마는 가만히 누워서 이따금 고통을 느끼는지 이마를 움켜잡았다. 아버지는 병들어 힘없어 보이는 얇은 입술과 희고 아름다운 이마를 불안에 찬 애정을 담아 관찰했다. 지금 이마에는 양쪽 눈 사이로부터 곧고 가는 주름이 하나 잡혀 있었다. 이 주름은 아플 때 생겨나는 어린애다운 부드러운 주름이어서, 피에르가 다시 건강해지면 완전히 사라질 주름이었다. 피에르는 다시 건강을 되찾아야 한다. 설령 그 애를 버리고 떠나는 것이 몇 갑절이나 마음이 아플지라도 꼭 그래야만 했다. 피에르는 섬세함과 어린아이의 아름다움을 그대로 지니고 계속 성장해야 한다. 비록 그를 보지 못하고 작별의 인사를 나누지 못한다 할지라도, 햇빛을 받으며 자라는 꽃처럼 호흡해야 한다. 피에르는 건강하고, 아름답고, 햇빛처럼 밝은 청년이 되어야 한다. 그래서 아버지의 품성 가운데 가장 부드럽고 가장 순수한 것을 계속 지니고 살아가야 한다.

아이의 침대 곁에 앉아 있는 동안, 페라구트는 그 모든 것을 이겨 내기 위해서는 얼마나 많은 고뇌를 맛봐야 할지 예감하기 시작했다. 그의 입술은 경련을 일으켰고, 심장은 마음속의 가시와 싸웠다. 하지만 모든 고통과 두려움의 밑바닥 깊은 곳에는 그의 결심이 굳세게, 그리고 무엇으로도 허물어지지 않게 버티고 있음을 느꼈다. 이미 자리를 잡은 확고부동한 그 결심은, 어떤 고통이나 사랑으로도 움직일 수 없었다. 그러나 이 마지막 순간을 체험하고, 그 어떤 괴로움도 피하지 않을 수 있을지 의심스러웠다. 그는 물론 이 고통의 잔을 마지막 한 방울까지 마실 마음의 준비를 갖추었다. 이 어두운 문을 통과해야만 삶으로의 길로 이어지리라는 사실을 이 며칠 동안 분명히 깨달았기 때문이었다. 만약 그가 비겁하게 도망쳐서 괴로움을 외면해 버린다면, 그 진창과 독을 저편까지 가지고 갈 것이며, 결코 순수하고 성스러운 자유에 이르지 못할 것이다. 그가 그렇게도 갈망했고, 어떠한 고통도 감수할 각오가 되어 있던 그 자유 말이다.

그는 이제 우선, 의사를 만나 봐야 했다. 그는 일어나 피에르에게 다정하게 고개를 끄덕이고는 밖으로 나갔다. 알베르트에게 마차를 몰게 하는 것이 좋겠다는 생각이 떠올라, 그의 방을 찾아갔다. 올여름 들어 처음으로 들어가 보는 방이었다. 그는 힘차게 노크를 했다.

"들어오세요!"

알베르트는 창가에 앉아 책을 읽고 있었다. 그는 얼른 일어나 놀란 듯 아버지를 맞았다.

"알베르트, 작은 부탁이 하나 있단다. 나를 마차로 시내까지 급히 데려다줄 수 있겠니? 괜찮다고? 고맙구나. 정말 잘됐어. 그렇다면 얼른 말을 준비하거라. 서둘러야 한다. 담배 한 대 피우지 않겠니?"

"아녜요, 됐습니다. 얼른 말을 보러 갈게요."

곧 그들은 마차에 올랐다. 알베르트는 마부석에 앉아 말을 몰았다. 시내에 이르러 한 모퉁이에 마차를 세우고 헤어질 때, 페라구트는 아들의 솜씨를 인정하며 칭찬의 말을 했다.

"고맙구나. 그런데 너 많이 늘었구나. 말 다루는 솜씨가 여간이 아니야. 자, 안녕. 나중에 돌아갈 때는 걸어가마."

그는 뜨거운 거리를 서둘러 걸었다. 의사는 조용하고 아늑한 곳에 살고 있었다. 이런 한낮에는 거리를 서성대는 사람은 거의 찾아볼 수 없었다. 살수차 한 대가 꾸물거리며 지나갔고, 사내아이 둘이 그 뒤를 따라가며 빗줄기처럼 떨어지는 가는 물줄기를 두 손으로 받았다. 그러고는 상기된 얼굴에 서로 물을 튕기며 깔깔거렸다. 1층의 열린 창문을 통해 피아노 연습생의 연주 소리가 단조롭게 들려왔다. 페라구트는 그런 한적한 거리에 대해 깊은 반감을 가지고 있었다. 특히 여름에 그러했다. 그런 거리는 시가지의 싸구려 하숙집에서 지낸 젊은 시절을 연상시키기 때문이었다. 계단에서는 커피와 케이크 냄새가 나고, 지붕 밑 다락방 창문, 양탄자를 터는 방망이, 매력이라고는 없는 우스꽝스럽게 작은 정원 등이 내려다보이는 그런 싸구려 하숙집이었다.

복도에 들어서니 커다란 금빛 액자 속의 그림들과 양탄자 사이로 역겨운 병원 냄새가 진동하며 그를 맞아 주었다. 눈처럼 하얗고 긴 간호복을 입은 젊은 아가씨가 그에게서 명함을 받고 대기실로 안내했다. 대기실에는 몇 명의 부인과 소년 하나가 긴 의자에 조용히 앉아 잡지책을 뒤적이고 있었다. 찾아온 이유를 말하자 그녀는 다른 방으로 그를 안내했는데, 그 방에는 의학에 관한 전문 잡지들이 몇 년분씩 커다란 묶음으로 쌓여 있었다. 방안을 제대로 살펴보기도 전에 간호사가 다시 나타나 그를 의사에게 안내했다.

이제 그는 윤이 나도록 깨끗하고 잘 정돈된 방 한복판의 커다란 가죽 의자에 앉게 되었다. 건너편 책상에는 땅딸막한 의사가 당찬 모습으로 앉아 있었다. 천장이 높은 그 방은 고요했다. 유리와 놋쇠로 만든 작고 빛나는 괘종시계만이 맑은 박자 소리를 내며 째깍째깍 돌아가고 있었다.

"네, 댁의 아드님은 상태가 심상치 않습니다. 이미 오래된 것 같은데 그 애에게서 어떤 장애들을 알아채지 못했었나요? 예를 들면 두통, 피로감, 놀이와 그 비슷한 종류를 싫어하는 증세 같은 것 말입니다 ……아주 최근에야 아셨다고요? 전에도 그렇게 신경질적이었던가요? 소음이나 밝은 빛에 대해서는 어땠습니까? 냄새에 대해서는요? ……아, 그래요? 아틀리에의 물감 냄새를 싫어했었군요! 네, 그건 다른 사람의 경우와도 일치합니다."

의사는 여러 가지를 물었다. 페라구트는 가볍게 마취를 당한 듯 대답했다. 즉 정중하면서도 나무랄 데 없이 빈틈없는 의사의 말솜씨에 대해, 불안에 가깝도록 정신을 집중하고 또 은밀히 감탄하며 대답했던 것이다.

그런 다음 의사의 질문은 서서히 세부적인 부분으로 옮겨 가

다가, 마침내 긴 침묵으로 이어졌다. 방 안에는 구름이 낀 듯 적막이 감돌았다. 조그만 괘종시계의 교태를 부리는 듯한 초침 소리만이 그 적막을 깨뜨리고 있었다.

페라구트는 이마의 땀을 닦았다. 이제 진실을 알 시간이 되었음을 깨달았다. 의사가 바위처럼 버티고 앉아 침묵을 지키고 있었기 때문에, 그는 고통스러운 나머지 온몸이 마비될 지경이었다. 그는 셔츠 칼라 때문에 목이 조이는 것 같아서 고개를 몇 번 돌리고서 마침내 이렇게 물었다. "아이의 병세가 그렇게 안 좋습니까?"

의사는 고개를 들었다. 피곤하여 누렇게 뜬 얼굴에 창백한 시선으로 그를 바라보면서 고개를 끄덕였다.

"네, 유감스럽습니다만, 아드님의 상태가 좋지 않습니다. 페라구트 씨."

의사는 그에게서 눈을 떼지 않았다. 화가의 얼굴이 창백해지면서 두 손이 축 늘어지는 모습을 의사는 기다렸다는 듯 주의 깊게 관찰했다. 뼈대가 굵어 야무진 얼굴은 힘을 잃고, 입은 예리한 탄력을 잃어버리고, 눈에서 초점이 사라지는 광경을 지켜보았다. 의사는 그의 입술이 일그러져 가볍게 경련을 일으키는 것도 보았고, 실신 상태인 것처럼 가라앉고 있는 눈꺼풀도 보았다. 의사는 관찰하며 기다렸다. 잠시 후 화가의 입은 탄력을 되찾고, 눈에는 새로운 의지가 살아났다. 다만 창백해진 얼굴만은 그대로였다. 의사는 이제 화가가 자기 말을 들을 준비가 되었음을 알았다.

"무슨 병입니까, 선생님? 감출 필요가 없습니다. 숨기지 말고 말씀해 주십시오. 피에르가 설마 죽게 되리라고 생각하지는 않으시겠지요?"

의사는 자기가 앉은 의자를 좀 더 가까이 끌고 왔다. 그는 아주 조용히, 그러나 날카롭고 분명하게 말했다.

"누구도 확실하게 말할 수는 없습니다. 그러나 제가 잘못 생각한 게 아니라면, 꼬마의 병세는 아주 위험합니다."

페라구트는 의사의 눈을 들여다보았다.

"그 앤 죽는 겁니까? 당신도 우리 애가 죽게 될 거라고 생각하시는지, 그걸 알고 싶습니다. 아시겠습니까, 저는 그걸 알고 싶습니다."

화가는 자기도 모르게 일어나 협박이라도 하듯 한 걸음 앞으로 걸어 나갔다. 의사는 상대방의 팔에 손을 얹었다. 페라구트는 움찔하며 부끄러운 듯 바로 다시 의자에 털썩 주저앉았다.

"그런 이야기를 해봤자 아무 의미가 없습니다." 의사가 다시 말을 시작했다. "죽음과 삶은 우리들이 결정할 일이 아닙니다. 우리 의사들도 그런 점에 있어서 매일매일 놀란답니다. 우리들로서는 환자가 아직 숨을 쉬고 있는 한, 그 환자에게 희망을 가져야 합니다. 아시겠습니까? 그 밖에 무슨 수가 있겠습니까!"

페라구트는 참을성 있게 고개를 끄덕이면서 물었다. "그런데, 대체 무슨 병입니까?"

의사는 짧게 기침을 했다.

"제 생각이 틀리지 않는다면, 뇌막염입니다."

페라구트는 조용히 앉은 채 그 말을 되풀이했다. 뇌막염, 뇌막염…… 그런 다음 자리에서 일어서며 의사에게 손을 내밀었다.

"네, 뇌막염이었군요." 그는 아주 천천히 조심스럽게 말했다. 입이 찬 것에 닿은 듯 경련이 일어났기 때문이다. "대체 고칠 수는 있는 겁니까?"

"고칠 수 없는 병은 없습니다, 페라구트 씨. 가벼운 치통으로 2, 3일 만에 죽는 사람도 있고, 온갖 합병증을 보이는 중환자가 거뜬히 낫는 경우도 있습니다."

"네, 네, 살아나는 수도 있군요. 이만 가봐야겠습니다, 선생님. 저 때문에 여러모로 수고가 많으셨습니다. 하지만 뇌막염은 불치병이 아니던가요?"

"이보세요, 페라구트 씨……"

"용서하십시오. 선생님께서는 이 뇌…… 뇌막염인지 뭔지 하는 병에 걸린 아이들을 고쳐 본 적이 있습니까? 그렇다고요? 그런 아이들이 아직 살아 있습니까?"

의사는 말이 없었다.

"혹시 그 가운데 두세 명이라도 살아났겠지요? 아니면 단 한 명이라도?"

의사는 여전히 대답이 없었다.

의사는 언짢은 듯 책상으로 몸을 돌려 서랍을 열었다.

"그렇게 낙담해서 희망을 버려서는 안 됩니다!" 그는 말투를 바꾸어 말했다. "댁의 아드님이 회복할지 어떨지 우리는 모릅니다. 그 애는 분명 위험에 처해 있고, 우리는 할 수 있는 한 그를 도와야 합니다. 아시겠습니까? 선생님도 함께 말입니다. 제겐 선생님이 필요합니다. ……저녁에 제가 선생님 댁에 다시 들르겠습니다. 만약의 경우를 대비해서 여기 수면제를 드리겠습니다. 혹시 선생님께 필요할지도 모르니까요. 이제 제 말을 들으십시오. 아이는 최대한의 안정을 취해야 하고, 가능한 한 영양이 풍부한 음식을 먹이십시오. 그게 가장 중요합니다. 반드시 유념해 주십시오."

"물론입니다. 명심하겠습니다."

"아이가 통증이 심하거나 몹시 불안해 하거든, 미지근한 물에 목욕을 시키거나 수건으로 찜질을 해주십시오. 얼음주머니는 갖고 계시겠지요? 나중에 제가 하나 갖고 가겠습니다. 얼음은 있겠지요? 그럼, 좋습니다. 우리 희망을 가집시다. 페라구트 씨! 우리들 중 단 한 명이라도 용기를 잃어서는 안 됩니다. 모두가 제자리를 지켜야 합니다. 그렇지 않습니까?"

그는 페라구트의 태도에서 신뢰감을 발견하고 문밖까지 배웅해 주었다.

"제 마차를 쓰시겠습니까? 저는 5시에나 필요하니까요."

"고맙습니다만, 저는 걸어서 가겠습니다."

페라구트는 내리막인 거리를 걸었다. 종전과 마찬가지로 텅 빈 거리였다. 예의 1층의 열린 창문으로는 여전히 연습생의 듣기 싫은 피아노 소리가 흘러나왔다. 시계를 보았다. 겨우 반 시간이 지났을 뿐이었다. 그는 천천히 계속 걸었다. 이 거리 저 거리, 그러다 시내의 절반 정도를 빙 돌았다. 시내를 떠나는 것이 두려웠다. 약 냄새와 질병이 있고, 궁핍과 불안과 죽음이 도사리고 있는 이 거리, 허름하고 가난한 집들이 다닥다닥 붙어 있는 이 거리, 그 안에는 황량한 수많은 골목길들이 기쁨도 없이 모든 어려움을 함께 나누고 있었다. 여기서는 혼자가 아니었다. 그러나 저 바깥, 풀 베는 소리와 귀뚜라미 울음소리만 들리는 로스할데의 나무와 맑은 하늘 아래서는, 무엇을 생각해도 훨씬 더 끔찍하고, 더 무의미하고, 더 절망적일 것 같았다.

페라구트가 지친 몸을 이끌고 먼지투성이가 되어 집으로 돌아온 것은 저녁때였다. 의사는 이미 먼저 와 있었다. 하지만 아델레 부인은 침착했다. 아직 아무것도 모르는 것 같았다.

저녁 식사를 하는 동안, 페라구트는 알베르트와 말에 관한 이야기를 했다. 화가는 줄곧 이야기가 될 만한 대상을 찾았고, 알베르트도 일일이 맞장구를 쳤다. 저들은 화가가 무척 지쳐 있다는 것을 알았을 뿐, 그 밖의 일은 눈치채지 못하고 있었다. 페라구트는 거의 비아냥 섞인 분노를 느끼며 계속 이렇게 생각했다. '나는 지금 죽음을 보고 있는데, 저들은 아무것도 모르다니! 저것이 나의 아내요, 나의 아들이다! 그리고 피에르는 죽어 가고 있다!' 그는 아무도 관심 갖지 않는 이야기를 굳은 혀로 지껄이면서, 슬픔이 온몸을 순환하듯 그렇게 생각했다. 그러는 한편 이런 생각도 떠올랐다. '그래, 이게 옳아. 혼자서 고통의 쓴잔을 마시겠어. 마지막 한 방울까지. 여기 앉아 통곡하면서 나의 불쌍한 아들이 죽어 가는 모습을 지켜보겠어. 그런 뒤에도 내가 살아남는다면, 이제 무엇도 나를 속박하지 못하리라. 그리고 무엇도 나를 괴롭힐 수 없으리라. 그때에는 난 이곳을 떠나리라. 평생 더 이상의 거짓말은 하지 않으리라. 더 이상 사랑이라는 것을 믿지 않을 것이며, 더는 방관하거나 비겁하지 않으리라…… 그때는 다만 삶, 행위, 향상만을 생각하고, 안식과 타성은 내게서는 다시는 없으리라.'

우울한 쾌감 속에서 그는 가슴속에 괴로움의 불길이 타오르는 것을 느꼈다. 난폭하고 참을 수 없었지만, 순수하고 거대한 고통이었다. 그는 지금껏 그렇게 느껴 본 적은 없었다. 이 신성한 불꽃 앞에서 그는 왜소하고, 불행하고, 부정직하고, 왜곡된 자기 삶이 무가치하게 꺼져 가는 광경을 보았다. 생각할 가치도, 비난할 가치도 없는 삶이었다.

그는 이렇게 저녁 시간을 어둑어둑한 병실에서 아이 옆에 앉아서 보냈다. 이렇게 가슴이 타는 불면의 밤을, 갈기갈기 찢는 괴로움에 몸을 맡긴 채 누워 있었다. 그 불꽃이 우리 몸의 마지막 힘줄까지 갉아먹고 깨끗이 태워 버리는 것 외에는 더 이상 무엇도 탐하거나 바라지 않았다. 그는 알고 있었다. 그것이 필연이며, 그렇게 될 수밖에 없다는 것을. 또 그는 알고 있었다. 그가 갖고 있는 가장 사랑스러운 것, 가장 좋은 것, 가장 순수한 것을 이제 포기하고, 그것이 죽어 가는 모습을 지켜볼 수밖에 없다는 것을.

# 제16장

피에르의 병세는 악화되었다. 아버지는 거의 하루 종일 환자 곁에 앉아 있었다. 소년은 줄곧 두통으로 시달렸고, 호흡은 가쁘고, 숨을 쉴 때마다 불안한 신음 소리가 조그맣게 흘러나왔다. 이따금 비척 마른 그 어린 육체가 짧게 경련을 일으키며 떨거나 활 모양으로 굽어지기도 했다. 그러고서 다시 오랫동안 꼼짝도 않고 누워 있다가, 결국에는 발작적으로 하품을 했다. 그런 뒤 1시간쯤 잠이 들었고, 다시 깨어난 후에는 숨을 쉴 때마다 예의 규칙적이고 고통스러운 신음 소리를 냈다.

꼬마는 누가 뭐라고 해도 듣지 않았다. 거의 강제로 일으켜 놓고 밥을 먹이면, 기계적인 동작으로 그저 받아먹을 뿐이었다. 커튼이 짙게 드리워 방 안은 항상 희미했다. 그 흐릿한 빛 속에서 페라구트는 아이에게 몸을 굽혀 오래도록 주의 깊게 앉아 있었으며, 귀엽고 정다운 소년의 얼굴에서 사랑스럽고 천진한 표정이 점점 사라져 가는 모습을 얼어붙는 가슴을 안고 지켜보았다. 이제 어린아이답지 않은 창백한 조로老의 얼굴만이 남아 있었다. 고통과 구역질과 깊디깊은 공포만이 서려 있는 단순한 표정을 한, 비밀스러운 고통의 가면이었다.

이따금 아버지는 그 일그러진 얼굴이 잠든 순간에는 부드러워지는 것을 보았고, 또 지금은 잃어버린, 건강했던 나날에 간직했던 매력의 낌새를 되찾는 모습을 보았다. 그럴 때면 굶주린 애정을 갖고서, 이 죽어 가는 귀여운 모습을 다시 한 번 가슴속에 아로새기며 미동도 없이 지켜보았다. 페라구트는 일생 동안 사랑이 무엇인지 알지 못했다는 생각이 들었다. 그렇게 눈을 부릅뜨고 아들을 응시하고 있는 이 순간에도 마찬가지였다.

아델레 부인은 며칠 동안 아무것도 눈치채지 못했다. 하지만 점차, 남편이 자주 긴장하고 이상하게 흥분하는 것을 감지하고 마침내 의심을 품게 되었다. 다시 며칠이 지난 뒤 그녀는 비로소 사태가 심상치 않음을 예감하기 시작했다. 그래서 어느 날 저녁 피에르의 방을 나오는 남편을 한쪽 옆으로 끌고 가, 걱정과 비통함이 섞인 음성으로 짤막하게 물어보았다. "피에르에게 무슨 일이 있는 건가요? 병명이 뭐죠? 당신은 무언가 알고 있는 것 같은데요."

그는 방심한 상태에서 한 대 맞은 듯한 표정으로 그녀를 바라보며, 간단히 이렇게 말했다. "나도 모르오, 여보. 그 애는 몹시 아픈 거요. 당신도 알잖소?"

"저도 알아요. 하지만 무슨 병을 앓고 있는지 알고 싶어요! 당신과 의사 선생님은 그 애를 마치 중환자처럼 취급하고 있어요. 의사 선생님이 뭐라고 하던가요?"

"아이의 상태가 좋지 않으니까, 우리 모두가 그 앨 잘 보살펴야 한다고 내게 말했소. 그 가엾은 아이의 머릿속에 일종의 염증이 생겼다는 거요. 내일 의사한테 가서 더 자세한 걸 말해 달라고 부탁합시다."

아내는 책장에 몸을 기대고, 한 손으로 푸른 커튼의 주름을 움켜잡았다. 그녀가 침묵하고 있는 동안, 페라구트는 인내하며 서 있었다. 얼굴은 창백해졌고, 두 눈은 충혈된 것처럼 보였다. 그는 양손을 가볍게 떨고 있었지만, 감정을 억제하며 서서 일종의 미소를 지어 보였다. 체념과 인내와 정중함이 뒤섞인 이상한 표정의 미소였다.

아내는 천천히 남편에게 다가갔다. 그녀는 손을 그의 팔 위에 올려놓았고, 무릎에 힘이 빠진 것 같았다. 그녀는 아주 나지막한 소리로 속삭였다. "그 애가 죽을 거라고 생각하나요?"

페라구트의 입가에는 여전히 바보 같은 미소가 약하게 서려 있었으나, 얼굴에는 눈물이 두 볼을 타고 주르르 흘러내렸다. 그는 그저 힘없이 고개를 끄덕였다. 그리고 아내가 몸을 지탱하지 못하고 그에게 쓰러졌기 때문에, 그는 아내를 붙잡아 안락의자에 앉혔다.

"물론 확실히 알 수는 없소." 그는 진부해져 버린 이 케케묵은 옛날의 교훈을 되풀이하듯, 천천히 그리고 아주 힘들게 말했다.

"용기를 잃어선 안 되오."

"용기를 잃어선 안 되오." 잠시 후 아내가 기운을 차리고 일어나 앉았을 때, 그는 그 말을 기계적으로 반복했다.

"네," 그녀가 말했다. "그래요. 당신 말이 옳아요." 아내는 그렇게 말한 뒤 잠시 쉬었다가 다시 말을 이었다. "그럴 순 없어요, 그럴 순 없어요."

그러다 갑자기 그녀는 똑바로 일어섰다. 눈에 생기가 돌면서 이해와 슬픔이 뒤섞인 표정을 지었다.

"그렇지 않아요?" 그녀는 큰 소리로 말했다. "당신은 돌아오지 않을 거지요? 다 알아요. 우리들을 버릴 작정이지요?"

그는 어떠한 거짓말도 허용되지 않는 순간이 왔음을 직감했다. 그래서 억양이 없는 톤으로 간단히 말했다. "그렇소."

그녀는 머리를 이리저리 흔들었다. 자기는 이렇게 끝낼 수 없으니 좀 더 심사숙고해야겠다는 표시인 것처럼 말이다. 하지만 그녀가 지금 한 말은 심사숙고해서 나온 말이 아니었다. 슬프고 절망적인 강박감에서, 기진맥진한 피로감에서, 무엇보다 무언가를 보상해 주고 싶은 막연한 욕구에서, 또 도움을 구하려는 사람에게 선행을 베풀고 싶다는 막연한 욕구에서 완전히 무의식 중에 나온 말이었다.

"그렇군요." 그녀는 말했다. "그러리라 생각했어요. 하지만 제 말을 들어 보세요. 요한, 피에르는 죽으면 안 돼요! 모든 것이 지금 갑자기 파멸해 버리면 안 돼요! 당신도 알죠? 당신에게 말해 두고 싶어요. 그 애가 다시 건강해지거든, 당신이 그 아이를 맡으세요. 듣고 계세요? 그 애를 당신 곁에 두고 키우세요."

페라구트는 얼른 알아듣지 못했으나, 아주 서서히 그녀의 말이 분명해졌다. 그녀와 다투어 온 그것, 수년간 그 때문에 망설이고 괴로워해 왔던 일이, 그것이 이제야, 때늦어 버린 지금에 와서야, 허락된 것이다.

그녀가 그렇게 오래도록 거절해 왔던 것을 이제야 갑자기 갖게 되었다는 사실뿐만 아니라, 피에르가 죽음에 직면한 바로 그 순간에 그의 소유가 되어도 좋다는 건, 그에게는 더할 나위 없이 무의미해 보였다. 그렇다면 피에르는 그에게서 두 번 죽는 게 아닌가! 어이없고 미칠 노릇이었다. 우스꽝스러운 일이었다. 너무나 괴기스럽고 어처구니가 없어서, 그는 정말로 쓰라린 웃음을 터뜨릴 뻔했다.

그러나 그녀는 의심의 여지 없이 진지하게 생각하고 있었다. 그녀는 아직, 피에르가 죽으리라고는 생각하지 않는 듯했다. 선의에서 나온, 그녀로서는 무시무시한 희생인 셈이었다. 즉 고통에 가득 찬 혼란의 순간에, 암울하지만 선량한 마음이 움직여 비롯된 무서운 자기희생이었던 것이다. 그는 보았다. 그녀가 얼마나 괴로워하는지, 얼마나 얼굴이 창백한지, 그리고 서 있는 것조차 얼마나 힘들어 하는지를 말이다. 그는 그녀의 희생, 그녀의 때늦은 기이한 아량을 너무도 비웃고 싶었지만, 그러한 감정을 나타내면 안 되었다.

그녀는 의아한 표정으로 그의 대답을 기다리기 시작했다. 왜 그는 아무 말도 하지 않는 것일까? 그녀의 말을 믿지 않는 것일까? 아니면 그가 그녀에게서는 아무것도 받아들일 수 없을 만큼 그렇게 낯선 사람이 되었다는 것일까? 그녀가 베풀 수 있는 이 크나큰 희생조차도 받아들일 수 없을 만큼 말이다.

그녀는 실망한 나머지 이미 얼굴에 경련이 일기 시작했다. 그제야 그는 자제력을 되찾았다. 그는 그녀의 손을 잡고, 허리를 굽혀 차가운 입술에 가볍게 입을 맞추며 말했다.

"고맙소."

그때 어떤 생각이 떠올라 그는 좀 더 따뜻한 목소리로 덧붙였다. "이젠 나도 피에르를 돌보면 좋겠구려. 오늘밤에는 내가 그 애 곁을 지키게 해주시오!"

"우리 교대하도록 해요." 그녀는 단호하게 말했다.

피에르는 그날 밤 매우 평온했다. 테이블 위에는 조그만 등불이 켜 있었다. 그 희미한 불빛은 작은 방 전체를 비추지 못하고 문간쯤에서 희미하게 스러지고 있었다. 페라구트는 아들의 숨소리에 오랫동안 귀를 기울였다. 그런 다음 아까 들여다 놓은 좁은 안락의자 위에 몸을 눕혔다.

한밤중, 대략 2시쯤에 아델레 부인이 잠에서 깨어 불을 켜고 일어났다. 촛불을 손에 들고 그녀는 잠옷 차림으로 피에르에게 건너왔다. 모든 것이 고요했다. 피에르는 불빛이 얼굴에 닿자 속 눈썹을 약간 파르르 떨었으나 잠에서 깨지는 않았다. 그리고 좁은 안락의자 위에는 남편이 옷을 입은 채 약간 몸을 웅크리고 자고 있었다.

그녀는 남편의 얼굴에도 촛불을 비춰 보며 잠시 그의 곁에 서 있었다. 그녀는 남편의 꾸밈없는 얼굴을 들여다보았다. 무수한 주름살에 희끗희끗한 머리카락, 두 뺨은 축 처지고, 두 눈은 퀭하니 들어가 있었다.

'그도 역시 늙었구나.' 그녀는 생각했다. 연민도 만족도 아닌 야릇한 감정이 들었다. 그리고 흐트러진 남편의 머리카락을 쓰다듬어 주고 싶기도 했다. 그러나 그녀는 그렇게 하지 않았다. 그녀는 소리가 들리지 않도록 조심조심 밖으로 나왔다. 몇 시간 후 아침이 되어 다시 갔을 때, 남편은 이미 깨어나 피에르의 침대 옆에 긴장한 채 앉아 있었다. 인사하는 그의 입과 시선에는 다시금 그 어떤 알지 못할 힘과 결의가 넘치고 있었다. 며칠 전부터 그를 갑옷처럼 무장시키고 있는 그런 힘과 결의였다.

피에르한테는 오늘도 좋지 않은 날이었다. 그는 오래 잠을 자고는 눈을 뜬 채 멍한 시선으로 누워 있었다. 그러다가 결국 새로운 통증이 밀려왔다. 소년은 미친 듯이 침대 위를 뒹굴었고, 조그마한 주먹을 불끈 쥐고 두 눈을 눌러 댔다. 얼굴은 죽은 사람처럼 금방 하얘지기도 하고, 금방 새빨갛게 달아오르기도 했다. 그런 다음 참을 수 없는 고통에 저항하느라 발악하며 소리를 지르기 시작했다. 너무나 오래, 너무나 비참하게 부르짖어서, 아버지는 결국 얼굴이 창백해지고 압도되어 밖으로 나가 버렸다. 도저히 더 이상 들을 수 없었기 때문이었다.

그는 의사를 불렀다. 의사는 오늘 두 번이나 왔었는데, 저녁때에는 간호사를 데리고 왔다. 저녁 무렵에 피에르는 의식을 잃었다. 간호사를 침대에서 자도록 보내고, 아버지와 어머니는 마지막이 얼마 남지 않았다는 느낌을 받아서 온밤을 지새웠다. 소년은 움직이지 않았다. 호흡은 불규칙했지만 아직은 힘이 있었다.

페라구트와 그의 아내는 그 옛날 알베르트가 몹시 아팠을 때 함께 간호하던 시절을 생각했다. 그리고 그렇게 소중한 경험은 다시는 되풀이될 수 없음을 두 사람은 함께 느꼈다. 약간 피곤했지만 두 사람은 환자의 침대 너머로 속삭이듯 다정하게 이야기를 나누었다. 하지만 과거에 관한 이야기, 지난날에 관한 이야기는 한마디도 하지 않았다. 병세와 상황도 당시와 유사하여 그들의 마음은 스산했다. 그때도 바로 지금처럼 병든 아이를 지켜보면서 함께 밤을 새우고 함께 괴로워했었다. 하지만 지금 그들 자신은 그와 같은 사람들이 아니었으며, 심지어 서로 다른 사람이 되어 버렸다.

알베르트는 그동안, 집 안을 짓누르는 고요한 불안과 걱정 때문에 잠을 제대로 이룰 수가 없었다. 알베르트는 한밤중에 옷을 대충 걸치고 발소리를 죽이며 문간에 나타났다. 그리고 흥분된 속삭임으로 무엇이든 도울 일이 없겠느냐고 물었다.

"고맙구나." 페라구트가 말했다. "하지만 할 일이 없구나. 가서 자거라. 건강에 주의하고!"

알베르트가 돌아가자 화가는 아내에게 부탁했다. "잠시 큰애에게 가서 그 애를 좀 위로해 주도록 해요."

그녀는 기꺼이 그렇게 했다. 그녀는 그런 생각을 했다는 데에서 남편의 다정함을 느꼈다.

동틀 무렵이 되어서야 그녀는 남편의 권고에 따라 잠자리에 들었다. 날이 밝자 간호사가 와서 그와 교대했다. 피에르의 상태에는 변화가 없었다.

페라구트는 망설이며 정원을 거닐었다. 여전히 자고 싶은 생각은 없었다. 그러나 타는 듯한 눈과 피부에서 느껴지는 노곤함이 그에게 경고를 했다. 그래서 호수에서 목욕을 하고 로베르트에게 커피를 청했다. 그런 다음 아틀리에로 가서 숲에서 그린 습작을 살펴보았다. 그림은 신선하고 참신했으나, 원래 그가 원하던 그림은 아니었다. 그리고 이제 그가 계획했던 그림도 끝나 버렸고, 로스할데에서 그림 그리는 일도 모두 끝나 버린 것이다.

# 제17장

며칠이 경과된 뒤에도 피에르의 병세는 아무런 변함이 없었다. 하루에 한두 번씩 경련과 고통스러운 발작이 일어났지만, 그 밖에는 혼미한 상태로 누워 있었는데, 거의 반수면의 비몽사몽 상태였다. 그사이 뇌우가 자주 내리더니 따뜻했던 날씨가 한풀 꺾였고 이제 제법 서늘해졌다. 가늘게 내리는 빗줄기 속에서 정원과 그 주변 세계는 풍족했던 여름의 광채를 잃고 말았다.

페라구트는 정말 오랜만에 자신의 침대에 누워 몇 시간 동안 깊이 잠잘 수 있었다. 열린 창가에서 옷을 갈아입는 지금에야 으스스한 냉기를 느꼈다. 지난 며칠 동안 마치 열병에 걸린 것처럼 노곤하게 지내 왔었다. 그는 창밖으로 몸을 내밀었고, 냉기로 가볍게 몸을 떨면서도 동터 오는 새벽의, 비 올 것처럼 뿌연 공기를 깊이 들이마셨다. 촉촉한 대지와 다가오는 가을 냄새를 맡았다. 지나칠 정도로 섬세한 감각으로 계절의 특징을 감지하는 데 익숙한 그였으나, 그해 여름은 미처 느끼기도 전에 거의 흔적도 없이 사라졌다는 사실을 깨닫고 깜짝 놀랐다. 며칠 낮, 며칠 밤이 아니라 수개월을 피에르의 병실에서 보낸 것처럼 느껴졌다.

그는 비옷을 걸치고 안채로 건너갔다. 피에르가 일찍 눈을 떴다가 다시 잠들었다는 이야기를 들었다. 그래서 알베르트와 함께 아침 식사를 했다. 큰애도 겉으로 나타내지는 않았으나 피에르의 병이 몹시 마음에 걸려, 우울한 병실의 분위기와 집 안을 짓누르는 무거운 중압감으로 고통을 겪고 있었다.

알베르트가 방으로 숙제를 하러 가자, 페라구트는 아직도 잠자고 있는 피에르의 침대 곁에 가 앉았다. 화가는 요 며칠 동안 차라리 아이를 위해서 빨리 결말이 나기를 바랄 때도 있었다. 아들은 이미 오랫동안 말 한마디 하지 않았고, 너무나 지치고 눈에 띄게 나이 들어 보였다. 마치 스스로가 가망이 없다는 사실을 알고 있는 것 같았다. 그럼에도 불구하고 화가는 한시라도 시간을 헛되이 보내지 않으려 했고, 쾌유에 대한 열렬한 소망을 품고 병상의 자기 자리를 지켰다. 아아, 어린 피에르가 얼마나 자주 자기를 찾아왔던가. 그러나 그는 그림 그리는 데 몰두했거나 근심에 싸여, 아이에게 지치고 무관심한 모습만을 보여 주지 않았던가! 얼마나 자주 멍한 상태로 그 연약한 고사리 손을 무관심하게 잡고 아이의 말에도 제대로 귀를 기울이지 않았던가! 이제는 한없이 소중해진 그 말들을 말이다! 이제는 돌이킬 수가 없었다. 그런데 이제 저 불쌍한 것이 고통 속에 누워 있는 지금, 응석받이가 여리고 순수한 마음으로 홀로 죽음과 맞서고 있는 지금, 불과 며칠 사이에 몸의 마비 증세를 겪어야 하고, 또 질병과 쇠약과 노화와 죽음이 인간의 마음을 놀라게 하고 질식시키며 온갖 고통과 두려운 절망감을 맛보아야 하는 지금, 그는 언제까지나 아들의 곁에 남아 있고 싶었다. 어린것이 그를 필요로 할 때, 하찮은 시중이나마 자신의 애정을 표시할 순간이 닥쳐올 때, 혹시라도 곁에 있지 못해서 한이 남지 않고자 했다.

보라, 과연 그는 그날 아침에 보상을 받지 않았나! 아침에 피에르는 눈을 뜨자 그를 향해 미소를 보이며, 힘은 없으나 다정한 목소리로 말했던 것이다.

"아빠!"

오래도록 그렇게도 듣고 싶었던 목소리, 가늘고 약해지긴 했지만 그를 부르고 그를 알아보는 목소리를 다시 듣게 되자, 화가의 마음은 폭풍처럼 쿵쾅거렸다. 너무나 오랫동안 신음과 고통 속에서 내뱉는 헛소리만 들었기 때문에, 지금은 너무나 기쁜 나머지 기절할 지경이었다.

"피에르, 내 사랑하는 아들!"

그는 정답게 몸을 구부리고 미소를 짓는 그 입술에 키스했다. 피에르는 화가가 다시 보았으면 하고 바랐던 것보다 더 생기 있고 행복해 보였다. 눈은 맑고 의식도 또렷했으며, 양미간의 깊은 주름은 거의 사라지고 없었다.

"애야, 좀 나아졌니?"

꼬마는 미소를 머금고 의아한 듯 아빠를 올려다보았다. 아버지는 아이한테 손을 내밀어 조그마한 손을 꼭 감싸 쥐었다. 결코 억세지 않은 손, 이제는 너무나 작고, 희고, 지쳐 보이는 피에르의 손이었다.

"이제 당장 아침을 먹어야겠구나. 그다음에 얘기를 해주마."

"응, 참제비고깔과 여름새 이야기를 해줘." 피에르가 말했다. 이 아이가 말을 하고 미소를 짓고 다시 그의 아들로 돌아온 것이 아버지에게는 마치 기적 같았다.

그는 아들에게 아침 식사를 가져다주었다. 피에르는 기분 좋게 먹었다. 두 개째의 계란을 권하자 역시 맛있게 먹었다. 식사가 끝나자 아이는 좋아하는 그림책을 달라고 했다. 아버지는 커튼 중의 하나를 조심스럽게 한쪽으로 밀쳤다. 비 오는 날의 파리한 빛이 방 안으로 흘러들었다. 피에르는 일어나 앉아 그림책을 보겠다고 했다. 전혀 통증을 느끼는 것 같지 않았다. 아이는 주의 깊게 몇 페이지를 살펴보다가 좋아하는 그림이 나오자 기쁨의 환성을 지르기도 했다. 그러나 앉아 있었던 탓으로 피곤해 했다. 눈도 다시 약간 아프기 시작했다. 아이는 눕혀 달라면서 아빠에게 시를 몇 구절 읽어 달라고 했다. 특히 약장수 군더만을 찾아서 기어가는 금란초에 대한 시를 청했다.

오 약장수 군더만 씨,

오 고약을 발라 날 좀 낫게 해주오!

보시다시피, 난 잘 걸을 수 없나니,

온몸 구석구석 모두 아프다오!


페라구트는 될 수 있는 한 신선하고 익살맞게 읽으려고 무진
애를 썼다. 피에르는 고맙다며 웃어 주었다. 그러나 이 시구는 그
동안 듣지 못한 사이에, 마치 피에르가 몇 살 더 나이를 먹기라
도 한 것처럼 예전만큼의 매력을 발산하지는 못하는 듯했다. 그
림과 시구는 분명 밝게 웃던 지난날의 즐거웠던 순간들을 떠올
리게 했지만, 이전의 그 기쁨과 넘쳐 나는 열망은 다시 찾아오지
않았다. 소년은 자기도 모르는 사이에 며칠, 몇 주 전만 해도 현
실로 존재했던 유년 시절을 이미 어른과 같은 동경과 슬픔을 안
고 건너다보게 된 것이었다. 그는 더 이상 어린애가 아니었다. 그
는 환자였다. 현실의 세계에서 일탈한 환자였고, 영혼으로 다가오
는 죽음을 이미 주위 여기저기에서 불안하게 느끼고 있는 환자
였다.

그렇지만 소름끼치던 며칠을 보낸 오늘 아침은 빛과 행복으로
가득 찼다. 피에르는 조용했고 감사해 했다. 페라구트는 내심의
우려와는 달리 점차 혹시나 하는 희망으로 가슴이 설레었다. 소
년이 회복되어 그의 곁에 남는 것이 최종으로는 가능하리라! 그
렇게 되면 그 아이는 자신의 소유가 되는 것이었다. 그가 독차지

하게 되는 것이었다!

의사가 와서 한동안 피에르의 침대 옆에 머물렀지만, 질문을 하거나 진찰을 해서 소년을 괴롭히지 않았다. 그제야 간호사와 교대로 밤 시중을 했던 아델레 부인이 나타났다. 그녀는 아들의 병세가 놀랄 만큼 호전된 것을 보고 어쩔 줄 몰라서, 아이의 손을 아프도록 꼭 감싸 쥐었다. 두 눈에 흐르는 눈물을 감추려고도 하지 않았다. 알베르트도 잠시 들어오도록 했다.

"이건 기적 같은 일입니다." 페라구트가 의사에게 말했다. "선생님께서도 놀라지 않으셨나요?"

의사는 고개를 끄덕이며 다정하게 미소를 지었다. 그는 이의를 표하지 않았으나, 지나치게 기쁜 내색도 하지 않았다. 곧 화가는 미심쩍은 생각에 사로잡혔다. 그는 의사의 모든 거동 하나하나를 세밀히 살폈다. 의사가 웃을 때 그의 눈을 보았다. 냉정한 주의력과 억눌린 근심이 가시지 않은 눈이었다. 나중에 화가는 숨어서, 문틈으로 의사와 간호사가 주고받는 대화를 엿듣기도 했다. 비록 거의 알아들을 수는 없었지만, 심각하게 주고받는 속삭임으로 미루어 보아 위험하다는 뜻이 담겨 있으리라 생각했다.

마침내 그는 마차까지 의사를 배웅하면서 마지막 순간에 물었다. "선생님은 병세가 나아졌다는 데 대해 그다지 의미를 두지 않으시나요?"

의사는 뒤돌아보며 침착하고 못생긴 얼굴을 그에게로 향했다.

"가엾은 아드님이 불과 몇 시간이나마 좋은 시간을 갖게 된 것을 기뻐하세요! 그 시간이 오래 지속되기를 바라겠습니다."

의사의 현명한 눈빛 속에서는 희망을 읽어 낼 수가 없었다.

서둘러, 단 한순간이라도 잃지 않기 위해, 화가는 병실로 돌아갔다. 아내가 막 '잠자는 숲 속의 공주' 이야기를 해주고 있었다. 화가는 곁에 앉아서 동화에 귀를 기울이는 아들의 모습을 지켜보았다.

"다른 이야기도 또 해줄까?" 아델레 부인이 물었다.

"됐어." 소년은 약간 피곤하다는 듯 말했다. "나중에요."

엄마는 부엌일을 보러 나가고, 아빠는 아이의 손을 잡았다. 두 사람은 말이 없었다. 피에르는 가끔 미소를 지었다. 아빠가 곁에 있어서 무척 기쁜 것 같았다.

"이제는 아주 좋아질 거야." 페라구트는 아이의 기분을 돋우려고 그렇게 말했다.

피에르는 살짝 얼굴을 붉히고, 아빠의 손 안에서 장난치듯 손가락을 꼼지락거렸다.

"아빠, 아빠는 날 좋아하지, 그렇지?"

"물론이지. 애야, 너는 내 사랑하는 아들이야. 네가 다시 건강해지면 늘 함께 지내도록 하자꾸나."

"응, 아빠…… 그런데, 언젠가 내가 정원에 있었는데, 그때 난 아주 외로웠어요. 아무도 나를 반겨 주지 않았어요. 모두가 나를 좋아해 주었으면 해요. 다시 힘든 일이 생기면, 나를 도와줘야 해요. 아, 그땐 정말 괴로웠어요!"

피에르는 눈을 반쯤 감았다. 너무나 낮은 소리로 말했기 때문에, 페라구트는 말을 알아들으려고 아이의 입에다 귀를 바짝 대야만 했다.

"날 도와줘야 해요. 이제 얌전하게 굴게요. 언제나 그럴 거예요. 야단치시면 안 돼요! 혼내지 않을 거죠, 그렇죠? 알베르트 형한테도 그렇게 말해 주세요."

눈썹이 파르르 떨리며 아이는 다시 눈을 떴다. 하지만 눈빛은 어둡고 동공은 지나치게 컸다.

"자라, 얘야. 이제 그만 자! 너는 지쳤어. 자라, 자라, 푹 자라."

페라구트는 조심스럽게 아이의 눈을 감겨 주며, 피에르가 갓난아기였을 때 종종 그랬던 것처럼 웅얼웅얼 자장가를 불러 주었다. 그러자 소년은 잠이 든 것 같았다.

1시간 후에 간호사가 와서 페라구트에게 식사를 하라고 권하면서 그사이 피에르 곁을 지키려고 했다. 화가는 식당으로 가서 묵묵히 수프를 들었다. 옆에서 말하는 소리도 거의 들리지 않았다. 아들의 불안에 가득한, 다정한 사랑의 속삭임이 달콤하면서도 슬프게 계속 귓전을 울렸다. 아아, 피에르와 수백 번이라도 그렇게 이야기를 나누고, 그 순진무구한 사랑의 신뢰를 느낄 수 있었으련만! 그렇게 하지 못했다니!

그는 물을 따라 마시려고 물병을 향해 기계적으로 손을 내밀었다. 바로 그때 피에르의 방에서 찌르는 듯 날카로운 비명이 크게 들려와, 페라구트의 애처로운 꿈을 송두리째 낚아채고 말았다. 모두가 창백한 얼굴로 자리에서 벌떡 일어났다. 물병이 쓰러졌고, 테이블 위를 구르다가 바닥에 떨어졌다.

페라구트는 단번에 문을 박차고 뛰어나갔다.

"얼음주머니를 좀!" 간호사가 소리를 질렀다.

화가의 귀에는 아무것도 들리지 않았다. 상처에 박힌 칼처럼 그의 의식 속을 난자한, 무섭고 절망적인 비명만이 쟁쟁했다. 그는 쓰러질 듯 침대로 달려갔다.

피에르는 눈처럼 새하얀 얼굴로 입을 흉하게 일그러뜨리며 누워 있었다. 뼈만 앙상한 육체는 미칠 듯한 경련 때문에 비틀려 있었다. 눈은 공포로 이성을 잃고 희번덕거렸다. 갑자기 소년은 다시 한 번 비명을 질렀다. 더욱 난폭하고 울부짖는 비명이었다. 그러고 나서 활처럼 몸을 구부리며 우뚝 섰다. 침대가 흔들릴 정도였다. 소년은 맥없이 쓰러지는가 싶더니 다시금 솟구쳐 일어났다. 소년의 몸은 고통 때문에 긴장되어 굽어지고 합쳐졌다. 마치 화가 난 어린이의 손에 쥐어진 채찍처럼 말이다.

모두가 놀라서 떨며 어찌할 바를 몰랐다. 결국 간호사의 조치로 다시 정상을 되찾았다. 페라구트는 침대 앞에 무릎을 꿇고 앉아 경련을 하는 피에르가 다치지 않도록 애썼다. 그럼에도 철제 침대 모서리를 짚고 있는 꼬마의 오른손에서 피가 났다. 그러고 나서 꼬마는 쓰러지더니 몸을 뒤집었다. 배를 깔고 엎드린 채 베개를 물어뜯으며 규칙적으로 왼발을 사납게 차기 시작했다. 발을 들었다가는 구르는 동작을 하며 다시 떨어뜨리고, 잠시 동안 쉬는 듯 그대로 있다가 다음 순간 똑같은 동작을 되풀이했다. 열 번, 스무 번 그리고 계속해서.

여자들은 수건 찜질을 하느라 분주했다. 알베르트는 병실 밖으로 내보내졌다. 페라구트는 여전히 무릎을 꿇고 앉아, 아들의 발이 이불 밑에서 규칙적으로 올랐다가 뻗었다가 내려가는 모습을 지켜보았다. 여기에 그의 아들이 누워 있었다. 1시간 전만 해도 그 미소가 태양처럼 빛났고, 칭얼거리던 귀여운 목소리가 여전히 그의 가슴 깊은 곳까지 흔들어 놓던 그 아이가 말이다. 그 아이가 여기 누워 있었다. 그 아이는 이제 기계적으로 경련을 일으키는 육체에 지나지 않았고, 고통과 비탄의 절망적인 꾸러미에 불과했다.

"우리들이 곁에 있어!" 화가는 절망적으로 외쳤다. "피에르, 아가야, 우리가 곁에서 너를 돕고 있단다."

그러나 화가의 입술로부터 소년의 영혼에 이르는 길은 더는 이어지지 않았다. 모든 간절한 위로와 다정하지만 무의미한 속삭임은 죽어 가는 자의 무서운 고독에까지는 이르지 못했다. 아이는 저 머나먼 다른 세계에 가 있었다. 목말라 애태우며 고통과 죽음의 골짜기를 헤매고 있었다. 어쩌면 아이는 지금 스스로를 향해 울부짖고 있는지도 몰랐다. 무릎을 꿇고 앉아 아이를 돕기 위해서라면 어떤 고통도 감수하겠다는 그 사람을 향해서 말이다.

그것이 마지막이라는 것을 누구나 알고 있었다. 그들을 놀라게 하고, 동물과 같은 처절한 고통에 시달리며 질렀던 그 최초의 비명이 있은 뒤부터 그 집의 모든 문지방, 모든 창문들마다 죽음이 서려 있었다. 어느 누구도 죽음에 대해 이야기하지는 않았지만, 모두들 그것을 인정하고 있었다. 알베르트도, 아래층 하녀들도, 심지어 비 오는 자갈길 위를 안절부절 서성이며 때때로 불안하게 낑낑거리는 개까지도, 모두가 알고 있었다. 비록 물을 끓이고 얼음찜질을 해주며 부산을 떨어도, 그것은 이미 싸움이 아니었다. 더 이상 희망은 없었다.

피에르는 의식을 되찾지 못했다. 오한이 드는 듯 전신을 부들부들 떨다가, 이따금 약하고 괴상한 비명을 질렀다. 녹초가 되어 휴식 상태에 빠졌다가는, 다시금 발을 쳐들었다가 내려뜨리는 동작을 시계처럼 정확하게 되풀이했다.

그렇게 오후가 지나고, 저녁때가 지나고, 마침내 밤도 지나갔다. 마침내 이른 새벽에 이 어린 투사는 힘을 잃고 적에게 항복하고 말았다. 그때 부모는 꼬박 밤을 새운 얼굴로 침대를 사이에 두고 말없이 서로 마주 바라보았다. 요한 페라구트는 피에르의 가슴에 손을 얹었다. 이미 심장의 고동을 느낄 수 없었다. 그는 아이의 앙상한 가슴이 차가워지다가 이윽고 싸늘하게 식어 버릴 때까지 그 위에 계속 손을 얹고 있었다.

그러고 나서 그는, 두 손을 깍지 끼고 서 있는 아델레 부인의 손을 부드럽게 어루만지며 속삭였다. "다 끝났소." 그는 아내를 부축해 밖으로 데리고 나갔고, 흐느끼는 아내의 울음소리를 들었다. 아내를 간호사에게 맡기고, 알베르트가 깨어 있는지 방문

앞에 귀를 기울였다. 그러고서 그는 피에르에게로 다시 돌아와 죽은 피에르를 반듯하게 눕혔다. 그러는 동안 화가는 자신의 생명이 반쯤 죽어서 정지해 버린 느낌이었다.

그는 침착하게 해야 할 일들을 다 했다. 마침내 죽은 아들을 간호사에게 맡기고 잠깐 동안 깊은 잠에 빠져들었다. 완전히 밝아진 햇살이 방 안의 창으로 비쳐 들었을 때, 그는 깨어났다. 그는 바로 일어나, 로스할데에서 하려고 했던 마지막 일에 착수했다. 우선 피에르의 침실로 들어가 커튼을 열어젖히고 서늘한 가을 햇살이 귀여운 아이의 작고 하얀 얼굴과 굳어 버린 두 손 위를 비추도록 했다. 그런 다음 침대 곁에 앉아 스케치북을 펼쳐 들고, 마지막으로 아들의 얼굴을 그렸다. 그가 그렇게도 자주 관찰해 왔고, 갓난아이 때부터 성장하는 내내 익히 잘 알아 왔고 사랑했던 얼굴, 이제는 죽어서 성숙하고 단순해진 얼굴, 하지만 여전히 이해할 수 없는 괴로움이 넘쳐흐르는 얼굴. 그 얼굴을 그렸던 것이다.

## 제18장

　단출한 가족이 피에르의 장례를 끝내고 집으로 돌아올 때, 비를 뿌려 기운 없는 구름 사이에서 태양은 뜨겁게 빛났다. 아델레 부인은 마차 안에 반듯하게 앉아 있었다. 실컷 울었던 그녀의 얼굴은 검은 모자와 목까지 가리는 검은 상복 때문인지 기묘하게 밝으면서도 경직되어 보였다. 알베르트는 눈언저리가 부었고, 줄곧 어머니의 손을 잡고 있었다.

　"이제 두 사람은 내일 떠나도록 해요." 화가는 힘을 북돋워 주려는 듯 말했다. "내 걱정일랑 마시오. 이곳에서 필요한 일은 모두 내가 처리할 거요. 기운을 내라, 알베르트. 더 좋은 시절이 다시 찾아올 거야!"

　그들은 로스할데 앞에서 내렸다. 물방울이 맺힌 밤나무 가지들이 햇살 속에서 불타듯 반짝거렸다. 눈이 부신 채로 그들은 고요한 집 안으로 들어갔다. 상복을 입은 하녀들이 수군거리며 기다리고 있었다. 화가는 피에르의 방을 잠가 버렸다.

커피가 준비되었다. 세 사람은 테이블에 둘러앉았다.

"두 사람을 위해 몽트뢰에 방을 예약해 두었소." 페라구트가 다시 입을 열었다. "그곳에 가서 몸을 회복하도록 하시오. 나도 이곳 일이 끝나는 대로 떠날 작정이오. 로베르트가 여기에 남아 집을 정리할 거요. 내 주소는 그에게 알려 두겠소."

아무도 그의 이야기를 듣고 있지 않았다. 부끄러울 정도로 심한 냉정함이 그들 모두를 마치 서릿발처럼 짓누르고 있었다. 아델레 부인은 꼼짝 않고 아래만 내려다보며 테이블보 위의 빵 부스러기를 그러모았다. 그녀는 슬픔 속에 자신을 가두어 놓고 결코 나오려고 하지 않았다. 알베르트도 역시 어머니의 흉내를 내고 있었다. 어린 피에르가 죽은 후 가족이라는 외관상의 동질성은 다시 사라져 버렸다. 마치 무시무시하고 힘센 손님이 떠나 버리자, 자제하며 애써 왔던 공손한 표정이 얼굴에서 사라지는 듯했다. 그러한 온갖 사실에도 불구하고 마지막 순간까지 가면을 쓴 채 연기에 충실한 사람은 오직 페라구트뿐이었다. 그는 혹시나 여자의 변덕스러운 장면이 연출되어 로스할데와 작별하는 일을 망쳐 버리지나 않을까 걱정스러웠다. 그래서 두 사람이 떠날 시간을 마음속으로 간절히 고대했다.

그는 지난밤 자기 방에 홀로 있었을 때처럼 그렇게 외로움을 느긴 적은 없었다. 안채에서는 아내가 짐을 꾸리고 있었다. 그는 여러 통의 편지를 썼고, 잡다한 일들을 처리했다. 아직 피에르의 죽음을 알지 못하는 부르크하르트에게 사실을 알렸고, 변호사와 은행에 마지막 지시를 내리고 전권을 위임했다. 일이 끝나자 그는 책상을 정리한 다음, 죽은 피에르의 사진을 자기 앞에 세워 놓았다. 그 어린것은 지금 땅속에 묻혀 있다. 페라구트가 앞으로 언제 어느 한 인간에게 다시 그의 마음을 줄 수 있을지, 다른 사람의 고통을 자기의 것처럼 함께 아파할 수 있을지는 의문이었다. 그는 이제야 완전히 혼자가 되었다.

오랫동안 그는 자기가 그린 피에르의 초상화를 살펴보았다. 수척한 뺨, 움푹 패인 눈 위에 덮인 눈꺼풀, 굳게 다문 조그만 입, 무섭게 여윈 두 손을 바라보았다. 그러고 나서 그림을 아틀리에에 넣어 두고, 외투를 걸치고 밖으로 나갔다. 정원에는 이미 밤기운이 감돌아 모든 게 조용했다. 저편 안채에서는 몇 군데 창문에 환하게 불이 켜 있었지만, 그와는 상관없는 일이었다. 하지만 검은 밤나무 밑에, 비에 젖은 작은 정자에, 자갈이 깔린 뜰과 화단에는 아직도 삶과 추억 같은 것이 바람에 흩날리고 있었다. 여기에서 피에르는 언젠가 — 그게 벌써 몇 년 전이었던가? — 작은 생쥐를 사로잡아 그에게 보여 주지 않았던가? 저쪽에 있는 협죽도 옆에서 피에르는 푸른 나비 떼들과 이야기를 나누었고, 꽃들마다 환상적이고 예쁜 이름을 붙여 주었다. 이 근처 어느 곳에서나, 예컨대 닭장과 개집이 있는 뜰에서나, 잔디밭에서나, 보리수

나무가 줄지어 서 있는 길에서나 그 어린것은 자신의 소담스러운 삶을 꾸려 가며 놀았다. 여기에는 구김살 없이 해맑은 소년의 웃음소리가 있었고, 고집스럽고 개성이 강한 소년의 사랑스러운 매력이 숨어 있었다. 이곳에서 피에르는 어느 누구의 눈에도 띄지 않고 수없이 많이 소년다운 즐거움을 향유했고, 동화의 세계를 체험했다. 그리고 이곳은 소홀히 여겨지거나 남들에게 이해 받지 못한다고 느낄 때는, 어쩌면 간간이 화를 내거나 울기도 했던 곳이리라.

페라구트는 어둠 속에서 이리저리 헤매며 아들의 추억을 간직하고 있는 곳들을 찾아다녔다. 마지막으로 피에르가 만들어 놓은 모래성 옆에 무릎을 꿇고 앉아 손을 집어넣었다. 축축한 모래의 습기 때문에 양손이 시려 왔다. 그는 모래 속에서 나무로 된 물건을 더듬어 잡고서 들어 올렸다. 그 물건이 피에르의 조그마한 모래삽임을 알아보자, 그는 힘없이 주저앉았다. 그리고 마침내, 이 무서웠던 사흘이 지난 후 처음으로 목을 놓아 통곡할 수 있었다.

다음 날 아침이 되자 그는 아내와 다시 대화를 나누었다.

"너무 상심하지 말아요." 그는 아내에게 말했다. "피에르는 내 차지였다는 사실을 잊지 말구려. 당신은 나에게 그 애를 양보했었소. 그 점에 대해 다시 한 번 고맙게 생각하오. 그때 나는 그 애가 죽으리라는 것을 이미 알고 있었지만…… 아무튼 그것은 당신의 호의였고, 이제부터는 원하는 대로 한번 살아 봐요. 너무

서두를 건 없소! 로스할데는 당분간 그대로 갖고 있도록 해요. 서둘러 처분했다가 후회할지도 모르니까. 그 점에 대해서는 공증인이 잘 처리해 줄 거요. 그의 말로는, 이곳의 땅값이 곧 오를 거라는군. 잘되기를 바라오! 이곳의 내 물건은 아틀리에에 남아 있는 것뿐이오. 나중에 사람을 보내도록 하리다."

"고마워요…… 그런데, 당신은? 이곳에는 다시 돌아오지 않으실 건가요?"

"결코 돌아오지 않을 거요. 그게 무슨 의미가 있겠소. 당신에게 한마디 더 해둘 말이 있소. 나는 아무런 유감도 없다는 사실이오. 모든 게 다 내 잘못이라는 걸 잘 알고 있소."

"그렇게 말씀하지 마세요! 당신은 좋은 의도로 말하는 것이지만, 듣는 저는 가슴이 아플 뿐이에요. 당신은 이제 완전히 혼자가 되셨군요! 그래요, 피에르를 데리고 계셨더라면 좋았을 텐데 말이에요. 하지만 이렇게, 아니, 이렇게 될 줄은 몰랐으니까요! 제 잘못도 있었어요. 저도 잘 알아요……"

"그 벌을 요 며칠 동안 우리는 함께 받은 거요, 여보. 당신은 마음을 편히 가져야 하오. 모든 게 잘될 거요. 이젠 정말로 슬퍼할 게 없소. 보시오, 이젠 알베르트를 완전히 독차지하게 되었잖소. 그리고 나는, 내게는 일이 있소. 그것이면 나는 무엇이든 버텨 나갈 수 있소. 당신도 지금껏 살아온 그 어느 때보다 더 행복해질 거요."

그가 너무나 침착했기 때문에, 그녀도 마음을 진정시킬 수 있었다. 아아, 그녀는 하고 싶은 말이 너무 많았다. 그에게 감사할 일, 그에게 불평을 늘어놓을 일도 많았다. 그러나 그가 옳다는 것을 알았다. 그녀가 아직도 삶이나 쓰라린 현실로 느끼는 그 모든 것들이 이미 그에게는 형체도 없는 과거가 되어 버렸다. 이제는 과거의 일로 묵묵히, 그대로 지나가게 하는 게 상책이었다. 그래서 그녀는 그가 하나하나 지시하듯 하는 말들을 참을성 있게 들었다. 그리고 어쩌면 그 모든 것을 이다지도 심사숙고했을까 내심 감탄했다.

이혼에 대해서는 한마디도 언급이 없었다. 그것은 그가 인도에서 돌아온 뒤에도 처리할 수 있는 문제였다.

한낮이 지난 후 그들은 역으로 갔다. 로베르트가 짐을 여러 개 들고 서 있었다. 유리로 된 넓은 플랫폼의 소음과 매연 속에서 페라구트는 두 사람을 그들의 객차로 안내해 주었다. 알베르트에게는 잡지를 사주고, 수하물 영수증도 넘겨주었다. 그리고 기차가 출발할 때까지 창 앞에 서 있다가 모자를 벗어 인사를 하고는, 알베르트가 창에서 사라질 때까지 기차를 바라보았다.

집으로 돌아오는 길에 화가는 로베르트로부터 서둘러 했던 약혼이 파기되었다는 얘기를 들었다. 집에는 그의 최근 그림들을 넣을 나무 상자를 짜기 위해 목수가 벌써 와서 기다리고 있었다. 이 짐들을 다 꾸려서 발송하기만 하면 그도 떠날 작정이었다. 그는 출발을 간절히 기다렸다.

이제 목수도 일을 끝냈다. 로베르트는 아직 남아 있던 하녀 한 명과 안채에서 일하고 있었다. 그들은 가구를 덮고 창문과 덧문들을 모두 다 닫았다.

페라구트는 느린 걸음으로 그의 작업실과 거실과 침실을 둘러보았다. 그런 다음 밖으로 나가 호수 주변과 정원을 거닐었다. 지금껏 수백 번 거닐었던 장소였지만 오늘은 그 모든 것이, 집과 뜰 그리고 호수와 정원이 외롭다고 메아리를 울리는 것 같았다. 이미 노란 단풍이 든 나뭇잎 사이로 바람은 차갑게 불었고, 그 바람은 털처럼 부드러운 비구름을 낮게 깔리게 했다. 화가는 오싹 한기를 느끼며 몸을 떨었다. 이제는 그가 돌봐 줄 사람도, 신경을 써야 할 사람도, 체면을 지켜야 할 사람도 없었다. 이제야 비로소 그는 얼어붙은 고독 속에서 근심 걱정으로 간호하며 지새웠던 밤, 몸 떨리던 신열 그리고 녹초가 되었던 지난 시간의 피로를 느꼈다. 머리와 사지에서뿐만 아니라, 마음속 깊은 곳에서까지도 느꼈다. 이로써 젊음과 희망의 마지막 유희가 내뿜던 빛이 꺼져 버리고 말았다. 하지만 그는 이 차가운 고독과 소름 끼치는 무미건조함을 두렵다고 느끼지 않았다.

그는 비에 젖은 길을 천천히 거닐며 자신의 삶의 실타래를 거꾸로 추적해서 확실하게 풀어 보려고 했다. 그 단순한 직물을 그는 결코 명료하고 만족스럽게 바라본 적이 없었다. 이 삶의 길을 맹목적으로 걸어왔다는 사실이 분명해졌지만 분노가 느껴지지는 않았다. 그는 온갖 시도를 하고 꺼질 줄 모르는 동경을 품어 왔으면서도 인생의 정원을 지나쳐 버렸다는 것을 분명히 알았다.

그는 평생토록 하나의 사랑을 지난 며칠처럼 그 밑바닥까지 체험한 적도, 맛본 적도 없었다. 그때 그는 비록 때늦은 감은 있었지만, 죽어 가는 아들의 침대 곁에서 단 한 번의 참된 사랑을 체험했고, 처음으로 자기 자신을 잊을 수 있었고, 자기 자신을 극복할 수 있었다. 그것은 체험이자 보잘것없는 작은 보물로서, 영원히 그의 마음에 남아 있을 것이다.

그에게 남은 것, 그것은 바로 예술이었다. 그는 예술을 단 한 번도 지금처럼 확실하게 느껴 보지 못했다. 그에게 남은 것은, 밖에서 서성이는 자, 즉 국외자의 위안이었다. 그런 국외자들은 삶 자체를 온전히 자기 쪽으로 끌어당겨 완전히 마셔 버릴 능력이 부여되지 않은 사람들이었다. 한마디로, 삶 자체를 철저히 자기 것으로 살아 보지 못한 자들이었다. 또 그에게 남은 것은 열정이었다. 보는 것과 관찰하는 것과 남모르는 긍지를 가지고 창조하는 것에 대한, 기이하고 냉랭하지만 억제할 길 없는 열정이었다. 그것이 바로 실패로 끝난 그의 삶의 침전물이며 가치였다. 이 현혹되지 않는 고독과 표현하고자 하는 냉엄한 욕구 그리고 옆길로 빠지지 않고 이 별만을 따라가는 것이 이제 그의 운명이었다.

그는 촉촉하고 향기가 진동하는 정원의 공기를 깊이 들이마셨다. 그리고 한 걸음씩 걸을 때마다 과거를 뿌리쳐 떨어낸다고 생각했다. 마치 맞은편 해안에 닿아 쓸모없어진 조각배처럼 말이다. 그의 시련과 인식 속에 체념 따위는 없었다. 의지와 대담한 열정으로 가득 차서 새로운 삶을 정면으로 응시했다. 그 새로운 삶에는 손으로 더듬거나 망상 속을 헤매는 일이란 있을 수 없었다. 오로지 가파르고 험한 산길을 용기 있게 오르는 일만 남았을 뿐이다. 아마도 그는 다른 남자들이 그랬던 것보다 더 늦게, 그리고 더 쓰라리게 젊음의 감미로운 황혼과 작별했는지도 모른다. 그는 이제 초라한 신세로 때늦게, 한낮의 광채 속에 서 있었다. 그리고 이 귀중한 시간을 단 한순간이라도 헛되이 보내지 않으리라 굳게 다짐했다.

# 현실의 껍질을 깨고 나가려는
# 예술가의 고독과 투쟁

　헤세의 소설은 대부분 '전기적'인 형식을 지니고 있다. 한 인간의 삶을 핵심적인 대상으로 삼고 그것을 자연적인 순서에 따라 이야기하고 있는데, 1914년 그가 37세에 쓴 이 『로스할데』 역시 마찬가지이다. 한 사랑스러운 아이가 병에 시달리다가 결국 죽게 되는데, 이는 시들고 파괴되어 가는 부부애에 대한 비유로서 그려지고 있다. 이 소설의 이야기는 헤세 스스로가 부딪치고 있었던 난점, 즉 실패한 결혼에 대한 체험을 문학적으로 잘 반영한 작품으로, 1913년 〈펠하겐과 클라징스Velhagen Klasings〉라는 월간지에 발표되었다가 이듬해에 단행본으로 출간된 것이다. 그보다 몇 년 전에 나온 『게르트루트』의 주인공이 음악가였고 이 『로스할데』의 주인공 페라구트는 화가로서, 두 작품 모두 예술과 냉혹

한 현실의 관계를 그리고 있다.

　오래된 귀족의 저택 로스할데에서 칩거하는 주인공 요한 페라구트는 저명한 화가로, 두 아들과 아내를 둔 가장이다. 그는 감수성이 예민하며 외롭고 낭만적인 사람이다. 부인 아델레는 착실하지만 유머 감각이 부족하며 자기중심적인 여인이다. 페라구트는 7년 동안 그곳에서 그림을 그리며 대부분의 시간을 보낸다. 그간 가족 간의 불화가 심해지자 큰아들 알베르트는 집에서 멀리 떨어진 다른 지방의 학교를 다니게 하는 한편, 본채는 부인에게 내주고 혼자만의 공간을 찾아 따로 자신이 지낼 방 두 개를 지은 다음, 그곳에서 독신자처럼 생활을 하고 있다. 이 두 사람을 맺어주는 유일한 끈은 일곱 살짜리 아들 피에르이다. 피에르는 부모로부터 귀여움을 받았고, 안채와 아틀리에 사이의 다리 역할을 한다. 화가인 남편이 식사는 주로 안채에서 하게 되었으므로 그때를 제외하고는 부인은 언제나 남편을 손님 대하듯 한다. 어린 피에르는 이러한 삶의 균열에 대해 전혀 아는 바가 없다. 큰아들의 사랑마저 빼앗긴 화가에게는 이 피에르야말로 삶의 희망이라 할 수 있다.

　그러나 화가의 죽마고우 오토 부르크하르트가 먼 인도에서 살다가 그를 방문한 이후, 그의 사고는 변화한다. 오토는 화가에게 함께 인도 여행을 떠나자고 권유하는데, 이 인물은 주인공의 내면에 내재하는 또 하나의 자아라고 할 수 있다. 그림에 사랑을 쏟는 그 이상으로 인간을 사랑할 수가 없는 페라구트, 자식을 사이에 두고 결말 없는 싸움을 해야 하는 부부 간의 괴로움, 이러한 분위기 속에서도 새들이 주고받는 언어를 알아듣고 꽃들에게 상상의 이름을 붙여 주는 천진난만한 피에르, 이러한 현실 속에서 갈등하는 페라구트에게 피에르의 발병은 큰 전환점이 된다. 진정한 자유를 찾고 예술가의 길을 고수하기 위해서 페라구트는 사랑하는 아들 피에르마저 포기해야 한다는 사실을 직시한다. 물론 병을 고치기 위해 백방으로 뛰어 보지만, 끝내 피에르는 뇌막염으로 사망하고 만다.

그 와중에 요한 페라구트는 절망적인 힘을 한데 모아 로스할데에서의 마지막 대작을 완성한다.

괴로움에 가득 차서 몸을 굽히고 있는 양친과, 그 사이에서 놀고 있는 아이를 그린 그림이었다. 같은 땅에 발을 딛고, 같은 대기에 둘러싸이고, 같은 빛을 받고 있으면서도, 남편과 아내인 두 사람은 죽음과 차디찬 냉기를 발산하고 있었다. 반면 그 가운데에 있는 어린이는 자기만의 빛 속에 존재하듯 행복하고 명랑한 모습으로 빛나고 있었다. 훗날 자신의 겸손한 평가와는 달리, 몇몇 찬미자들이 이 화가를 진정으로 위대한 예술가로 꼽는다면, 무엇보다 바로 이 그림 때문일 것이다. 완벽한 솜씨를 발휘하고자 갈망한 그림이었지만, 이 그림 속에는 고통스러운 영혼이 넘쳐흘렀다.

페라구트는 비록 때늦긴 했지만, 죽어 가는 아들의 침대 곁에서 단 한 번의 참된 사랑을 체험한다. 그때 처음으로 자기 자신을 잊을 수 있었고, 자기 자신을 극복할 수 있었다. 따라서 이 소설은 결혼의 실패를 그린 평범한 체험담에 머무르지 않고, 인생을 관찰하면서 살아가야만 하는 예술가들을 향해 현실적 삶에 얽매이지 말고 보다 큰 창조에의 열정을 안고 과감히 현실을 극복해야 한다는 메시지를 감동적으로 던져 주고 있다.

그에게 남은 것, 그것은 바로 예술이었다. 그는 예술을 단 한 번도 지금처럼 확실하게 느껴 보지 못했다. 그에게 남은 것은, 밖에서 서성이는 자, 즉 국외자의 위안이었다. 그런 국외자들은 삶 자체를 온전히 자기 쪽으로 끌어당겨 완전히 마셔 버릴 능력이 부여되지 않은 사람들이었다. 한마디로, 삶 자체를 철저히 자기 것으로 살아 보지 못한 자들이었다. 또 그에게 남은 것은 열정이었다. 보는 것과 관찰하는 것과 남모르는 긍지를 가지고 창조하는 것에 대한, 기이하고 냉랭하지만 억제할 길 없는 열정이었다. 그것이 바로 실패로 끝난 그의 삶의 침전물이며 가치였다. 이 현혹되지 않는 고독과 표현하고자 하는 냉엄한 욕구 그리고 옆길로 빠지지 않고 이 별만을 따라가는 것이 이제 그의 운명이었다.

이 작품에 등장하는 인물들과 작가 자신의 생활을 비교해 보면 헤세가 무엇을 작품의 소재로 삼았는지, 또 그 작품 의도가 무엇인지 명백해진다. 1904년에 결혼한 첫 부인 베르누이는 헤세보다 아홉 살 연상으로 신경질적이고, 따라서 가정적이지 못했다. 점차 결혼 생활의 조화를 잃고 부부 사이가 멀어지자 헤세는 7년 후 『로스할데』의 주인공 페라구트처럼 현실도피의 방편으로 인도 여행길에 오르기도 했다. 그 후 수년간의 별거 생활을 거쳐 결국 1919년 정식으로 이혼하기에 이른다. 이 작품이 출간될 무렵 헤세가 아버지에게 쓴 편지를 보면, 결혼이라는 구속 아래에서 예술가의 삶을 곤궁스럽게 만드는 것이 무엇인가를 생각하게한다.

이 소설은 제게 많은 것을 주었습니다. 일시적이긴 했어도, 이 책은 제가 현실적으로 당면하고 있던 아주 어려운 문제에서 벗어나게 해주었습니다. 이 책에서 다루고 있는 불행한 결혼 생활은 잘못된 선택의 문제에 대한 것이 아닙니다. '예술가의 결혼'이라는 문제를 보다 심도 있게 다루어 봄으로써, 예술가나 사상가, 즉 본능에 의해 삶을 사는 게 아니라 삶을 지극히 객관적으로 관찰하고 묘사하려는 사람에게 과연 결혼 생활이 가능한 것인가 하는 문제를 다루어 보려 한 것입니다. 그 문제에 대한 저의 태도는 이 책 속에 명확하게 나타나 있습니다. 또한 여기에 앞으로 내 생활이 어떻게 달라지기를 바라는지에 대한 부분들이 암시되고 있습니다.(1914년 헤세가 아버지에게 쓴 편지 중에서)

『로스할데』는 헤세의 많은 작품 중에서 비교적 알려지지 않은 작품에 속하며, 이 작품을 다룬 논문도 별로 없다. 하지만 이 작품은 고통과 좌절을 넘어 예술가적 자각에 이르는 치열한 투쟁의 기록을 감동적으로 그려 내고 있다. 자연과 정신, 시민성과 예술성, 속박과 자유 등이 끝없는 대립 상태로 이어지면서 결국은 나름의 자유를 획득하는 과정이, 마치 청소년의 성장 과정처럼 선명하게 드러나고 있다. 어떤 면에서 이 작품은 토마스 만의 초기 작품, 예를 들어 「토니오 크뢰거」에서처럼 삶과 죽음, 자연과 정신, 관능과 지성, 시민성과 예술성 등으로 표현될 수 있는 이원성의 갈등과 그 극복 방식이 헤세 특유의 인간 내면 탐구로 드러나고 있는 것이다.

음악이든 미술이든 문학이든 모든 예술가의 길은 고독한 자기와의 지난한 싸움이다. 그것은 비단 『로스할데』에서 다루고 있는 결혼만의 문제가 아니다. 직장, 사회 등 예술가는 삶 전체에서 자기만의 세계를 구축해야 한다. 타성화된 현실적 삶의 세계에서 과감하게 탈피하지 않으면, 또 인생의 관찰과 창조의 열정이 없다면, 예술가로서의 삶은 그 빛을 잃어버리고 마는 것이다.

## 헤르만 헤세 연보

1877        7월 2일 독일 남부 뷔르템베르크 주의 소도시 칼프에서 선교사로 훗날 칼프 출판협회장이 된 요하네스 헤세와 그의 부인 마리 군데르트 사이에서 장남으로 태어남. 외할아버지 헤르만 군데르트는 인도학 학자로 유명한 선교사. 인도에서 선교사로 활동하던 아버지는 건강상의 문제로 귀국하여 고향에서 헤르만 군데르트 목사의 기독교 서적 출판 사업을 돕다가 그의 딸과 결혼함. 마리 군데르트의 첫 남편인 찰스 아이젠버그는 영국 출신의 선교사였는데 그가 세상을 떠나자 32세의 나이에 요하네스 헤세와 재혼해 헤르만 외에 아델레, 파울, 게르트루트, 마리, 한스를 낳음.

1881–86      부모와 함께 스위스 바젤로 이주. 아버지는 바젤 선교단에서 교사로 활동하며 1883년에 스위스 국적을 취득.

| | |
|---|---|
| **1886-89** | 가족이 다시 고향 칼프로 돌아와, 헤세는 그곳에서 실업학교에 입학. |
| | |
| **1890-91** | 괴핑겐의 라틴어 학교에 입학하여, 신학교에 입학할 수 있는 뷔르템베르크 주 시험 준비. 시험 자격 취득을 위해 부모는 헤르만 혼자 스위스 시민권을 포기하고 뷔르템베르크 주 정부의 시민권을 취득하게 함. |
| | |
| **1891** | 6월에 뷔르템베르크 주 시험에 합격. 그해 9월에 케플러, 횔덜린을 배출한 유명한 마울브론 신학교에 입학해 6개월간 다님. |
| | |
| **1892** | 3월 7일에 마울브론 신학교를 도망쳐 나옴. '시인이 되거나 아니면 아무것도 되고 싶지 않았기에' 자유로운 생활을 하려고 함. 바트 볼에 있는 블룸하르트 목사의 병원에서 치료. 6월에 짝사랑으로 인한 자살 기도. 슈테텐의 정신병원에서 약 3개월간 입원 요양. |
| | |
| **1892-93** | 슈투트가르트 근교에 있는 바트 칸슈타트 김나지움(인문중고등학교)에 1년간 다님. 중등학교 자격시험을 치른 후 학업 중단. 에슬링겐에서 서점 견습사원으로 근무하지만 3일 후에 그만둠. 그 후 아버지의 조수로 일함. |

| 1894-95 | 고향 칼프의 페로트 탑시계 공장에서 15개월간 견습공 생활. |
|---|---|
| 1895-98 | 튀빙겐의 헤켄하우어 서점에서 판매원 및 서적 분류 조수로 일함. |
| 1898 | 소설을 쓰기 시작함. 습작소설 『고슴도치Schweingel』를 썼으나 원고를 분실함. 처녀 시집 『낭만적인 노래Romantishe Lieder』 발표. |
| 1899 | 9월에 스위스 바젤로 이주하여 1901년까지 라이히 서점에서 서적 분류 조수로 근무. 산문집 『한밤중 뒤의 한 시간Eine Stunde hinter Mitternacht』 출간. |
| 1900 | 〈스위스 일반신문〉에 여러 가지 기사와 서평을 쓰기 시작함. |
| 1901 | 3월부터 5월까지 첫 번째 이탈리아 여행. 피렌체, 제노바, 라베나, 피사, 베네치아 등지를 돌아봄. 8월부터 1903년 봄까지 바젤의 바텐빌 고서점에서 판매원으로 근무. 가을에 『헤르만 라우셔의 유작과 시Hinterlassene Schriften und Gedichte von Hermann Lauscher』를 바젤의 라이히 서점에서 간행. |
| 1902 | 베를린의 그로테 출판사에서 시집 『시들Gedichte』 출간. 이 시 |

집은 출간 직전 사망한 그의 어머니에게 헌정됨.

**1903**    서적 관계 일로 두 번째 이탈리아 여행을 하여 피렌체와 베
네치아를 둘러봄. 서점 점원 생활을 청산하고 집필에만 전념
함. 그 후 베를린 피셔 출판사로부터 작품 집필을 의뢰받고
소설 『페터 카멘친트*Peter Camenzind*』를 탈고함.

**1904**    『페터 카멘친트』를 피셔 서점에서 출간하여 신진 작가의 지
위를 확보함. 이 작품으로 빈 농민상을 수상. 8월에 아홉 살
연상인 마리아 베르누이와 결혼하여, 9월에 보덴 호수 근교
의 작은 마을 가이엔호펜으로 이주. 자유작가로 생활하며
여러 신문과 잡지에 기고. 소설 『보카치오*Boccaccio*』와 『아시
시의 프란체스코*Franz von Assisi*』 출간.

**1904–12**    자유작가 생활을 하며 〈짐플리치시무스Simplicissimus〉, 〈라인
렌더Rheinländer〉, 〈노이에 룬트샤우Neue Rundschau〉지의 동인
으로 활동.

**1905**    12월에 첫 아들 브루노 출생. 오스트리아의 문학상 바우어
른펠트 상 수상.

**1906**    소설 『수레바퀴 밑에*Unterm Rad*』를 피셔 출판사에서 출간. 빌

헬름 2세의 권위에 노골적으로 도전하는 진보적인 주간지 〈3월*März*〉 창간에 참여하여 1912년까지 공동 편집자로 활동함.

**1907**         중단편집 『이 세상*Diesseits*』 출간. 가이엔호펜에 자신의 집을 짓고 이사함.

**1908**         중단편집 『이웃 사람들*Nachbarn*』 출간.

**1909**         3월에 차남 하이너 출생. 취리히, 독일, 오스트리아로 강연 여행.

**1910**         뮌헨의 랑겐 출판사에서 소설 『게르트루트*Gertrud*』 출간.

**1911**         7월에 셋째 아들 마르틴 출생. 시집 『여행 중에*Unterwegs*』 출간. 9월부터 12월까지 친구인 화가 한스 슈투르체네거와 함께 인도 및 동남아시아 여행. 가정생활의 파탄을 타개하기 위해 연말에 귀국함.

**1912**         단편집 『우회로*Umwege*』 출간. 가족들과 함께 스위스의 베른 교외에 있는 세상을 떠난 친구인 화가 알베르트 벨티의 집으로 이사.

| 1913 | 인도 여행 경험을 바탕으로 피셔 출판사에서 『인도에서. 인도 여행으로부터의 스케치*Aus Indien, Aufzeichnungen von einer indischen Reise*』 출간. |
|---|---|
| 1914 | 결혼 문제를 주제로 한 소설 『로스할데*Roshalde*』 출간. 스위스 국적을 신청했으나 거부당함. 7월에 제1차 세계대전이 일어나 자원 입대하려 했지만 시력 때문에 복무 부적격 판정을 받음. 1915년부터 1919년까지 베른 주재 독일공사관에 설치된 '독일 전쟁 포로 후생 사업소'에서 일하며 전쟁 포로와 억류자들을 위한 〈독일 억류자 신문Deutschen Interniertenzeitung〉의 공동 발행인, 〈독일 전쟁 포로를 위한 책Bücherei für deutsche Kriegsgefangene〉, 〈독일 전쟁 포로를 위한 일요일 전령Sonntagsbote für deutsche Kriegsgefangene〉의 발행인을 맡음. 전쟁 중에 전쟁을 비판하는 글을 신문에 발표하여 독일 국민의 반감을 샀으며, 또한 독일 저널리즘에서도 배척당함. 자신의 출판사를 만들어 1918년에서 1919년까지 스물두 권의 소책자를 펴냄. |
| 1914–19 | 수많은 반전 내용의 정치 논평과 논문, 경고 호소문, 공개서한 등을 독일, 스위스, 오스트리아 신문 잡지들에 발표. |
| 1915 | 단편집 『길가에서*Am Weg*』와 소설 『크눌프. 크눌프 삶의 세 |

가지 이야기*Knulp. Drei Geschichten aus dem Leben Knulps*』 발표. 신
작 시집 『고독한 자의 음악*Musik des Einsamen*』 출간.

**1916**     3월 부친 요하네스 헤세 사망. 부인 마리아의 정신분열증 시
작과 막내아들 마르틴의 발병으로 인해 자신도 심한 신경쇠
약에 시달리게 되어, 루체른 근처 존마트의 요양소에서 심리
학자 C. G. 융의 제자인 랑 박사로부터 정신요법 치료를 수
십 회 받음. 『청춘은 아름다워라*Schön ist die Jugend*』 출간.

**1917**     시대 비판적 출판을 금지하라는 경고를 받고 에밀 싱클레어
라는 가명으로 신문과 잡지를 출간함.

**1919**     정치적 팸플릿 『차라투스트라의 귀환. 어느 독일인이 독일
젊은이들에게 보내는 한마디 말*Zarathustras Wiederkehr. Ein Wort
an die deutsche Jugend von einem Deutschen*』을 익명으로 발표했다가
이듬해 베를린에서 실명 출간. 『데미안. 어떤 청춘의 이야기
*Demian. Die Geschichte einer Jugend*』를 '에밀 싱클레어'라는 이름
으로 발표하여 호평을 받았으며, 신인으로 오해되어 폰타네
상이 수여되었으나 이를 사양하고 9판부터 저자의 이름을
헤세로 밝힘. 이 외에 『작은 정원*Kleiner Garten*』, 『환상동화집
*Märchen*』 출간. 4월에 베른을 떠나 가족과 떨어져 테신 주의
중심 도시 루가노 근교의 어느 농가와 조렝고의 어느 숙소

에 머무르다가, 5월 11일 몬타뇰라로 이사해 카무치 별장에서 1931년까지 거주. 본격적으로 수채화를 그리기 시작.

**1919–22**    R. 볼테레크와 공동으로 월간지 〈생명의 절규Vivos voco〉를 발간.

**1920**    색채 소묘를 곁들인 열 편의 시가 수록된 시집 『화가의 시Gedichte des Malers』와 『혼돈을 들여다봄Blick ins Chaos』이라는 제목의 도스토예프스키에 대한 에세이 출간. 수채화를 곁들인 여행 소설 『방랑Wanderung』, 세 편의 단편을 모은 『클링조어의 마지막 여름Klingsors letzter Sommer』 출간. 후고 발 부부와 가깝게 지냄.

**1921**    『시선집Ausgewahlte Gedichte』 출간. 창작의 위기. 취리히 근방의 퀴스나흐트에서 C. G. 융의 정신분석을 받음. 『테신에서 그린 수채화 열한 점Elf Aquarelle aus dem Tessin』 출간.

**1922**    '인도의 시문학'이라는 부제가 붙은 소설 『싯다르타Siddhartha』 출간.

**1923**    산문집 『싱클레어의 비망록Sinclairs Notizbuch』 간행. 9월 4년 전부터 별거 중이던 첫 번째 부인 베르누이와 이혼. 취리히

근방의 바덴에서 요양을 시작하여, 1952년까지 매년 늦가을이면 이곳에 와 요양함.

1924    스위스 여류 작가 리자 뱅거의 딸인 루트 뱅거와 결혼. 스위스 국적 재취득.

1925    소설 『요양객*Kurgast*』 발표. 루트 뱅거에게 바치는 사랑의 동화 『픽토어의 변신*Piktors Verwandlungen*』을 친필로 써서 발표. 뮌헨, 울름, 아우구스부르크, 뉘른베르크 등지로 낭독 여행. 이해부터 베를린 피셔 출판사에서 단행본으로 된 『헤세 전집』을 출간하기 시작함. 뮌헨에서 토마스 만을 방문.

1926    독일 프로이센 예술원 문학 분과 국제위원으로 선출됨. 감상과 기행문집 『그림책*Bilderbuch*』을 출간. 여류 예술사가 니논 돌빈과 사귐.

1927    산문집 『뉘른베르크 여행*Nürnberger Reise*』과 히피들의 성서가 된 소설 『황야의 늑대*Steppenwolf*』 출간. 후고 발 출판사에 의해 헤세의 50회 생일 기념으로 그의 자서전 『헤르만 헤세. 그의 생애와 작품*Hermann Hesse. Sein Leben und sein Werk*』 출간됨. 두 번째 부인 루트 뱅거의 요청으로 합의 이혼.

| 1928 | 산문집 『관찰*Betrachtungen*』과 시집 『위기. 한 편의 일기*Krise. Ein Stück Tagebuch*』 출간. 빈 실러 재단의 메이스트리크 상 수상. |

| 1929 | 시집 『밤의 위안*Trost in der Nacht*』과 산문 『세계 문학 총서*Eine Bibliothek der Weltliteratur*』 출간. |

| 1930 | 소설 『나르치스와 골드문트*Narziß und Goldmund*』 출간. 단편집 『이 세상』의 증보판 출간. 프로이센 예술원 탈퇴. |

| 1931 | 프랑스 귀화인으로 체르노비츠의 아우슬랜더 가 출신 예술 사가이자 역사학자인 니논 돌빈과 결혼. 친구인 한스 보드머 가 임대해 준 몬타뇰라의 카사 로사(일명 카사 헤세)로 이사 해서 평생 그곳에서 거주. 『싯다르타』, 『어린이의 영혼』, 『클라인과 바그너』 그리고 『클링조어의 마지막 여름』을 한데 엮은 『내면으로의 길*Weg nach innen*』 출간. 소설 『유리알 유희 *Glasperlenspiel*』 집필 시작. |

| 1932 | 산문집 『동방 순례*Die Morgenlandfahrt*』 간행. |

| 1933 | 단편집 『작은 세계*Kleine Welt*』 출간. 나치즘과 유대인 박해에 반대. |

| | |
|---|---|
| **1934** | 스위스 작가협회 회원이 됨. 시 선집 『생명의 나무에서*Vom Baum des Lebens*』 출간. 문학 계간지 〈노이에 룬트샤우-Neue Rundschau〉에 『유리알 유희』 발표 시작. 페터 주어캄프가 피셔 출판사와 함께 〈노이에 룬트샤우〉지 인수. |
| **1935** | 중단편집 『우화집*Fabulierbuch*』 출간. 동생 한스 자살. |
| **1936** | 스위스 최고 권위의 문학상인 고트프리트 켈러 문학상 수상. 전원시집 『정원에서 보낸 시간*Stunden im Garten*』 출간. |
| **1937** | 산문집 『기념첩*Gedenkblätter*』과 시집 『신시집*Neue Gedichte*』 그리고 『다리를 저는 소년*Der lahme Knabe*』 간행. |
| **1939–45** | 제2차 세계대전 발발. 나치스의 탄압으로 헤세의 작품들은 몰수되고 출판이 금지되어 『수레바퀴 밑에』, 『황야의 늑대』, 『관찰』, 『나르치스와 골드문트』가 더 이상 인쇄되지 못함. 히틀러 집권 기간인 1933–1945년 사이 독일에는 총 20권의 헤세 저서가 나와 있었는데, 그 기간 동안 총 481권의 문고본밖에 팔리지 않았음. 주어캄프와의 합의하에 단행본으로 된 『헤세 전집』을 취리히에 있는 프레츠 & 바스무트 출판사에서 계속 간행키로 함. |

| 1942 | 최초의 시 전집 『시집*Gedichte*』이 스위스 취리히에서 출간됨. |
|------|------|
| 1943 | 장편소설 『유리알 유희』를 발표. |
| 1944 | 비밀경찰이 헤세 작품의 독일 출판업자 페터 주어캄프를 체포. |
| 1945 | 시 선집 『꽃 핀 가지*Der Blütenzweig*』와 미완성 소설 『베르톨트*Berthold*』 그리고 새로운 단편과 동화를 모은 『꿈길 *Traumfährte*』 출간. 제2차 세계대전이 끝난 후 규칙적으로 실스 마리아에서 여름을 보냄. |
| 1946 | 정치적 평론집 『전쟁과 평화. 1914년 이후의 전쟁과 정치에 대한 수상집*Krieg und Frieden. Betrachtungen zu Krieg und Politik seit dem Jahr 1914*』 출간. 헤세의 작품이 다시 독일의 주어캄프 출판사에서 간행됨. 프랑크푸르트 시의 괴테 상 수상. 노벨 문학상 수상. |
| 1947 | 베른 대학의 철학부에서 명예 문학박사 학위를 받음. 고향 칼프 시의 명예시민이 됨. |
| 1950 | 브라운슈바이크 시의 빌헬름 라베 상 수상. |

| 1951 | 『후기 산문*Späte Prosa*』과 『서간집*Briefe*』 출간. |
|---|---|
| 1952 | 독일과 스위스에서 헤세의 탄생 75주년 기념행사가 열림. 주어캄프 출판사에서 『헤세 문학 전집*Gesammelte Dichtungen*』 전 6권 출간. |
| 1954 | 산문집 『픽토어의 변신*Piktors Verwandlungen*』, 롤랑과 주고받은 편지를 모은 『헤르만 헤세와 로맹 롤랑의 서한집*Briefwechsel. Hermann Hesse - Romain Rolland*』 간행. |
| 1955 | 독일 출판협회의 평화상 수상. 니논에게 헌정된 후기 산문 집 『주문*Beschwörungen*』 출간. |
| 1956 | 바텐 뷔르템베르크 지방의 독일 예술 후원회가 헤르만 헤세 문학상을 위한 재단 설립. |
| 1957 | 탄생 80회 기념사업으로 이미 간행된 『헤세 전집』을 증보하여 『헤세 전집*Gesammelte Schriften*』 전7권 출간. 마르틴 부버가 슈트트가르트에서 '헤르만 헤세의 정신에 대한 봉사'라는 제목으로 축사를 함. |
| 1961 | 시 선집 『단계*Stufen*』 출간. |

| | |
|---|---|
| **1962** | 몬타뇰라의 명예시민이 됨. 바이블러가 쓴 헤세 전기 『헤르만 헤세. 한 편의 전기*Hermann Hesse. Eine Bibliographie*』 간행. 8월 9일 85세를 일기로 몬타뇰라에서 뇌출혈로 세상을 떠남. 이틀 후 성 아본디오 묘지에 안장됨. |
| **1963** | 『후기 시집*Die späten Gedichte*』 인젤 출판사에서 출간. |
| **1964** | 바이마르의 실러 박물관에 '헤르만 헤세 문헌 기록 보관소'가 설치됨. |
| **1965** | 니논 헤세가 『유작 산문집*Prosa aus dem Nachlaß*』 출간. |
| **1966** | 니논 헤세가 작가의 서간문과 여러 가지 생에 관한 기록을 바탕으로 1877년부터 1895년까지의 생애를 내용으로 하는 『1900년 이전의 유년 시절과 청소년 시절*Kindheit und Jugend vor Neunzehnhundert*』을 펴냄. 9월 헤세의 부인 니논 돌빈 71세로 사망. |

# 로스할데

초판 1쇄 펴낸날 2013년 5월 31일
초판 2쇄 펴낸날 2024년 8월 31일

지은이  헤르만 헤세
옮긴이  윤순식
펴낸이  김영정

펴낸곳 (주)현대문학
등록번호  제1-452호
주소  06532 서울시 서초구 신반포로 321(잠원동, 미래엔)
전화  02-2017-0280
팩스  02-516-5433
홈페이지 www.hdmh.co.kr

ISBN 978-89-7275-628-6 04850
     978-89-7275-622-4 (세트)

* 책값은 뒤표지에 있습니다.
* 파본은 구입처에서 교환해드립니다.